月无声

石庆慧 著

YUE WU SHENG

云南人民出版社

图书在版编目（CIP）数据

月无声/石庆慧著.--昆明：云南人民出版社，
2024.4
　　ISBN 978-7-222-22810-8

Ⅰ.①月… Ⅱ.①石… Ⅲ.①中篇小说-小说集-中
国-当代 Ⅳ.①I247.5

中国国家版本馆 CIP 数据核字(2024)第 092376 号

责任编辑：肖　薇
责任校对：刘松山
装帧设计：蓓蕾文化
责任印制：代隆参

# 月无声
YUE WU SHENG

石庆慧　著

| 出　　版 | 云南人民出版社 |
| --- | --- |
| 发　　行 | 云南人民出版社 |
| 社　　址 | 昆明市环城西路 609 号 |
| 邮　　编 | 650034 |
| 网　　址 | www.ynpph.com.cn |
| E-mail | ynrms@sina.com |
| 开　　本 | 720mm×1010mm　1/16 |
| 印　　张 | 16 |
| 字　　数 | 233 千 |
| 版　　次 | 2024 年 4 月第 1 版第 1 次印刷 |
| 印　　刷 | 成都新恒川印务有限公司 |
| 书　　号 | ISBN 978-7-222-22810-8 |
| 定　　价 | 68.00 元 |

如有图书质量及相关问题请与我社联系
印制科电话：0871-64191534

云南人民出版社微信公众号

# 推荐语

石庆慧小说集《月无声》，收录了七部中篇，大都是农村生活的底层叙事，这些小说在展示当代农村生活风貌的同时，也戳中农村的暗疾，在略显沉重地讲述的故事情节中，我们得以窥见一个个带有鲜明特征又丰富饱满的人物形象。

——叶辛

石庆慧写的是深山侗寨，是乡村生活，是女性的遭遇，是少数民族的变迁，但又不局限于题材的层面，而具有了我们这个时代的普遍经历与共通情感，因而它们通向于更开阔的社会与时代认知，是当代中国故事的一个侧面。

——刘大先

石庆慧的小说是从侗乡的泥地里生长出来的，像那些枝繁叶茂的庄稼一样，颗粒饱满，质地优良，有朴实的美丽，有宿命的忧伤。

——潘年英

磨难，悲苦，沉重，有怎样的关怀，便会有怎样的温暖，也才会有人世间香甜的"落眠"。

——杜国景

# 这是我们的乡村

——石庆慧小说集《月无声》序

◎杨玉梅

黎平的侗族女作家石庆慧，是一个聪慧、甜美、坚强而善良的姑娘。尤为可贵的是，文如其人。她用心用情书写的侗乡生活百态，她精心描绘的乡村风土人情，充满浓郁的乡土生活气息，给予来自侗乡的笔者以格外的亲切自然之感。

最近阅读庆慧即将出版的中篇小说集《月无声》，像是一次精神上的还乡，但是阅读的过程并不轻松，感觉还颇为压抑，因为集子里所展现的主要是乡村各色人物进行命运的苦苦挣扎与抗争，虽然也有生活的欢喜，但更多的是生存的艰难、生活的沉重与生命的忧伤。庆慧所写的故事的时代背景距今并不遥远，甚至就是在当下，往事历历在目，现实五彩缤纷，滚滚红尘中的儿女恩怨，斑驳岁月中的别离与欢聚，改革浪潮中民族文化的消逝与传承，常常让笔者掩卷沉思，甚至黯然神伤。

透过这些文字，又欣然发觉庆慧拥有一个优秀女作家所具备的良好品质，真挚、敏感、细腻而深沉，有一颗悲悯之心和孺子牛精神，对人生、对生活及民族文化都有其独特的观察与思考。她多以女性视角、女性立场出发反映生活，不是写女性身体及其隐秘的生活，而是写女性的命运抗争与追寻，通过女性命运沉浮反映社会生活、乡村发展、人情世故、伦理道德，以及民族文化传承等多方面问题，从而使得她的创作呈现出鲜明的女性主义文学色彩，是新时代侗族文学画廊中一道独特而亮丽的风景。

如《月无声》以第一人称叙述方式，通过主人公"我"——少女妮子讲述她及其父母的爱与痛。人物痛苦的根源表面上来自妮子的哥哥溺水而亡，而实际上主要是因为父亲冷老秋思想观念陈旧落后，重男轻女。翠香在腊月生下妮子而得月子病，冷老秋出于疼爱妻子去结扎，儿子溺亡后他认为是妻子和女儿使他断子绝孙，没有了盼头，为此堕落，不事稼穑，还成为一个暴君。翠香不堪忍受家暴离家出走，到城里付出身子得到的却是病痛与伤痕。冷老秋的粗暴也让妮子生活在贫困、仇恨与孤寂当中。她在年满十六岁时觉醒，要外出谋生，到江城寻找母亲，却差点掉进魔窟。回到云岭的妮子，原谅了父亲，还说服他一起去江城接回母亲。他俩到江城寻找母亲，不料母亲欠房租不辞而别，冷老秋找房东要人，却反过来被打得奄奄一息。最后，伤痕累累的一家三口互相搀扶着回家。

翠香母女在江城的悲苦遭遇折射出二十世纪九十年代中国城镇的乱象，母女俩出走后的两条路，不是堕落，就是回来。对于这个悲惨的家庭，并不是回来了困难就能迎刃而解，还需要一家人的觉醒，改变思想观念，互相体谅，艰苦奋斗。而且，乡村不是孤立存在的，贫困的乡村不会有世外桃源。只有我们的国家和社会整体发展进步，绝对贫困及其引起的苦难才能得到根本的解决。

《永生的蝴蝶梦》中，父亲石永生和母亲冷月妹原本走在乡村发展变革的潮头，他们怀揣到深圳打工挣到的十万块钱回乡创业，乡政府也希望把石永生发展成为致富带头人。然而，创业还没有成功，因为超生问题父母成为政府的对立面，致富之路也戛然而止。改革发展潮流滚滚向前，可是父母的思想并没有跟上时代，他们固守多子多孙思想，甚至石永生做了结扎手术后，还默许冷月妹跟其他男子发生关系以继续生子。他们以为"五男二女七子团圆"是理想的传承，是美好的寓意，希望通过多子多孙壮大家业、守卫家园，实现破茧为蝶的美梦，然而，现实却是因为超生让家人陷入穷困、卑微、分离与苦难当中。修建一栋好房子也是父母的夙愿，所以他俩不顾儿女反对最后借债修建一座像大户人家一样的房子，儿女却不愿回到乡村，父亲为了还债也得外出打工，家园也荒芜了。小说的叙述者二妮以少女的敏感、细腻讲述父母的蝴蝶梦，展示乡村生活的发展变化及两代人思想观念的冲突。人物生活的困顿与精神的痛苦，读来令人五味杂陈。

　　云岭村是庆慧虚构出来的村落，可以说是其精神上的故乡，上面两篇小说的故事都是在云岭发生的。《落眠》里的云岭村在乡村城镇化道路上走得更远，因国家征地建设工业园区，云岭村人以为这就有了改变命运的机会。然而为争夺征地款，亲人间反目为仇。有的穷人获得了补偿款而一夜暴富，却因赌博输光了钱又变得一贫如洗。又因为县里的分管领导被"双规"，开发商被关押，云岭工业园的建设被搁置，土地撂荒了，云岭村的自然环境变得面目全非，也失去了和谐、安宁，人心变得浮躁、冷漠，一片乌烟瘴气。

　　主人公阿珍和老公阿贵用征地款到县城买了新房，孩子也在县里上幼儿园，他们一举变成令人羡慕的城里人。可是阿珍却遭遇越来越严重的失眠问题，究其原因，窃以为主要是：一是离开了土地，离开了家乡，阿珍又没有在县城找到谋生的方式，失去了生活的根基；二是阿珍不适应城镇陌生的环境与生活方式；三是阿贵外

003

出打工，出现了婚姻危机。阿珍吃药无济于事，失眠把她折磨得近乎崩溃。她试图回到家乡通过劳动来帮助自己入眠，可是她回到娘家却没有农活可干还被怀疑别有用心，家乡宁静的夜晚也没能让她落眠。阿珍只好绝望地回到了县城，更为悲惨的是阿贵不但背叛了阿珍，还赌博输光了家产，还把房子也卖了用来还债。

　　阿珍无法回到乡村，又融不进城市，举目无亲，孤独无助。最后因为她擅长刺绣手艺，加盟同乡阿香创办的民族刺绣店而找到了生活的出路。刺绣连接着乡村与城市，是一种独特的民族文化，也让阿珍获得了生活的底气与勇气。作品在展示阿珍的生存之难与精神之痛的同时，还展现了她的善良、顽强，以及对爱情、婚姻的坚守。虽然阿贵背叛了她，可是她还是等待阿贵，相信自己的坚持和等待能够感化阿贵，让他回到身边，重温婚姻的快乐与生活的安宁。作者给小说设置了一个较为光明的尾巴，尽管这并不意味着阿珍就能够轻而易举地就走出困境，但是绣娘靠刺绣而发家致富并非无稽之谈，因为在现实生活中多有存在。阿珍的痛与爱，她的追寻与坚持，代表乡下人走进城镇的心路历程；她的云岭村，正是乡村发展变革的缩影。

　　《女人树香》里，宁寨是一个典型的侗族村寨，这里是女人树香的舞台，也是脱贫攻坚的战场，没有硝烟，却有无数贫困的堡垒。

　　树香本是出落在农村的美人，偏偏父母早亡，不遭兄嫂待见，慌不择地嫁给了一个耳背的男人，男人给人当伐木工因听不见呼喊被倒下的树木砸碎了脑袋。在口舌如剑的农村，树香就此被说成是克夫的命传播开来，美人也变得为人避之不及。在哥嫂家滚了一段时间的地铺后，又匆忙地开始了她的第二段婚姻。迎接她的第二个男人懒惰、好赌、多疑、凶残、惯偷、酗酒，把她打得流产，甚至将她从家里直接扔下屋坎差点送了性命。在邻居的帮助下，树香选择了逃跑，却不知等待她的第三个男人不仅残疾且超乎想象地瘦小，甚至行走都成问题。但树香接纳了这个男人，像接纳一个孩子样地融入到那个家庭里，并向男人的母亲承诺永远都不会丢下他。然而，在熟人社会的乡村和脆弱的家庭环境里，与不幸结伴的树香拥有的美丽容颜也是她的罪过，馋涎她美色的三喜以及那些飘散在空气里的流言也让她反复受伤。善良的树香只能用她的坚韧、她的勤劳挑起命运安排的生活给予她的一切重量。在生活的重压下，来到她生命里的爱情也是畸变的。做"小老板"的万年海不远不近地呵护着树香，用心底的情歌围绕着树香，在晚归的黑夜里，他用光束给树香照明……两个孤苦的人就这样拥有了朴素的爱情。这份爱情暖了树香的心，给了树香羸弱的依靠，但同时也是一把扎在心尖上的刀。无力的丈夫选择向命运低头，每天拉着孩子到情敌家蹭饭，这种尴尬的境况持续了好几年，直到女儿美欢渐渐长大……在贫困家庭里成长的美欢学习上特别用功，奖状贴满了屋子。随着年龄的增长，美欢内心里的敏感也表露了出来，她对母亲畸形的爱情产生仇恨。最终母亲向女儿妥协，重回世俗的正常家庭。

  小说用两条线交织展开，一条是树香苦难的命运轨迹，一条是新时代里的脱贫攻坚。小说一边以第三人称观照性地讲述树香的故事，一边又通过驻村网格员"我"的亲历亲为，将树香、万年海等人贫困、窘迫的生活现状白描式地呈现出来，并真挚地帮助树香、万年海们解决一个又一个问题。如帮万年海改造危房，为美欢的学业拉资助，帮树香寻回户口，让她和吴显良补办了结婚证，落实生活最低保障，帮助吴显良重塑信心等。两条线索如同两条相向而行的船，树香们的家庭就是那在凄风苦雨里漂泊的舢板，脱贫攻坚政策则如同乘风破浪的巨轮，这两条船在新时代里相遇，就好比一艘乘风破浪的巨轮航行在新时代的大海里打捞着一条又一条颠沛流离的孤舟，而扶贫干部就如同巨轮上的船员，给予贫困生活的群众排忧解难，让他们顺利抵达幸福生活的彼岸。在小说的末尾，作者以树隐喻：

这是一种野生的山茶油树，生长在土壤特别薄的贫瘠之地，却特别坚实而有韧性，可以随着环境长得弯弯拐拐，一年四季，只要有适合的条件，就会开着小小的白色的花朵，结出一颗颗硬硬的果实，果实成熟炸裂后，可以捡来榨出最醇香而清亮的山茶油。也有长得高大少结果的，人们更喜欢砍来做刀把、锄头把、挑杠等，坚硬扎实，一辈子都用不烂。

这是树香的精神写照，也是善良的庆慧安排的一个给予读者心灵安慰的结局。如今，脱贫攻坚战已经顺利完成，乡村振兴正在如火如荼地进行，我们的很多乡村已经变成鸟语花香、如诗如画的美丽乡村。

此外，本部小说集里的《失语者》《梯田流云》《山里的太阳》，以及《等待山花烂漫》《女嫁》等没有收录本集子的作品，都构成了我们走过的时代、我们熟悉的生活的真实记录。一个不记得来路的民族，是没有出路的民族。不论我们走得多远，都不能忘记我们走过的艰难，不能忘记曾经的贫穷。不忘初心，砥砺奋进新征程，是我们每一个子民共同的使命。

是以为序。谢谢！

（杨玉梅，侗族，《民族文学》副主编）

## 目 录
CONTENTS

001　月无声

永生的蝴蝶梦　037

073　落　眠

失语者　104

134　梯田流云

女人树香　167

201　山里的太阳

后　记　242

# 月无声

> 离人无语月无声,明月有光人有情。
>
> ——题记

## 1

明天是腊月十八。

腊月十八是个特殊日子。我要在这个特殊的日子做一个决定,一个让冷老秋后悔莫及的决定。这些年,在冷老秋面前,我就像一条听话的狗,他叫我往东我就往东,他叫我啃骨头我绝不吃肉,他叫我做饭我连挑水扫地洗衣讨菜喂猪一并做了。我做着一切家务,我给烂醉如泥的冷老秋端茶倒水,任由他羞辱谩骂、拳打脚踢,从不反抗。我如此卑微地活着,就是在等待这一天的到来,等待着这一天给冷老秋一个沉重的打击。

腊月十八,这个特殊日子,十多年从来不被重视。这一天,奶奶只关注糯米碾出来没有,因为再过几天就要打糍粑了。这一天,冷老秋只会一边喝酒一边说,什么鬼天气,冻得鸟不拉屎鸡

不生蛋的还让不让人活。或者说，不晓得又要出什么鬼子事了，都腊月十八还天天艳阳高照。反正不管天晴还是阴冷，他都要埋怨一通，仿佛这些是他喝酒的理由。而我，只求不要被冷老秋喝醉酒后拿着竹条子毒打就阿弥陀佛。没有人在意这个日子，没有人记得这天是我的生日。

我想，如果母亲在身边，她也许会在意。毕竟十六年前的腊月十八，母亲是经历了刻骨铭心的疼痛，差一点连命都搭上才生下我，她应该会记得这个日子。不然，她不会每年给我寄学费、生活费，不会给我买衣服、鞋子。只是，母亲既然爱我，为什么又丢下我呢。

哥哥生日，奶奶和冷老秋每年都记得。他们会在哥哥生日那天煮两只鸡蛋，调上洋红水染红，用那只专属的楠竹筒磨成的碗装好，放在神龛前的供桌上，然后郑重地给祖先烧香、磕头，口中念念有词。

今年，我决定自己让腊月十八特殊起来，因为我满十六岁了。十六岁在过去都嫁人做母亲了，我还有什么不可以做。我要在这个特殊的日子让冷老秋陷于永远的痛苦与悔恨，我要让所有的人都惊诧，那个向来沉默寡言、逆来顺受的小妮子也是个有胆的人。

很久以前，我就开始想，要怎样才能沉重打击到冷老秋。冷老秋现在什么都不关心，只要有酒喝，他成天就抱着个酒罐子东倒西歪，不给他酒喝他就会疯一般要杀人，耕田种地也是奶奶喊来骂去才动一下子。对于这样一个醉生梦死的人，什么事能够打击到他呢，我想了许久，终于生出一个计谋。冷老秋虽然不把我当人看，经常性打我骂我，但我知道他已经越来越离不开我，这是我有意为我的决定做下的铺垫。想到我在十六岁生日要做出的举动，这个秘密让我兴奋得无法入睡，心里想着母亲当时离开不晓得是不是也是这番心情。

我又爬起来，离开捂了好久仍冰窖一样的被窝，翻出一小节蜡烛，点上，我酷似母亲的容貌就出现在母亲陪嫁过来的梳妆镜里，镜子左下角还残留着一个暗淡的双"喜"字。坐在桌前，我仔细端详自己，我知道我越长越像我母亲，眉眼、脸颊、嘴角，每一部分都越长越像。

我不愿意我长得像母亲，尽管母亲是我认为我们村里最漂亮的女人。母亲看上去像只小羊羔，低眉顺眼，逆来顺受，又因为腊月天里生我，感了伤寒落下痼疾，总是一副病快快的模样。

我不愿意我像母亲。因此，我曾故意将柳叶般的眉梢剔掉，然后用眉笔将眉梢往上挑起，翘翘的，像一种挑衅，有些泼辣。我喜欢我显得泼辣，它是我对这个我所憎恨的世界的挑战。可是，我还没有挑战谁，就有人向我宣战了。有一次，郑大昌趁无旁人在的时候一把抱住我，还想强行吻我，我一耳光搁在他脸上，打得脆生生地响。他捂着脸气急败坏地指着我骂：

"臭婊子，勾引男人还装什么清高！"

我抡起眼睛瞪他："别血口喷人，我要勾引男人也不会勾引你！"

"眉毛一扬，不就是勾着小指招惹男人吗？和你妈一样是只骚狐狸。"

"你妈才是骚狐狸。"

对郑大昌说这话的时候，我姑妈冷飞燕恰好进来，她恶狠狠地盯着我，甩了我一嘴巴，然后拧着郑大昌的耳朵出去。

此后，他们再也不让我和郑大昌单独相处，也不让其他的表兄弟向我靠近，我被孤立了，他们就像远离一只有异味的狐狸一样远离我。冷老秋也总指着我骂"好你个狐狸精"。

狐狸精就狐狸精吧，我就是一只狐狸精！

我越长越像我母亲，我也就越来越怀念起她来。这些年，她是怎样生活的，难道真如村里人传言的那般？村里曾传言有人在广西撞见过我母亲，说她浓妆艳抹在环城路那招揽客人，以至我们那的人后来一说到环城路就诡秘地笑。开始我不懂他们为何笑，我央求冷老秋去把我母亲找回来，我说人家都见到过我母亲了，你肯定找得到她。冷老秋每次都只甩给我一句话："别跟我提那个脏女人！"就连奶奶也说："她宁愿在外头丢人现眼也不回这个家，还去找她做什么！"母亲每年都给我寄衣服和玩具，但每次都被奶奶剪烂后拿到河边的垃圾坡去扔

月无声

003

掉。为此，我跟冷老秋和奶奶争吵，骂他们无情。但奶奶说，无情的是你母亲。我不懂奶奶为何这样说。后来我上中学，离开了村子，母亲就将钱物寄到学校。她寄来的钱物都没留地址，但邮戳上一律印有"环城西路"的字样。每看到这几个字，我脑海就浮现出电影里青楼前那些妖里妖气的女人招揽客人时谄媚的嘴脸。我的心受到了沉重打击。我开始恨母亲，恨她无情丢下我，让我替她遭罪，恨她让我在村里抬不起头，成了一个人人唾弃的不祥之人。我也犹豫要不要像奶奶那样把她寄来的东西全部丢掉，但后来我留下了。原因是我不甘心，没有亲见，我不愿意相信那些流言。我想广西是一个省，又不是我们只有几百户人家的云岭村，哪有去过广西就能撞见我母亲的，这也太可笑了。当然，最主要的，母亲的礼物是我收获的唯一关爱，我孤单难过的时候能给我抚慰。其实，我奶奶也仅是把那些看得见的物品丢掉，我母亲寄来的钱她既没丢也没退。

现在，我恨上了更多人，恨冷老秋，恨郑大昌，恨潘海诺，恨学校里所有道貌岸然的老师和同学，恨全社会，我唯独不再恨母亲。

我张张嘴巴想对着镜子喊一声母亲，声音还没出来，镜子就被一阵雾气模糊了。就在这时，"嘭当"一声，房门被一脚踹开，一股熏人的酒气扑鼻而来。冷老秋聒噪的声音在我身后响起："好你个狐狸精，点着蜡烛照镜子，败家子骚货，你以为这蜡烛是你自家生产的呀，啊？"

我一动不动，仍旧盯着镜子，身后那张被酒精浸泡得像猪肝一样的脸在昏暗中渐渐扭曲。

我想，你骂吧，你扭曲吧，总有一天，你会后悔的。哈哈，我在心里笑起来，你很快会后悔的！冷老秋也将有后悔的一天！哈哈，不知道他后悔的时候会是什么样子？哈哈哈……

镜子里那张昏暗的脸似乎听到了我心里张狂的笑声，气急败坏地一把揪住我的头发，将我的脸挤压在冷冷的镜面上。

"照，我让你照个够！"

冷老秋一边拿起蜡烛对着我的脸熏,一边说:"两只狐狸,两只一模一样的狐狸,走一只也就算了,还要留下一只来败我的家。"

我渐渐感觉到一阵难以忍受的灼热,但我仍旧一声不吭,也不反抗。这场战争最后在奶奶的劝阻与骂骂咧咧中收场,同时,我那指头大的蜡烛也被奶奶收缴了。

所有人都说我冷漠,只有我自己知道其实在我冷漠的外表下有着多么狂热的情感。我想狂热地去爱着什么,可是,每当我刚有所表露,伤害就会后脚跟着前脚地来。比如我喜欢栽花种草,在山上看到一株好看的花草,我挖了来,想栽到自家门口,添点鲜活的气息。但总是还没转苑就被人拔掉、砍掉。我挖了很多很多花草来栽,并天天守着它们,然而,只要我一离开,回来见到的总是一地残枝败叶,满地尸横,直到我再也不忍心伤害那些无辜的生命。小时候我想要跟小伙伴们一起玩,我偷了冷老秋的钱,拿了奶奶的黄瓜、海茄去讨好他们,他们跟我玩了一天,第二天他们又把那些东西还回来,说我不吉祥,只要跟我玩就会被家里的大人打,见了我都远远地躲着。到镇上读初中后,有个叫潘海诺的高个男生眼睛总是往我身上瞟,他家是镇上的,据说他跟好几个在背后说我坏话的人打过架。可是,当我写纸条让他带我私奔的时候,他却退缩了,见了我绕路走,再也没跟我说话。刚开学时,老师们总说不要只把老师当作老师,老师还是家长,是朋友,有什么困难,有什么心事尽管找老师。只是,好几次我去办公室想找老师倾诉,老师都是头也不抬地问我,有事吗?我不是那种会主动说话的学生,我呆呆地站着,希望老师能关心地问我一句怎么了,是不是有心事,或是受了什么委屈之类。我想,只要老师开口问我,我就会把心里所有的委屈一股脑全倒出来。可是老师没有问,过了许久,他们说,没事就回去吧。我知道,他们都把我当作问题学生能避就避,我也只好像个哑巴似的紧闭着我的嘴巴。

记得我第一次来例假的时候,是六年级的冬天。放学回到家,我发现裤子湿了,用手一摸,居然满手的血,我害怕极了。我不知道是怎么回事，不好意思告诉奶奶，也不敢让冷老秋发现。我悄悄换了裤子，可是没多久又湿了。我跑去厕所里蹲，蹲得脚都麻了也没见屙出什么。我只好尽量扑在火塘上烤，试图将裤子烤干，裤子被烤得硬邦邦的，但离开火塘没多久，又湿了。我弄不清是什么原因，以为是哪次干活不小心伤到肚子，所以不断地流血。但是又看不到伤口也感觉不到疼痛，那些血液是怎么流出来的，我完全不清楚。我担心是夏天哪个时候，有蚂蟥钻到了我的身体里，现在吃得太鼓胀，血就不住地往外流。第二天血流得更多，我换到没裤子换，不敢去学校，我想蚂蟥很快就会把我的血吸干，我也很快就要死去。我将所有的脏裤子垫在床上，然后躺在上面一动不动，静静地等着死神来临。

奶奶忙完一天的活路，准备吃晚饭时，才发觉一天没见到我。她到处去找我，也发动冷老秋去找，冷老秋端着他的酒碗一边吃菜一边说："找什么找，死了才好。"我在楼上听着他们的动静，心想，等你们找到我时，也许我已经死了。其实，小时候我经常跟奶奶玩失踪。我难过的时候，我伤心绝望的时候，我就会跑到寨脚的龙塘边上，去那里狠命地扔石头，直到精疲力尽瘫倒在龙塘边的河滩上，直到奶奶找到我将我拖回家。这一回，奶奶并没有在龙塘边上找到我，她找了很多地方，却怎么也没想到我就在房间里躺着。她以为我已经跳进深不见底的龙塘喂水怪去了，一边哭天喊地，一边指着冷老秋骂："好啊，你现在真正断子绝孙了，你到底要把日子过成什么样？现在你满意了吧？你是不是要把我逼疯才甘心啊！"听到奶奶的控诉，我感觉很痛快。可是，冷老秋一声不吭，只顾喝着他的酒。我听着奶奶苍老的哭声，又有些于心不忍。我故意在楼上弄出声响，奶奶跑上楼来，不管青红皂白，先甩我一耳光，然后才问我到底怎么回事。我将被子掀给奶奶看，告诉她我流了好多好多血，怎么堵也堵不住，可能要死了。奶奶就抱着我哭，然后又笑，她说："没事，我们月儿长大了，是大姑娘了。"

奶奶给我买了卫生带，又教我如何叠卫生纸。我才知道女孩长到一定年龄后，每个月都要出一次血。虽然不用担心自己会死，可是想到以后每个月都会有这样麻烦的几天，就感觉苦难的人生又多了一重灾难，觉得女人的生命是被上天施了诅咒，永远都逃脱不了这种轮回的痛苦。那之后有好一阵子，我感觉和奶奶因为这女人共同的秘密真正亲近起来，我对奶奶言听计从，奶奶让我做什么我就做什么，我给奶奶捶背捏腿，搂着奶奶的脖子撒娇。但奶奶很快就驱赶我："去去去，别粘我，别把晦气粘我身上。"我又一次掉进冷冷的窟窿里。

我知道现实里根本就寻不到我想要的温暖，我于是将所有的情感都寄寓在母亲身上，寄寓在一个已从这个地方消失了近十年的人身上，由爱变成恨，又由恨变成爱，再由爱转变成浓烈的思念。母亲成了我在黑暗里行走的唯一一抹远方射来的光亮。

## 2

我躺在床上，一动也不敢动，双脚好似伸进了冰窖里，整个被子下只有胸口处有些热气，睡不着，又不敢翻身，害怕冷风"嗖"地一下把仅有的一丝热气带走。山里的冷夜静得可怕，天色一黑，仿佛世界上所有生物都陷入一种沉寂，仿佛全被这冰天雪地的寒冷冻起来了。黑暗里，我又看见了母亲逃离的身影，她那两条粗黑的麻花辫总是不停地在我眼前晃动。

那是一个异常寒冷的冬天，之所以异常寒冷，是因为我穿着薄薄的纱衣站在雪地里感受到一种刺骨的疼痛。

那天，冷老秋喝了酒后照例将母亲毒打了一顿。不管母亲有没有错，也不管他们争不争吵，冷老秋只要喝了酒，母亲就必定挨打。而母亲每次挨了打，都只会抱着我哭。那天，母亲又抱着我哭，她哭得很伤心，哭得比以往都要久，我摸着她被打肿的脸，帮她擦眼泪，擦着擦着竟睡着了。迷迷糊糊中，我梦见母亲轻手轻脚地打点好行囊，然后犹犹豫豫地出去，出去后又折回来悄悄地推开房门。母亲给我掖了掖被子，然后深情地注视我。我被注视着有些不好意思，想挣扎着醒来。就在这时，母亲俯下身子吻我，我感受到一阵温热，这股温热很舒服，痒痒的，我更不好意思了，就闭着眼睛，但一滴泪掉下来，落在我脸上，冰冰的，我伸出手去，触摸到母亲的手，她的手抖动不已。

"妈，你是不是冷呀？"我感觉被窝里一点也不暖和，我想母亲一定是因为冷。

母亲擦掉眼泪，静了静，说："我不冷，妮子，好好睡，别掀被子。"

说完之后，母亲像下了很大决心似的迅速逃离了。我只看到那两条粗黑的麻花辫在母亲一转身时的晃动。

母亲平时睡觉都会把辫子拆散，松松地绑在一边，我忽然意识到我可能并不是做梦，只是，这大半夜，天又这么冷，母亲还要去哪呢？

我爬起来，在刺骨的寒冷里借着薄雪的微光，看到母亲挎着一个包，艰难地在雪地里走着，越走越远，苍茫的夜色里，最后只剩一个小小的背影，那么孤单。我不明白这样的夜晚，母亲匆匆忙忙要去哪里。但我没有追上去问，也没有哭，我只是静静地看着她匆匆离去。我想，天亮了，她就会回来。

寒风吹来，我打了一个寒战，感觉到一种刺骨的疼痛，那种刺骨的疼痛后来常常在我身体里出现。雪，静静的，发着微弱的光，仿佛天空挂着一枚弯弯的月牙儿。可天空什么都没有，冷清着一片灰色。这样的冷清让我觉得薄雪的微光是那么凄凉，一直凉到我的心底，并在我心底扎了根，在后来的许多岁月里常常侵袭我。

可当时我却在想，母亲也许只是去找个地方疗伤，或是回外婆家去告冷老秋的状，她不会不要我，不会丢下我不管的。许多时候，冷老秋大脚大脚踢向她，大喊着让她滚，她却将我越抱越紧，说我孩子在这，你让我滚去哪里。我相信母亲一定会回来，一定会的，因为我还在这，这里是我们的家。

由于太冷，我没站多久就钻回被窝里去睡了。

第二天，母亲跟劁猪佬跑了的消息传遍整个山寨。我奶奶一大清早就在院子里号啕："作孽呀，真是作孽呀，我儿子还活得好好的呀，娃儿都快有她高了呀，她怎么就狠得下心跟别人跑了呀，真是上辈子作的孽呀……"

冷老秋脸色难看极了，青黑得恐怖，他把刚抽了两口的烟狠狠地拧在地上，咬牙切齿地说："我去把她追回来，看我不打断她的腿！"冷老秋跑到镇上，又跑到县城，可是，他连母亲的影子都看不到。

我上街去，很多人就围着我笑。他们说我母亲是跟来我们村劁猪的那个广西佬跑了。他们说那个广西佬到我们这里走村串巷名为劁猪实为找媳妇，我母亲走了，那个广西佬也不见了，他们一定是约好一同跑的。

他们说："妮子，你妈跟别的男人跑了，不要你了，你是没妈的孩子了。"

"我妈没跑，我妈过两天就会回来。"

"她会回来吗？她早就和别人好上了，她去过荣华富贵的生活去了，你又不是伢崽，她怎么会守着你呢？"

"我不是伢崽怎么了，我妈出门的时候还亲了我呢。"

"你妈走的时候你是晓得的喽，那咋不留住她，笨呐！"

"妮子，你以后的日子可不好过喽。"

"妮子，你妈是被你爸爸打跑的吧？"

"可怜呐，哥哥死了，妈妈又跑了，剩下一个酒鬼爹，这女娃的命怎么这么苦哦。"

我讨厌他们那假装同情，实则幸灾乐祸的嘴脸，我睁圆了我的眼睛恶狠狠地瞪着他们。他们却"哼哼哈哈"笑得更开心了，我不得不穿过那些猖狂的笑声逃回家，而那些张牙舞爪的声音并没有在我身后破碎。

回到家里，奶奶叨唠不停，左邻右舍也时不时来我家门边傍上一会儿。下午，我姑妈冷飞燕带着她的儿子郑大昌来了，一进门就大嚷："那骚婆娘真跟人跑了？"

这个女人一出现，我就感觉像是飞来了一只绿头苍蝇，一口龅牙不知掩饰，还要嘤嘤嗡嗡放出一些粗鄙的话语。

可那时，我却喜欢郑大昌到来，因为他是我为数不多的玩伴之一，而且他不像别人那样喊我妮子。在我们村庄，妮子是女孩子的贱称。他像我哥哥暖阳一样叫我喜欢的名字：月儿。他总是追着我月儿、月儿地叫，拉着我的手去各处玩耍，有时还会紧紧抱住我，让孤单的我感受到表哥带给我的温暖。

而冷飞燕见到我们在一起时，总要大嚷："大昌，别跟妮子到处乱窜。""大昌，找男孩子玩去，别老跟女孩子在一起。"

但大人毕竟没多少时间来管我们小孩子的事，往往冷飞燕话音未落，我们早不见人影了。

这一次，大昌却对我说："月儿，我妈说你是'扫把星'，不让我跟你玩了。"

"那你呢，你也觉得我是'扫把星'不跟我玩吗？"

"我要再跟你玩，我妈会打我的，其他人也会不理我。"

"哼，孬种！"

这个词我是刚从爱讲故事的王嘎老那里听来的，我想用在这个时候应该没错，我甩下这个词，就愤愤然地走了，头也不回。

第二天，冷老秋垂头丧气地回来了，平日的暴君这个时候却像霜打后的茄子。我想，冷老秋这下在村子里更加抬不起头了。看到他不停地抽烟，不停地叹气，我的心也不禁难过起来。我用哀伤的眼神看着他，希望能给他一丝安慰。

而我这一望，却给自己招来了灾祸。当我的目光和冷老秋的目光相触时，我看到冷老秋的眼里冒出火花，我的眼神引爆了他的愤怒。

恐惧攫住我的心，我准备逃。但来不及了，冷老秋的大手已经将我死死拽住。他先是甩我两耳光，接着又狠抽我的屁股，抽到手酸了就一脚把我踹到地上。

冷老秋一边打我一边吼:"看到你妈走,搞哪样不拦,啊!搞哪样不来通知我,啊!你这败家子!成事不足,败事有余,养你有什么用!养你有什么用,不如打死了清静!"

我扯着我的破嗓子杀猪般地号叫起来。我妈走之后,冷老秋就将他的拳头抡向我,只要冷老秋巴掌一扬起来,我就这样夸张地叫喊。一开始,也有人同情我,出面劝冷老秋别老打孩子,说打多了会将孩子打坏掉。但刺耳的声音听得多了,人们也就厌烦起来,就连奶奶也埋怨我装腔作势,嗓门太大。可我就是要这样,不是因为疼,而是因为这是我唯一能对冷老秋提出的控诉。反倒是后来,我逐渐长大后,知道我就是喊破嗓子也没有任何用处,我就再也不喊不叫了,像个不知疼痛的木偶似的任由冷老秋打骂,装作乖巧听话的孩子,却把所有仇恨都埋进心里,想总有一天定要让冷老秋后悔,要让他为他的所作所为付出代价。

我一声比一声更刺耳地叫喊着,奶奶终于听不过去,拦到冷老秋面前:"干脆把我也打死好了,这样你就更清静。拿孩子出什么气呢,要不是你老往死里打人,妮子她妈能跟人跑吗?"

"哎呀呀,我怎么这么命苦啊!哎呀呀……"

冷老秋终于忍受不了我和奶奶的哭声,摔门出去。冷飞燕也搀着奶奶进房间去了。我躺在冰冷的地上抽泣,想着心事,不知不觉竟睡着了。睡梦里,我梦见了哥哥暖阳,他说:"月儿,别睡在地上,会生病的。"我说:"哥,妈妈不要我了,爸爸也打我,你带我走吧。"

## 3

哥哥没有把我带走,我最后还是醒了,被冷醒的。我努力蜷曲着身体,将自己抱成一团。我想,别人乍一看上去,一定以为是一只扔在地上的烂皮球。这只烂皮球团到再也不能团得更圆,终于挨不下去,不得不伸直身体，从地上爬起来。

我想，哥哥带不走我，我就自己去找他。

我为自己的这个想法心潮澎湃，连冷意都没了。我镇定自若地来到母亲房间，像个大人似的开始为自己梳妆打扮。

首先，我穿上母亲给我买的新棉衣，一件大红的小棉袄。这是母亲买给我过年时穿的，现在还不到过年，可我决定穿上它，我觉得没有哪个时候比现在更值得穿它。我很高兴，幸好母亲提前给我买了这样一件衣服。

我坐在母亲的梳妆镜前为自己梳头。母亲平时是坐着梳头的，我爬上凳子跪着刚刚好。母亲平时总是扎两条辫子垂在胸前，我也扎两条辫子吧。我的头发不够长，两条辫子像两条兔子尾巴，刚好触着肩膀，不能像母亲的那样在胸前一晃一晃地，觉得有些遗憾，后悔夏天的时候把它剪短了。但我还是很高兴，我找来红丝线在发梢打了两个蝴蝶结，觉得自己今天很漂亮，有点像新娘子。

我要去做哥哥的新娘子了。泪水再次决堤而来，我没有出声，我被这个想法感动，被自己感动了。我想，我要做新娘子了，做哥哥的新娘子，真好啊。

我悄悄地出了门。其实即便我大摇大摆，弄出乒铃乓啷的声响也不会有人在意我。

我沿着河边，来到哥哥落水的地方。河水涓涓地流淌，很浅，很干净，像镜子一样。我想不通，河水这么浅，这么温吞，而且，那个时候哥哥已经学会凫水，而这里距龙塘还有一里多远，怎么可能落进水里就被冲到深不见底的龙塘呢。

我依稀记得是我想去摘路边的那串熟透的红彤彤的牛奶果，它长在路下坎、小河的边坡上。哥哥说你那么小，过边去。哥哥就踮起一只脚，伸出手去摘，够不着，他又往外坎挪了一点，还是够不着。我要拉着他，他说，你多大的力气呀，拉得住我吗。哥哥不让我拉，回头看我一眼，说，别担心，哥哥一定帮你摘到。说着他又往外坎挪一点，终于攀到了，哥哥想再往下一点，将长着牛奶果的整枝枝丫都折下来。可是，哥哥忽然重心不稳摇晃起来，随后"扑通"一声，整个人就头朝下栽到河里去了。河水不深，哥哥在水里扑腾了几下却没爬起来，而是随着河水往下淌。我在岸上追着哥哥，边哭边喊，快爬上来呀，快爬上来呀，却忘了向四周呼救。哥哥一路扑腾，我一路追着哭喊，追着追着，就追到了打着旋涡的深不见底的龙塘。哥哥被旋涡一卷，"哗"地一下就看不见踪影了。我守在岸上拖着哭腔喊哥哥，过了许久，上游水浅处一个过河去喂牛的伯伯，远远听到有小孩哭，才跑来问我是怎么回事。我指着龙塘的旋涡说我哥哥被卷到里面去了。那位伯伯正要打猛子下去，我哥哥却挺着个大肚子浮出了水面。伯伯将我的哥哥捞上来，先是倒立着抖了抖，又双手交叉在哥哥胸口上按压，但哥哥吐出来的水很少，肚子仍旧鼓鼓的。伯伯又倒背着哥哥来回跑，跑了许久，哥哥也没有醒。伯伯说，我们去医院吧。伯伯就背着哥哥在前面跑，我提着哥哥的衣服在后面追，当我们气喘吁吁地来到村卫生室，医生却不让我们进去。他只在门口翻了翻哥哥的眼皮，便说，没用了。

哥哥的尸体被搁在路边，我坐在地上守着哥哥，满脸的眼泪和鼻涕。围观的人很多，大家都在摇头、哀叹，我能听到的多是：

"可惜呀，这么好的崽。"

"这么大了还溺水死，真是太可惜了。"

"两个娃娃崽跑去龙塘做什么嘛，是不是被哪样不干净的东西诱去的哟？"

"如果着的是妹崽还好想些，偏偏去的是伢崽。"

"冷老秋好像是结扎了的，他们家又是世代单传，这可如何是好哦。"

我的父母很快就得到消息，火急火燎地从坡上赶回来，而我奶奶还没走到街上，就在我家院坝里晕了过去。我母亲抱着哥哥疯一样哭着数着，而我的父亲冷老秋揪着自己的头发蹲在地上流眼泪。他们一遍遍听救我哥哥上来的那个伯伯描述事件的过程，却谁也不知道哥哥究竟是怎么陷到龙塘去的，而我们又去那里做什么。

冷老秋流了一会儿眼泪便转向我，一改往日的和善，他涨红着脸，圆睁的眼睛充满痛苦与愤怒，脖子上的血管似乎随着喉结的蠕动越变越粗，像一只要吃人的狮子。我既紧张又害怕，而且累和困早就像迷雾一样笼罩着我。没等冷老秋开口，我便恐慌地看着他，使劲摇头。任凭冷老秋怎么问、怎么吼、怎么摇晃我，我也没有开口，只是摇头，连哭都忘了，我脑海里只想得起哥哥"扑通"掉下去和"哗"卷入旋涡的那两个瞬间。可是，我不晓得该怎样描述，我太疲倦，太困顿，只想立刻睡去，然后，我就真的昏睡过去不省人事。

埋葬哥哥暖阳之后，悲伤就一直笼罩着我们家，我们家变得静悄悄的谁也不开口说话。奶奶和母亲总是对着某些物件发呆、流眼泪，而冷老秋总是一碗接一碗默默地喝酒，喝醉了就倒在桌子边呼呼睡去。直到新一年的春天到来，母亲和奶奶才忍住悲伤，又开始到田间地头劳作。而冷老秋却喝酒喝成了习惯，并且总在喝酒之后逼问我和哥哥去龙塘做什么，哥哥究竟是怎么落的水。每当看到冷老秋喘着粗气，脖子红到眼睛，一副要吃人的模样我就特别害怕。每每这个时候，我就紧紧地咬着嘴唇，闭着眼睛，像要甩掉什么似的使劲摇头。冷老秋就发狠地摇晃我，朝我大吼，说："为什么不是你不是你不是你！龙王要的为什么不是你？还是你本就是阎王派来让我冷老秋断子绝孙的克星？""啊！你就是我的克星，你就是一个地地道道的灾星！"母亲过来护住我，她说："去了一个，还要将另一个也逼成傻子吗？"冷老秋就将拳头抡向了母亲。

母亲因为是腊月天生的我，又感了风寒，身体极差。计生队上门要求母亲去做绝育手术。在我们这个地方，因为男人要干重活，绝育手术都是女人去做。冷老秋心疼我母亲，他说你好好养身体，还是我做吧。现在，冷老秋却开始埋怨我母亲，埋怨我。他说要不是因为我在腊月天里出生，要不是我母亲身体差，他就不会去做什么绝育手术，他就还可以再生一个或几个孩子，是我和母亲让他断子绝孙，让他从今往后的生活都没有了盼头。所以，从那以后，冷老秋不再努力耕田种地，成日喝了酒就睡，醒了又喝酒，让我母亲像伺候老爷一样地伺候着他，脾气也变得异常暴躁，一言不合，拳打脚踢就会抡向母亲。母亲原本想，只要冷老秋过了心里那道坎，一切又会重新好起来。但冷老秋终究还是将我的母亲给打跑了。现在，他的拳头又抡向我，而我没有了母亲的庇护，我将每天生活在恐惧里。我不要过这样的日子，我不要过没有母亲的生活，我看到哥哥在向我招手，我要去做哥哥的新娘子了。

这是我第一次想要自杀。我坐在龙塘边上，冬日的龙塘格外宁静，连旋涡都看不到。河水清幽，哥哥落水处往下十多米，是人们蹚水到对面田坝去的地方，冬天扔几块大石头，连鞋都不用脱就能跳过去，水这么浅，哥哥一路上怎么就爬不起来呢？难道真的像人们说的是龙塘的水怪招了哥哥去吗？

龙塘其实一直以来都是我们小孩子的禁地。平日父母都会告诫自家的孩子，只可以在龙塘上游或下游水浅处洗澡玩水，绝不可以靠近龙塘。流经我们寨脚的小河不大，水也不深，涓涓的，清澈得石头上的细纹都看得见。到了龙塘遇着险峻陡峭的悬崖，河水才仿佛忽然淌进一个宽厚的怀抱，舍不得走似的久久停留，形成一个湖面一样平静的深塘。龙塘的水一年四季都是碧绿色，据说它的底部就像一个漏斗，最底端到底有多深，谁也探知不到，相传它与村庄后面的后龙山相通，是后龙山龙脉的出口，传说水底有龙也有水怪，没有大人带领，小孩子决不能靠近。

我大着胆子爬上一块翘起的石崖，最后一次遥望河流的两端。我想起昔日跟着母亲在河里洗衣服、捉鱼虾的情景，想起追着哥哥和冷老秋到河里洗澡。夏天的小河很热闹，龙塘上游是女孩子洗澡的地方，下游是男孩子洗澡的地方，而年轻力壮的男子们却喜欢在龙塘里洗澡。龙塘里边是悬崖，外边是河滩，水性好的可以在龙塘里游来游去。我就曾和哥哥坐在河滩上，看冷老秋游过对岸，然后爬上石崖，再从崖上一个猛子扎入水里，像电视里的跳水运动员一样。

现在，我也将像冷老秋一样，一个猛子扎入水里，只是，我不再浮起来，我将沉入水底，或随着水流漂走，漂到一个可以看见哥哥的地方去。

我有些兴奋，又有些害怕。我在想水底下是什么样子，是不是真的深不见底，悄悄隐藏着水怪？我还在想，如果我往下跳却又沉不下去怎么办？我已经学会凫水，水怪若不招我，我就沉不下去。我试着往龙塘扔了一块石头，"嗵！"我听到石块落到水底的声音。我又往里面扔了一块，"嗵！"依旧是石块落到水底的声音。我从石崖上爬下来，来到对面的河滩上，捡起更多的鹅卵石往水里扔。我越扔越起劲，我忽然不想跳水了，我要给哥哥报仇，我想等我给哥哥报了仇，再去陪他也不迟。"你不是用旋涡将我哥哥卷走的吗，那我就将你填平！"我在心里发着这样的誓愿。那个时候，我还没听过精卫填海的传说，但是我已经知道愚公移山，我相信只要我有愚公移山的精神，终有一天是能够将这个深不见底的龙塘填平的。我想，也许等我将龙塘填平了，母亲就会回来，冷老秋也会变好。

## 4

我没有将龙塘填平，我都快满十六岁了，依旧没有将龙塘填平。每年涨洪水，小河都会发生一些改变，有的地方变浅，有的地方变深，有的地方变宽，有的地方变窄。只有龙塘，依旧是那个样子，仿佛千百年来都是那个样子，不管我扔多少石头，依旧是那个样子。

我没有将龙塘填平，母亲没有回来，冷老秋也没有变好。

现在，我又被冷醒了，从蚕茧一样的被筒里钻出来，双脚依然木木的冰凉。不过，总算又过了一夜，而今天，将是不寻常的一天。想到这，我就兴奋了，兴奋让我一下子战胜了寒冷。

我要在奶奶和冷老秋没有醒来之前把灶火烧燃，要在他们起床之前把我偷偷收藏的几只鸡蛋煮熟。这几个鸡蛋是上次我家母鸡下蛋时我半夜里爬起来去捡的。

奶奶说，"不知谁触犯天神了，今年冬天竟这样冷，真个冻得老母鸡都不下蛋了，以往一窝要下十三四个，这回下到第七个就不下了。"

"是啊是啊，冻得公鸡不打鸣，鸭子不下河。"

"冻得猫子夜里不乱窜，专给主人捂被窝。"

"还有更奇怪的事呢，半夜里睡不着，总听到屋后那棵大树下好像有女人在嘤嘤地哭，是不是因为冰冻，树仙子找不到吃的啊？"

人们用埋怨的话语诅咒着这鬼天气，语气里却又有掩饰不了的兴奋。当人们遇着一些不寻常的事时，哪怕是灾难性的，例如遭了抢劫之后有惊无险的、遭遇车祸大难不死的，谈论起来总是兴奋多于其他。

在我们这个靠近南部的山区，是难得遇到这种冰天雪地的，通常是夜里下一场雪，白天太阳一出就渐渐化了，冷天气最多也只持续个把星期就会阳光普照，冬日的风常常暖和得像春天一样。

腊月初的几天，阳光灿烂，男孩子们还到河里洗澡来着。当时有人说，腊月天里还这样好的天气，今年怕是又与雪无缘喽。可第二天、第三天，就刮起冷风，吹起毛毛雨，湿漉漉的地面、湿漉漉的草木经冷风一吹就结成冰块，结成冰条。人们开始耐心地等，想要不了几天，就会热得跟夏天一样。可是，这一回人们等来的却是冰块变成冰墙，冰条变成冰柱。电线不堪重荷，断了。水管禁不起寒冷，暴了。车子加上链条也不敢在冰地上爬行，山里的人出不去，还没有回家的人也回不了家。蜡烛涨到十块钱一包也早卖完，木炭五块钱一斤也没有人愿意卖，萝卜白菜冻在地里根本看不见踪影。而我却选择在这样的日子逃离大山，逃离冷老秋，逃离我所厌倦的一切，带着几只鸡蛋，几截蜡烛和一颗决然的心。

我走的时候，天刚刚亮，四周雾蒙蒙的，什么也看不清。人们都还捂在暖和的被窝里不愿醒来，就连鸡呀狗啊也都没有醒，整个村庄

月无声

安静得仿佛不食人间烟火。没有雪，路面结着一层薄薄的冰，覆盖了头一天人们行走的痕迹，显得很干净。路两旁的草叶湿漉漉的，开着各种形状的冰花，甚是美丽。

　　我向村庄挥了挥手，想就此别过吧，也许此行我走不出大山就会冻死在路上，也许我到了某个城市找到母亲或者找不到母亲，我都将不再回来。想到我将再也不会回来，心里又有些难过。我朝大路走着，走得很慢。我不用担心是否有人看见我离开，更不必担心冷老秋发现我逃离后会把我抓回去。我没有留下什么痕迹，除了带走几件衣服。我想他们大概要到晚上才会发现我不见了吧，而那个时候，我已经到了镇上，也许到了县城。第一个晚上发现我不见，顶多奶奶四处问问，问不到也就算了。因为这样天寒地冻的日子，我也去不了哪里，他们不会想到我已经彻底逃离他们，就像当初没有人会想到我的母亲会跟别人跑了一样。第三天，第四天，当冷老秋真正意识到我离开了那个家，而又没有我任何消息的时候，会是怎样的反应呢？他会想到是他将我母亲和我都赶跑的吗？他会告别麻痹他的酒清醒过来吗？奶奶老了有姑妈们照顾，而他将成为真正的孤家寡人，没有人给他烧酒，没有人给他洗衣做饭，也再没有人任由他打骂。在他孤单的时光里，他是否会回想有老婆孩子的生活多么美好，哪怕那个孩子是个女孩儿？他是否会悔恨他所做的一切，而开始对我和我母亲的找寻？我一边走着，一边想象冷老秋气急败坏而又不知将拳头抡向谁的狼狈样，想象他烂醉如泥而又没人照管的可怜样，我就觉得特别痛快，特别解气。每当我又冷又困，快走不下去的时候，我就以此来激励我继续前行。

　　我走了三天，脚肿了，手和耳朵也都长了冻疮。夜晚，我到别人家里借宿，见路边有人家就蹭进去烤一会儿火。那些陌生人都给了我极大的热情，他们端出热热的水给我烫脚，烧旺旺的火给我暖身，热心地问我怎么这个天也出来赶路。我在陌生人那里感受到在家从未感受到的温暖，我真想留在这些家庭里做别人的女儿。但我知道这是不可能的，他们对我好是因为我只是一个过客，一个不会停留的匆匆过客，如果他们了解我的身世，大概也会认为我是不祥之人而将我拒之门外吧？所以，不管别人对我多好，我都不能留恋，不能忘了自己的目的是赶路，像母亲那样赶到一个没有人认识自己的地方去。

平日里，别人走一天就能到达县城，我足足走了三天。我想，冷老秋如若找我，他是追得上我的。天寒地冻，到处都不通车，不像母亲走的那会儿，夜里虽然下了雪，可天一亮就晴了，并不影响车子通行。我甚至想，我走得这样慢，如果冷老秋找到我，我是坚决离开，还是跟着他回去？可是，我走得这样慢也不见冷老秋追来，我又有些失望，这种失望让我感到一种彻骨的寒冷，感觉我的心比这冰天雪地的凝冻还要坚实。我被冻住的心就像冰块一样，冷到极致带给人的是烧灼感，我的仇恨越来越像这冰块一样锋利而灼烫。

去到县城的车站，我仍旧期待在那里能够遇上冷老秋或是我们村庄的其他人，我愿意相信他们为了追上我而抄了小路才没有与我相遇，他们赶在了我的前面，正在车站的某个我必经的地方等着我。可是，车站很冷清，只有往南边方向的车能够通行，人很稀少，我一个熟人都没遇到。

我顺利买到了去广西江城的票，上了车，我对冷老秋的恨就更加浓烈，永别家乡的心也更加决然了。

## 5

我走得那么决绝，是抱着哪怕冻死在路上，哪怕饿死他乡也决不回头的勇气去的。可是，仅一个来月，当春天的风吹来，所有凝冻解除后，我又回到了家乡。我并不是在外地生存不下去，不得不回去投靠我的酒鬼父亲。我也不是因为依恋云岭的风景，在春天来时就追着油菜花的香气回家。我在江城找到了我母亲，我母亲又把我逼上了回家的列车。

那天，车子缓慢地开着，行了七八个小时，天还未黑，就在一个脏乱的小车站停下来，车上的人纷纷下车。我以为司机是停下来让大家下去吃晚餐，听说长途车中途吃饭又贵又不好吃，大家还一窝蜂地抢，我还有包子和饼干填肚子，并不想下去。可司机却说，"到了！到终点站了，怎么不下车呀！"我只好扛着包包下车，想这里就是江城吗，我做好乘坐几天几夜长途车的准备，这么快就到广西了吗？出到车站门口，果然看到江城县汽车站的牌子，附近的招待所、餐馆之类也大多打着江城某某的招牌。这让我感觉失落，甚至有些伤心。我从来没有想到江城竟离我们县这样近，比我们县到市区到省城都还近，这两个县虽隶属于不同的省，原来却是紧挨着的两个县。这么多年来，我的母亲就在离我这么近的地方，我还以为出了省就遥不可及，就来去维艰。江城距黎城这样近，也就是说，这么多年来，我的母亲就在离我这样近的地方。可是，她却一次也没有回去，没有回去看我，而冷老秋，我的父亲，也从未到这里来寻过我的母亲。

　　街上已经亮起了灯火，天渐渐黑了。风沙沙地吹来，有些刺骨，路面很泥泞，到处是食物冒着的腾腾热气。很多人都伸出热情的双手，要拉去吃饭或者住宿。总觉得这样陌生的热情里布着陷阱，我一一撇开他们，朝着幽暗而又肮脏的巷道走去，希望在一个僻静的角落里，寻到一间简陋但便宜的房间。走到尽头，才发觉我是来到了一个小型的农贸市场，大多数人已经收摊，只有个别还在不甘心地等待着买主。我想开口问一问哪里有便宜的旅馆，又担心遇到坏人的指引，什么时候被卖了都不知道。我始终紧闭着口唇，有人朝我喊："姑娘，买菜啵？"我也没有搭理，又折回来朝着另一处幽暗僻静的巷道走。来来回回走了好几个地方，终于在一家叫作顺美的旅馆前停下来。

　　这个片区没什么商店，很安静，房子也显得很老旧。我想这样的地方住店应该不会贵，就去问了。想必是用住家户改造成的旅馆，总的才六七间房。房东是个胖胖的中年妇女，她说有几间是被客人包着长住的，就剩一间，还是位长住客回家过年刚腾出来的，六十块钱一晚。我说我可能要多住几日，能不能便宜些。房东瞟了我几眼，想都没想，便说，那就三十块吧，我看你也是刚出远门的妹崽，想必是遇到什么难处了啵？我这空着也是空着，你来就当我们多了个伴。

这是我有些意想不到的，都说外地人欺生，没想到这老板娘竟这样好，这个地方除了人们的口音略有不同外，其他的似乎与我的家乡没太大区别。我赶紧把行李搬进去。房间很小，却有独立卫生间，不见热水器，但有可以调冷热的洗澡喷头，我试了试，还真的很快就有热水流出来。床上是同花色的床单被套，被子有些板硬，但铺了电热毯。这么好的条件，我想我真是捡了大便宜了，我没想到自己第一次出远门就这样幸运，我梦想着尽快找到母亲，或是找到一份事做，这样就可以在这里长期住下去，就再也不用惧怕冬天的寒冷了。

房东在厅堂里烧着一盆炭火，给人很暖和很温馨的家的感觉。我关在屋里吃了俩包子。房东喊我出去烤火，跟我介绍了一些情况，又热情地问这问那，还说我若在这里久住，可以跟他们搭伙，也就是多双筷子的事，比在外面吃便宜多了，其他几个房客也都是跟他们一起搭伙的。我冰冷的手脚在炭火的烘烤下慢慢暖和起来，我的心也慢慢暖了。

第二天，我出门去寻我的母亲。江城的街很热闹，到处摆着卖糖果、对联和灯笼的摊子，路变得很窄，人又多，挨挨挤挤，这头看不到那头，满大街都是新春佳节的喜庆。我拿着母亲年轻时的照片在大街小巷里瞎逛，眼睛用力盯着过往的每一个女人。到江城后，我便有几分相信村里的流言了，我希望一眼就从人堆里认出我母亲，或是被我母亲一眼把我给认出来。有几个相似的，我尾随了去，可是没跟多久就发觉不是。我就这样一声不吭地随着人流在大街上走着，仅半天时间就将江城的大街小巷走了个遍。但是一无所获。母亲给我汇寄的钱款、包裹从来都没留地址，但邮戳上总印着"广西江城 环城西路"的字样。江城有两家邮局，一家在城东，一家在城西，不知母亲是就住在这个县城里，还是从乡镇到县城来寄的包裹。当年，母亲是跟着一个劁猪佬跑出来的，按理应该是安家在某个村庄。可每个乡镇也都有邮局的点，母亲用不着每次都舍近求远跑城里寄东西吧。这样分析一通，又想着村里关于我母亲的那些风言风语，我便确信母亲就在这个地方，今天找不着，也许是她根本就不出门，这个县城就那么点大，我相信一定能够遇见她。

我每天到环城街来来回回地走，一边打听母亲的消息，一边也顺道着寻一份事做。虽然有老板娘顺美姐的照顾，住店很便宜，吃饭也不贵，但我全部的家当也仅够维持几天。环城街非常热闹，各式各样的店子琳琅满目。我捏着母亲年轻时的照片，一家一家地去问，有没有听说过或见到过王翠香这个人。他们接过我的照片。照片是黑白色的，有点复古的味道。照片上的女人扎着两条长长的麻花辫，大大的眼睛，甜甜的酒窝，每个看的人都会觉得那眼睛正在跟自己说话，那酒窝正对着自己笑。他们看不够似的久久地盯着，看得越久我越高兴，我希望他们能够回忆起来什么，但最后他们都摇摇头，非常遗憾地将照片还给我。我又问他们需不需要招工，他们就将我上下打量一通，说招是想招，不过得等过完年，因为他们也马上要关门回家过年了。倒是有一排排的发廊，店面很小，也没见什么理发、做头发的设施，只有简单的洗头盆，却好几个女人花枝招展地挤在一堆闲话。我进去，还没开口，她们就"嘻嘻哈哈"地笑。有人说，找事做的吧？我们是想招你这样的小妹子呢，就怕你不肯，说完又笑作一堆。我似乎觉察出这是个什么地方了，羞红着脸赶紧跑出来。

从那地方跑出来，我又有些不甘心，硬着头皮折回去。我拿出我母亲的照片交给她们辨认，既希望有人认识照片上的女人，又害怕有人能认出她来。她们拿着照片一个一个地传阅。她们啧啧感叹，说这女人模样可真好，我们当中要有人有这般模样，怕早就成明星了。这样传阅了好多家店，也没有人认出照片上的女人。我正为此暗自庆幸，但却有人将目光瞟向了我，终于指着我说："你们看，这孩子是不是和花姐有几分像？"那些女人的目光便齐刷刷地漫在我身上，像涨水时布满垃圾的洪流，顷刻就把我淹没了。我的心突突地跳着，一股灼烫从脸颊一下子烧到了脖子根。

从发廊里跑出来，我的心情极为忐忑。花姐。花姐。这分明就是那种女人的称呼，她会是我的母亲吗？难道我的母亲真涂着厚厚的粉尘，抹着浓艳的口红，穿着妖艳却劣质的时装在某间发廊里招揽客人？村里这么些年的流言是真的？如果我跑去喊这样的一个人做母亲，别人会用什么样的眼光看我？想到这些，我便感觉痛苦极了，一直鼓不起勇气去探听花姐更多的消息。

直到除夕，我连买包子的钱也没有了。一大早老板娘顺美就在跟房客们商量如何过除夕夜。大家都同意凑钱一起吃年夜饭，说是出多少钱无所谓，辛苦一年了，怎么都得在这最后一天好好犒赏一下自己。我听他们在外面商讨得欢，越发感觉焦虑和难过。我想要是有个地洞，让自己避几天，不用出来见人那该多好。

这让我想起我们村过年有人吃清斋的习俗。大年初一，我们村的妇女大多都是要吃清斋的。头天晚上，她们就会将锅碗瓢盆洗刷得干干净净，将大年初一要吃的素食斋饭准备好，新年的第一天决不杀生，也尽量不做沾油荤的事，因为她们相信在新年的第一天，以一颗虔诚的心，过一天干干净净的生活，那么新的一年里便能肃肃静静、无灾无难。有的年老的妇女为了表示自己的虔诚，或是对曾经罪过的救赎，甚至在这一天干脆床都不起，东西也不吃，不问世事，像冬眠般将这一天翻过去，称为吃清斋。我的奶奶以前只是大年初一吃清斋，家里连遭不幸之后，奶奶便常年吃素了。这让冷老秋极为不满。他像村里大多数男人一样，认为过年杀猪都不吃肉，什么时候还能痛快、放肆地吃肉。奶奶常年吃素之后，她就把自己的餐具单独分了出去，许多时候她做饭为不沾荤腥，就不做冷老秋的，冷老秋就只能命令我去做。今年，奶奶又添了一件不顺心的事，不知她是继续吃素，还是会选择吃清斋？而没有人为之洗衣做饭的冷老秋，心里是否有了些悔意呢？想到这，我有种复仇的畅快。但这种畅快转瞬即逝，我立刻就陷入眼下的困窘里。

我躲在被子底下淌着眼泪，挣扎着要不要去见她们口中的花姐。想到我即将找到丢弃我多年的母亲，我心里有一股抑制不住的兴奋，但是想到我的母亲可能真的是乡亲们口中唾弃的人，我又十分害怕。

我多希望能够像村里的老太太那样，躺在床上吃几天清斋，醒来后一切困难和烦扰都迎刃而解。我紧闭门窗，不敢发出一点声响。偏偏顺美姐跟大家收齐了钱后，就"咚咚咚"地来敲我的门。我不开门，她就越敲越用力，一股不把我喊出去誓不罢休的劲，一边敲还一边喊，"月妹妹，月妹妹，今晚大家一起过除夕，你不能缺席的哦。"

我只得赶紧擦了眼泪起来开门，装作睡懒觉般揉着惺忪的眼。顺美姐说，大家都闹翻天了，你怎么还睡得下呀。我说我找到我母亲了，约了下午见，早上没事就多睡睡。顺美姐以及其他房客都为我找到母亲而高兴，他们要我喊我母亲晚上跟他们一起吃年夜饭。我为了掩饰身无分文的窘迫，推说还没见面，不知道什么情况，等见了面后再说吧。

就这样，我去见了她们口中的花姐。

## 6

花姐住在一家远离城区的旅馆，那是一栋私人的宅子，不大，但有好几层。花姐住的是一间光线幽暗的屋子，屋里满是中药的味道。我到的时候，她正缩在被子里"噗噗"地咳嗽，每咳一下就很疼痛的样子。她很瘦，皮肤干干的毫无光泽，一头长发散乱地堆着，完全是个极不讲究的病秧子，看上去比实际年龄要老很多。

她没想到会有人来拜访她，见房东带着人进来，她显得有些慌乱，一只手捂着"噗噗"咳嗽的嘴，另一只手企图去撸一撸凌乱的发。她抬眼看我，我们四目相对，然后，她手上的动作停下来，我们像做木偶游戏似的突然间都愣住了。虽然眼前这个女人与照片上的母亲判若两人，但我还是一眼认出她就是我母亲。她的眼神还是那般柔弱、羞怯、闪躲，只是其间流露的无奈，比她出逃时的那个夜晚更深了。看得出，母亲也认出了我，也许在我身上，她看到了她年轻时的影子。

我有些庆幸母亲不是我想象的那个样子，但看到眼前的景象，心里又有股说不出的酸楚。我以为我会扑过去，滚在母亲怀里，抱着母亲痛哭一番。我一遍又一遍那样想着，身体却始终僵持着没有行动。母亲将手伸向我，嘴唇艰难地蠕动了一下，轻轻吐出两个字："妮子?"我的眼泪就情不自禁地掉下来。

　　我用母亲简单的餐具做了一顿丰盛的晚餐，母亲显得很开心，一双眼睛总追着我的身影笑。我想要她梳洗一番，我们一起去跟顺美旅馆的人过除夕。母亲不肯。我说顺美旅馆的老板娘人好得很，这些天多亏有她照拂。母亲说，你还小，出门要多留个心眼，人家对你好说不定藏着什么阴谋。母亲还说当年她就是太轻信人，才沦落成今天这个样子。我要母亲细说她的遭遇，母亲却将话题绕开，说难得这样好的日子相聚，那些不开心的话留着以后慢慢说。我问母亲得的什么病，怎么不到医院去治。母亲说没什么，老病而已，等春天暖和起来，病自然就好了。

　　当晚我就从顺美旅馆搬来跟母亲挤着住了。老板娘顺美十分不舍。记得刚到顺美旅馆那会，我都是拘谨地喊她老板娘，顺美姐说，"这样喊生疏了啵，你就叫我顺美姐吧。"我看着她，感觉她年龄比我母亲小不了多少，就开不了口。顺美姐说："大家都是这样叫的啵，不管年老年少，这样叫才亲切嘛。"后来发现真是不管男的女的，年长的年少的都喊她顺美姐，我也就跟着喊顺美姐了。顺美姐说她那人就相信缘分，虽然我才住几日，但她早把我当作妹妹一样亲了，要我以后多回她那里走动，还问我住在哪，说是以后遇着好的工作可以帮我介绍。我记着母亲的话，心想这样随和的人，哪会藏有什么阴谋，应该是母亲多心了。

　　第二天大年初一，母亲没有起床。母亲头天晚上就将自己梳洗好，她给了我一点零花钱，交代我明日别吵醒她。我说清斋是老女人吃的。虽然我早晨才想过要吃清斋，但好不容易跟母亲相聚，自然希望她能陪着我。母亲说，每年也就盼着至少有这么一天清清爽爽，干干净净。

　　我正感觉无聊，顺美姐却着人来喊我去她那边玩。顺美旅馆很热闹，除了几个老房客，还有好些眼生的人，大家围在一起烤火。我一到，便有人问，这就是从贵州来的小姑娘吧？我说是。那人说，早就听顺美姐说了，果真是个美人。其他几个也都齐刷刷地看向我，目光在我身上游移，让人很不自在。我怯怯地低着头，也不敢回问他们是谁。顺美姐说昨晚聚餐，月妹妹不在，杨老板说不算数，今晚补一餐，他请客。大家便欢呼起来。在大家的欢呼声中，有个人老盯着我看，那人四十多岁的样子，穿件带毛领的皮衣，戴副眼镜，看上去挺斯文的。我想这大概就是他们所说的杨老板了。

晚上，我们在一家酒店吃饭，有十几个人，虽然好些我不认识，但满满一桌人数我年龄最小，大家对我都特别关照。这还是我第一次与这么多人过着这样热闹的年，我心里充满感激，想着要是妈妈不吃清斋，跟我们一起，那该多好。席间，大家邀我喝酒。因为冷老秋嗜酒如命，我便对酒恨之入骨。不论大家如何劝说，我都一律拒绝，只是笑着看大家推杯换盏，默默吃饭。大伙却不放过我，一股非要劝得我喝的架势，劝得多了，便有几个看不惯我的矫情，话里带出火药味。有人说，这又不是毒药，再说今天是新年头一天，总得给点面子吧，莫不是你这贵州小妹看不起我们广西人？而我，除了一个劲说对不起，我不会喝之外，就不知道该怎么办了。有个人将酒横在我面前，说你不接杯子我就不缩手。我急得满脸通红，两手使劲捏着衣角，将目光怯怯地投向顺美姐，希望她能帮我打圆场。顺美姐一脸愠怒，示意我把酒喝了。我知道顺美姐也生我气了，看来哪怕是毒药，我也只能接过去一口喝掉。正在我犹豫着要不要接过酒杯的时候，那位杨先生抢在我前面接过酒杯一饮而尽。喝完，他说，喝酒就是为着开心嘛，看你们把小姑娘逼得，还有谁想找她喝酒，我都替她喝了，只要大家开心，我奉陪到底。那一刻，我幸福得眼泪都快掉下来了。我想，这个人要是我的父亲该多好。

后来，我还是喝了酒。杨先生说，这样的时刻，若滴酒不沾，多少会留遗憾，你定是心有顾虑，所以才那么矜持。这红酒光喊叫酒，其实和饮料差不多的。不信，你尝一点试试。见他说得那么温和，我就尝了。我也不知道为什么，心灵的枷锁一下子打开了，胆子渐渐大起来，也跟着他们说说笑笑，越说话便越想喝酒，越喝酒也就越想说话。

那天晚上，喝了多少酒我完全不知道，第二天醒来，已是在母亲的注视之下。母亲眼里包着一团火，见我醒来，便甩过一句话，她说，"明后天通车了，你就给我回家去。"我头痛欲裂，听不懂母亲说什么，只管慵懒地拍着头。

"春节后通车，你就给我回家去，听到没有！"母亲加重了语气，几乎是吼出来的。

我莫名其妙地看着母亲，不知她为何如此生气。我说，"干吗回去，我才从那魔窟逃出来，我才不回，要回你回。"

"你知道什么叫魔窟，你哪知道什么是真正的魔窟！昨晚要不是我见天黑了你还不回来，一直在顺美旅馆守着，如果他们带你回的不是顺美旅馆，你就真的掉进魔窟里了！"母亲因为生气，脸膛通红，又"噗噗"地咳起嗽来。

我努力回想着昨晚的事情，印象里杨先生似乎抱了我，可是，又好像是我扑在人家怀里哭，我似乎还跟他说，如果我有你这样的父亲，那该多好，后面我就实在想不起来了。这些年，我遭受了那么多委屈，从不向人倾诉，我隐忍了这么多年，偶然扑在一个像自己父亲一样的男人怀里痛哭一场，也要上纲上线，小题大作吗？

母亲气急败坏，却又不知道如何说通我，愤而甩了我一耳光。我终于咆哮起来，朝母亲大吼："为什么你也打我，你嫌我被打得还不够多吗，为什么你们就只会用拳头说话？！"

母亲抱住我，也哭起来，一个劲说对不起，叫我别恨她，她说都是因为她太着急，太害怕，太怕我重蹈她的后路。母亲一急，就"噗噗噗"地咳嗽，像要将什么东西使劲从肺里掏出来似的，脑门上的青筋都暴出来了。看到母亲那么痛苦，我慢慢平和下来，问她什么后路，她却又缄口不语。

跟母亲过了几天安静的日子，但没多久，我就发现了母亲日子的窘迫。每次跟母亲拿钱去买菜，她都要背着我抠好半天，才拿出几张零票。她似乎还欠房东不少钱，有次她和房东悄悄说着什么，我听到一些。她说等天气转暖，她病好了，就会挣钱还上。房东说不急不急，你有这么靓的姑娘，还愁还不上这点钱。

　　这些日子，母亲始终不忘劝我回家，她说奶奶老了没人照顾很可怜，说冷老秋废了无人理睬也很可怜。我说你可怜这个可怜那个，谁可怜你可怜我呀？她又说，你回去吧，回去继续读书，多读些书，只有多读书才能改变命运。我说冷老秋成天打我，我哪里能够安心读书，我现在就想找份事做，努力挣钱。她又说，如果你实在读不下去，也等再长大一些，完全成年了再跟村里的人出去打工，不要一个人出门。以后挑个品行好脾气好的人嫁了，好好做人家媳妇，好好生活。她还苦口婆心地劝我别恨冷老秋，她说冷老秋心里苦得很，你已经慢慢长大，要学会去体谅他。

　　过了十五，天渐渐暖了，那些因回家过年而关闭的店面、餐馆也如春天的各种花般次第开起来，他们贴出了一张张激动人心的招工广告。我不理睬母亲，我奔向那些广告，仿佛奔向那个我构想着的南方之春一样的未来。

7

　　母亲最终将我押上了回黎城的车，硬生生割断我刚刚长起来的希望。

　　母亲说，你被人惦记上了，还有什么春一样的未来，给我回家去！她以为只要我回到家，再难的事都算不上难事，再苦的日子都算不上痛苦。

　　我不懂母亲的意思，但她坚定的态度让我不敢忤逆。我说要回也行，一起回。我们就一起整理行装，一起上车。可是车子出站后，她让车子停一下，又提着她的行李下去了。隔着车窗，她对我说："妮子，妈妈回不去了，你自己回吧。"然后朝我挥了挥手。

　　我想追下去，车门却关上了。我最终随着班车离开了江城，母亲的身影越缩越小，最后模糊在一片晨雾里。我想着母亲挥手时说的那句话，心里又感伤起来。我想，好吧，那我就暂时回去，回到云岭去，虽然我发誓再也不回去的。我决定要去面对冷老秋，去面对他的打和骂，但我不会再任由他摆布，我要让冷老秋来将我的母亲接回家。

到达云岭的时候，天已经黑了，一轮圆月正静静地挂在天上，洒着冷冷的清辉，清辉下的村庄显得很安宁，一些屋子漏出昏黄的灯火，偶尔传来一阵轻轻的人语声，像个似睡非睡的婴儿般。我忽然有些感动，似乎这人间烟火里藏着我渴望的幸福。我踩着银子般的月光回家，我的家却浸染在一片黑暗里。屋里没有奶奶的身影，连冷老秋也不见，锅灶都冰冷着，只有火塘上吊着的两块腊肉是这屋子唯一的烟火气。

我放下行李，准备生了火就去跟邻居打探奶奶和冷老秋的消息。还没出门，冷老秋就摇摇晃晃、满身酒气地进屋来。冷老秋见到我，发红的眼睛顿时亮了，扑过来死死地抱住我，胡子拉碴的脸搓得我生疼，嘴里喃喃喊着"翠香，你回来了？翠香，你终于回来了。"我拼命推开他，我说我不是翠香，是妮子，你姑娘妮子。冷老秋像听不到我说话似的，只管凑过来拉扯我的衣服，我不得不在他脸上狠狠甩了一耳光，并对他咆哮道，"冷老秋，睁开你的狗眼看清楚点，我是妮子，你姑娘妮子！"冷老秋似乎也生气了，又一次扑上来，将我压在地上不知羞耻地撕扯我的衣服，他说："别人搞得，我搞不得？你是我婆娘，永远是我冷老秋的婆娘。"我一边反抗，一边大声哭骂，"冷老秋，你这个挨千刀的，你就是个畜生！你连畜生都不如！天老爷，你开开眼，用雷劈死这畜生啊！"终于，我在地上摸到一件东西，那东西挺沉的，我抓起来往冷秋头上猛地一敲，冷老秋就抱着头滚过一边去了。我趁机夺门跑出去，可是跑了几步我就赶紧停下来，用手捂住喷涌而出的哭声。

我一下子清醒起来，我想，我跑去哪，我能跑去哪呢？如果我从这里哭着一路跑去，村巷里的门窗就会在我身后哗哗打开，探出一些满是疑问的脑袋，而当他们看到我衣衫不整的狼狈样，就会发挥丰富的想象力，继而我被我父亲糟踏的消息就会迅速让这个宁静的村庄变得狂躁，尽管这尚未成为事实，但这个事件却再也解释不清了。而我也就回不了头，只能一路狂奔，奔向龙塘，然后"扑通"一声跳下去，一了百了。如果那样，我倒是彻底报复了冷老秋，但是，但是，我也将永远以脏污之名离开。

我停下脚步，收住哭声，我呆愣了一会，又悄悄地回了屋子。冷老秋还在地上滚着没有起来，我大着胆子舀了一盆冷水猛地泼向他。我想象他被冷水激灵得暴跳如雷的样子，也许他认出我是妮子后，会对我拳脚相加，我决定跟他干一仗，哪怕头破血流，哪怕被他打残打死，我也决定跟他干上一仗，拼尽全力地跟他对打一回。我要告诉他，妮子长大了，这个家再也不能任由他胡来。

我将一整盆冷水泼向冷老秋，冷老秋裹着棉衣的身子顿时全湿透了。让我失望的是冷老秋并没有像我想象的那般被冷水刺激后立马跳起来扇我耳光，我也未能跟他打上一场我期盼已久的架。冷老秋打了个冷战，身体下意识地蜷曲起来，拉碴的胡子、又脏又长的头发被水淋湿后，紧紧贴着他的脸，看上去就像个草包。他用手抹了一把脸上的水，又拢了拢衣服，浑身抖动着，想爬却爬不起来，挣扎几下干脆放弃了。他再次将身体蜷了蜷，团得像个球似的，然后慢慢睡去，就像小时候我被他打疼了赖在地上哭着哭着就睡着了一样。

看着如此狼狈的冷老秋，我心里充满了厌恶。我在心里喊着，冷老秋，你起来呀，你起来打我呀！你怎么会变成这样？你为什么要变成这样？

冷老秋原本身材高大，在村里也算是个俊朗的汉子。那个时候，他很爱我母亲，什么重活累活都抢着干，舍不得让我母亲受一点苦，他也很爱哥哥和我，每次从坡上回来，不管多累，都会陪哥哥打一会陀螺，或是将我扛在肩上转几圈，而他对奶奶更是言听计从，从不拂奶奶的意。那时候，我们一家是多么幸福啊。可是，这一切都变了。追溯改变的根源，我想到哥哥，想到那串牛奶果。呵呵，多么可笑，一串牛奶果。这一切竟因为一串牛奶果改变了。为什么一串牛奶果就改掉了我的命运？为什么一串牛奶果就能毁了一个家庭？为什么灾难不是让我们抱得更紧，而是将我们越推越远？我在心里一遍遍问着、喊着，但是没有人能回答我。

我颓丧地坐在冷老秋旁边呜呜地哭。冷老秋却慢慢传出不规则的鼾声，那鼾声时断时续，扯得人心惊肉跳，真让人担心一不留神，那口气便如被掐断的游丝，闷回肚子里再也扯不出来。

我想，扯断了才好。我哭了一阵，丢下冷老秋，去烧饭菜。像为了要抚慰我自己，我将饭菜做得很认真，然后慢慢地吃，最后还烧了热水洗漱，像什么事也没发生一样回我的房间睡觉。

已是深夜，困倦极了，我在床上却越躺越清醒，竟然担心冷老秋会不会死掉。我一边想着死了才好，死了我就再也不怕挨他打骂，我就可以将母亲接回家，和母亲再也不分开了。可是，我一边又担心如果冷老秋真的就这样死去，那我不就成杀人凶手了吗？哥哥为我而死，母亲因我逃离，现在我一回到家，冷老秋就突然死去，我不是灾星是什么，我就是有一百张嘴，还能辩解得清吗？如果冷老秋真的死了，我和母亲还回得来云岭吗？我越想越怕，就爬起来去看冷老秋。冷老秋果然脸手冰凉。我试图将冷老秋搬到床上去，但怎么都抬不起来，我用尽浑身力气，也只将他拖到门板边靠着，烧了盆热水给他擦洗，又去找了一套干爽的衣服来给他换。给冷老秋擦脸时，他眼角竟挂着两滴泪水。

看到冷老秋的眼泪，我的心突然弹跳般痛了一下，又痛了一下。母亲曾说："妮子，别恨你爸，他也活得很苦。"当时我想，他活得苦，那是他活该，不恨他，我恨谁？这些年，我从未喊过一声"父亲"，我只顾在心里恨着冷老秋，甚至将对冷老秋的报复作为我成长的动力。此刻，看着眼前这个邋遢的男人，看着那两滴不易察觉的眼泪，我心里真如打翻的五味瓶般，不知是个什么滋味。

第二天冷老秋病了。从未生病的冷老秋一病起来，有点地动山摇的感觉。他一会儿冷得像筛糠一样哆哆地抖着，大喊大叫着让我不停地给他加被子。一会儿又发烫得双颊通红，呼呼地喘着粗气。我用了些土法子，但根本不管用。奶奶被冷飞燕接走了，她们给冷老秋留了些年货，冷老秋就每天拿着那些年货张家李家地去混酒吃。人们说，瞧，瞧，终于吃出毛病了吧。我给奶奶打了电话，又去喊来医生，冷老秋折腾了一个多星期，像在鬼门关打了个转，渐渐好了起来。

病好后的冷老秋被医生告诫，说他由于这次急性肺炎太严重，损伤了呼吸系统，不能吃刺激性强的食物，尤其不能喝酒。奶奶姑妈们也趁机劝他把酒戒了。冷老秋不信邪，又偷偷喝过几次，但只要一碰酒就会咳嗽，"咣咣"地咳出血丝来。

不能喝酒的冷老秋落落寡合，像突然老了许多，也不爱说话，似乎连打人骂人的力气也突然消失了。我失踪一个月，他居然不闻不问，像是毫不关心，又好像我和我母亲的一切情况他都了如指掌。倒是奶奶私底下盘问过我好几回。奶奶说你是不是找你母亲去了，见着人没，她是不是还不肯回来。我说，冷老秋都不去接，她怎么回。奶奶说，要怎么接，她自己跑出去的，难道还八抬大轿去抬不成。我就懒得搭理奶奶了。我故意在只有冷老秋的时候丢下一些话语。我说，我母亲很孤单，这些年始终一个人。我母亲变瘦了。我母亲变老了。我母亲病了。我母亲躺在一家小旅馆里，奄奄一息了。我在冷老秋面前丢下这些话，我并不看他，好像这些话只是说给空气听一样。冷老秋也不接腔，好像我也只是一抹空气。

又过了些日子，奶奶的叹气声越来越重，见了我，她总是"唉——，妮子""唉——，唉——"我看着她，等着她把想说的话说出来，她欲言又止，光空空叹息几声又过去。这样叹了几日，她终于说："妮子，我们还是去把你妈接回来吧？"我说："冷老秋要再不去接我妈，我就真出去打工，再也不回这个家了。"

也不知奶奶是如何说动冷老秋的，冷老秋居然答应和我一起去接我母亲回家。

## 8

我和冷老秋去接我母亲了。为了不让人发觉，我们天没亮就起床出发。在镇上等车的间隙，冷老秋到理发店理了个头，还刮了胡子。剪了头发、刮了胡子的冷老秋仿佛变了个人似的让人觉得特别扭，利索的平头与他松松垮垮的衣服极不相称，没有胡子的脸也仿佛没了遮掩般，显得僵硬和木讷。似乎冷老秋剪掉的不是头发，刮走的也不是胡子，而是他的暴戾和威严。

我应该为冷老秋换了新形象感到高兴，但我没有任何表情，只是瞟了他几眼。冷老秋也没有任何表情。我们始终一句话不说，各走各的，上车下车，睡觉发呆，一路沉默。

到了江城，我们直奔我母亲住的那家旅馆。可是，我的母亲王翠香却离开了那里，那个房间又住进了别的人。

"我妈还病着，她能去哪？"我的语气里不经意地带着质问，这让那个矮小的房东发起怒来："我要知道她去哪就好了，她还欠我两千多块钱呢，你们来了正好，赶紧还钱，不还不准走人！"

"还钱？还什么钱？凭什么说她欠你钱？"冷老秋在一旁暴跳起来，只可惜他的长头发和满脸的络腮胡没了，使他的话减了不少威力。那房东并不买账，翻箱倒柜从抽屉里找出几张纸条，他说，"凭什么？就凭这个！白纸黑字、红手印都押着呢，这是她写的欠条，还有她住店的记录！"

"还钱？我还要你还人呢！她身体好的时候长期住这里，现在生了病你倒说人跑了，鬼才信！"

"还钱还钱，没的说，不还不准走人！"

我在这住的那段时间，房东挺和善的，一些吃的买多了还会分给我们。冷老秋一上来就有些蛮横，我怕他吓着这个矮个子房东。没想到房东一点不虚，态度也这么强硬，那姿态仿佛在说，"我的地盘我做主，还怕你个外地佬不成！"

"要还钱，你先把人找来。人是在你这丢的，不把人交出来，我饶不了你！"

冷老秋用手指着矮个子房东，摆出要打人的架势。房东见势抓起一个物件猛敲了几下桌子。我赶紧拉了拉冷老秋的衣服，示意他别争了，我们走。我们转身准备走的时候，也不知从哪里蹿出个人来，那人动作快极了，让我们猝不及防，"呼"地一下就将出口的门给关上了。冷老秋气急败坏，大手一挥就把那人揉过了一边，他拉起我准备跑，但楼上楼下突然蹿出好多人，将我们团团围住。

矮个房东说："欠债还钱，天经地义，还了钱，自然让你们走。"

"没钱！"冷老秋丢下这两个字，企图凭借他的大力气将那些挡道的人一一掀开。但是，冷老秋的力气并不像他想象的那么大，不但掀不开那些人，还被他们夹了起来。冷老秋愤怒极了，对他们拳打脚踢，但冷老秋很快就被他们揍趴在了地上。他们你一拳我一脚轮番砸向冷老秋，嘴里骂着粗鄙的话。冷老秋无力招架，一会抱住头，一会捂住肚子，鼻子、嘴巴很快就流出血来。

我被这一幕吓傻了。想不到他们真往死里打人。开始我还幻想这是不是他们故意设的局，也许我母亲根本就没走，他们为了帮我母亲出气，所以故意设下这个局修理一下冷老秋。说实话，想起这些年动不动就挨冷老秋的打，我多么希望能看到冷老秋也被人教训一回。冷老秋刚开始被围打的时候，我心里竟有种说不出的快感。我暗想，好啊，你狂吧，你脾气暴吧，你动不动就出手打人吧，天底下也就我和我母亲会任由你打骂，出了那个家，谁会怕你呀！挨挨教训也好，让你也尝一尝被打的滋味。

可是，他们根本就不是只给点教训，那些人似乎是天生就喜欢打人，似乎很久没打过人了，手痒得很，现在一打人就打上了瘾，打红了眼。他们越打越起劲，冷老秋鼻子、嘴巴出血了，他们还继续打，冷老秋被打得一动不能动了，他们还继续打。我哭起来，求着房东让他们别打了，再打就要出人命了。他们看着我哈哈大笑，说出条人命算什么，关门打狗，谁会知道啊。求不管用，我就大声地骂，我说你们也太猖狂了，除非你们把我也打死，不然我出去一定会报警，一定让警察将你们统统抓起来。他们没有来打我，但他们笑得更肆虐，踢打冷老秋也更疯狂，就连房东示意他们停也停不下来。冷老秋终于趴在地上一动不动，连哼哼声都听不到了。我想冷老秋是不是被打死了，一种恐惧瞬间攫住我的心，仿佛四周漫起了黑色的迷雾，那些人张狂的笑声和踢打声如同强烈的电波不断扩散，震得我头痛欲裂。我忽然大叫一声，扑到冷老秋身上，我张开双臂，试图像母鸡护住小鸡那样将冷老秋遮护起来。那伙人被我突如其来的举动吓蒙了，终于停止踢打。其实，我也被自己吓到了，我不知道我哪来的这么大勇气。

我说："你们不就是要钱吗，两千多块钱你们就将人打成这样！"

我将冷老秋扶起来，用袖子为他擦拭脸上的血。他们等着我们掏钱，可我们身上就带了几百块钱的路费而已。房东说，这个好办，留一个，另一个出去找钱。冷老秋走不了，我扶着他在客厅的沙发躺下，他拉着我的手，嘴唇动了动，但声音太小，没听清，看嘴型似乎是说"对不起"，但也许是"不要去"。我管不了那么多，我只想快点找钱来将冷老秋赎出去，好带他去疗伤。我对他们说，我出去找钱，你们可不能再打人，不然我就是不报警，也会把全村的人喊来，踏平你这个地方。

从旅馆出来，我就想要不要报警。我从没接触过警察，虽然课本上教我们有困难找警察，可现实里谁知道会是什么情况。这些人似乎根本就不怕警察，也许警察里有他家亲戚，也许这家店真正的老板就是个警察。我放弃了找警察的念头。我说要让全村人来踏平他这个地方时，那房东倒露出几分惧怕，可是现在远水救不了近火，在这人生地不熟的地方，我一时间上哪找那么多钱呢。我到公共电话亭给村里挂了个电话，我没敢跟奶奶说冷老秋被打，只说要把我母亲接回家还需要点儿钱，让她想办法尽快凑三千块钱给我们打来。我知道奶奶要凑三千块钱需要些时日，而冷老秋却必须马上上医院检查治疗。怎么办，我该怎么办，我想了又想，就想到了顺美旅馆的老板娘。

顺美姐见到我，眼睛忽地亮了，她依旧那么热情，拉过我的手说，"月妹妹，可又见到你了啵。"我耷着脸，满脸忧愁地看着她，欲言又止。顺美姐说："你是不是遇上什么难事了呀，说出来，看我能不能帮到你。"见顺美姐没有逃避，还主动要帮我，我就开口向她借两千块钱，并保证两三天后就还她。顺美姐面露难色，她说，我倒不是怕你不还，我两个孩子上学，刚交去一大笔钱，我那旅店，小本生意，还真拿不出钱给你哟。可是，作完解释，顺美姐又笑了，她说，不过月妹妹，你也不必发愁，我倒是有个帮你生财的好办法。我本来是要转身就走的，听顺美姐这样说，我又停下来，等着她指一条快速赚钱的门路。顺美姐说："你还记得上次那个杨老板吗，他可惦记你啦，只要你愿意，别说两千，就是五千，他也是肯给的，一晚五千，在我们这可还从来没这个价的喔。"我听不懂顺美姐说什么，愣愣地看着她，她就凑到我耳朵边小声说道："杨老板说他很喜欢你，他曾表示只要你愿意把初夜给他，多少钱随你开口。"我身子一紧，一股灼烫腾上脸颊，我恶狠狠地瞪她一眼，跑开了。

  我难过极了，一种从未有过的悲伤与无助漫向我。这个城市车水马龙，人来人往，但谁也不认识我，我流泪、大哭，也没有人多看我一眼。这种陌生使我胆怯，我毫无办法，脑海里一次次闪过冷老秋要逃跑时拉住我的那一瞬间。这是这么多年来，冷老秋第一次用他的大手拉着我的小手，我的手心仿佛还留着他的温暖。此刻，我无比强烈地牵挂冷老秋了。

  我买了几个包子，想冷老秋一定又冷又饿。回到旅馆，却在门口意外遇见了我母亲王翠香。原来我走后，母亲搬离了那里，到一家家政公司打工，她怕我会回来找她，就时不时来看一下。了解情况后，我几乎朝她吼起来，我说，你为什么不等我们来就搬走，为什么账没结清就偷偷跑掉，你知不知道冷老秋因为你欠钱被打得都快死啦？

  没等我说完，母亲就冲进旅馆。旅馆客厅里空无一人，只有冷老秋仍在沙发上躺着，奄奄一息。母亲要将冷老秋背起来，让我在后面抬着双脚，可是，冷老秋一压到母亲背上，母亲就"噗噗噗"咳起嗽来。我换下母亲，让母亲将冷老秋扶上我瘦弱的脊背，然后她在后面抬着他的脚。我们艰难地朝着医院走去。我在心里默默祈祷着：爸，你千万不要有事啊，等你好了，我们一起回家。

  此时，天已经全黑，月光无声地照着。

（原载《朔方》2018年第8期）

# 永生的蝴蝶梦

## 1

我和老五在大枫树下观察一群毛毛虫吐丝做茧。那些毛毛虫就像一个个聪明的缠线高手,头扭来扭去,一圈一圈,一层一层,便将自己裹在又厚又结实的棉被里。开始是一层薄薄的透明的细丝,我们用小树枝一绞,细丝就粘到树枝上,黏黏的。毛毛虫预感到有敌人侵袭,立刻一动不动。毛毛虫死了。老五说。他用两根小木棍将毛毛虫夹起来,毛毛虫笨拙地扭动着半秃的身子。我知道他又想把毛毛虫丢进我脖子里,赶紧跳开。老五阴谋没有得逞,将毛毛虫往鞋底下一扔,"哗"的一声,毛毛虫融到泥土里去了。

"坏蛋,毛毛虫要变蝴蝶的。"

"毛毛虫才坏,树叶都被啃光了。"

"不啃树叶它们怎么变蝴蝶?"

"我就不让它们啃,就不让!"

老五捡起一枝大树丫,"啪啪"地拍打着树叶上的毛毛虫。

我和老五扭打起来。

"你们这些鬼崽，老子不在家，你们成天就只晓得打架！"

是母亲的声音。我和老五喜出望外，立刻朝那声音跑去。

我们的母亲冷月妹包着头帕，怀里抱着一个小娃娃，父亲石永生则拎着大包小包跟在后头。

父亲终于把母亲接来了。我知道，那抱着的，肯定是母亲才生下的第七个孩子。几乎每两年母亲就会离开我们很长一段时间，问父亲，父亲总是说她打工去了，而母亲回来，怀里就会抱着一个娃娃。据说除了大哥、大姐、二哥是在家里生的，我、老五、老六则要么生于牛棚要么生于窑洞，不晓得这个老七是在哪里生的。

奶奶杀了鸡，我和老五有棒腿吃了。我一边啃着棒腿一边问："是三妮还是五弟？""是弟弟。"父亲咧着嘴笑。我说："是弟弟你就笑，是妹妹只怕要摔东掼西了。"

"小鬼头，你哪时见我摔东掼西的，妹妹我一样喜欢。"父亲用手指点了一下我的脑门。

"全是哥哥弟弟，我都没伴。"我嘟起嘴，有点撒娇。

"哥哥弟弟才好嘛，那样我们的家就壮大了，以后看谁还敢欺负我们。"爷爷笑着说。

"哼！就是姊妹多了，才被人欺负的！"

我想起跟卯花吵的那一架，不高兴了。卯花和我同年，她已经读三年级。我也想读书，但学校说我是黑户，入不了学籍，入不了学籍就进不了校门。我曾为这件事狠狠哭闹过，并认为这一切都是父亲石永生的错。父亲说，去不了学校就不去，不去学校我们照样可以学知识，寒暑假让两个哥哥教你们，直接手把手地教，比在学校学到的更管用！虽然我也学会认了不少字，但我特别羡慕卯花，她一放学，我就想跑去翻看她的书，听她摆谈在学校发生的事。昨天，我和她比赛背诗，明明她输了，她却耍赖，硬说我的手弄脏了她的课本，跟我吵起架来。卯花骂我，说会背几首诗有什么了不起，你也就会月亮光光地背那几首诗罢了，你知道什么是自然科学，什么是美术音乐吗，你没有老师，也没有同学，你连学校都进不去，现在谁家姊妹像你们家那么多，你母亲生你们就像母猪下崽一样。卯花喋喋不休，我拍了她一巴掌，卯花哭喊着再也不要跟我玩，再也不许我看她的书了。我灰溜溜地跑回家，在半路上偷偷地哭。

我表示了我的不满，却不敢把我被骂半路偷偷哭的事说出来。那样父亲又要给我上政治课了，什么"子不嫌母丑，狗不嫌家贫"，什么"小人记仇，君子长智"，什么"劳动力就是生产力"，什么"走自己的路，让别人去说吧"之类，反正他说起来总是一套一套的，有摆不完的道理。

我不得不承认，我的父亲石永生是个特别能干的人。比如，我们家的自来水，就是他自己在后山建了个蓄水池，蓄水池里还装了过滤网，接到家里的水四季常清，都可直接饮用。不像大寨里的自来水，政府搞了一次又一次，还经常水管爆裂、停水，暴雨时节，不是被渣子堵了水管，就是泥沙俱下，浑浊不堪。我们家离寨上远，又是独门独户，我们村连接电网的时候，政府嫌接到我们家成本太高，就没有接，据说父亲当时还是学生，他自己考察了水电发电原理，动员我爷爷买了台小型的发电机，利用后山溪流高落差的动力来发电，发了一年多。这件事后来被外地的记者报道出去，政府才给我们家连接了南方电网。又比如，我们家的水泥地是他自己烫的，倾斜的老木房是他和爷爷自己用木头撑起来的，山上的诸多牛棚也被他一一改装成简易的"宾馆"，他还无师自通地成了我们地方的农技师、兽医，连带人简单的病痛，他也能医治。他几乎无所不能，他看的书，比那些老师们看的书都还多。

让人不能理解的是，读了满屋子书的我的父亲却让我母亲一个接着一个地生，似乎没有要停下来的意思，现在都已经是第七个了。奶奶说，不生这样多的孩子你就不可能到这世上来，难道你不想到这世上来吗？这个问题曾深深地困扰着我。我来之前没机会做选择，已经来了才问我这个问题。每次奶奶问这个问题，我就会想起我所受过的委屈，但只要一想到死，我又会很害怕，很舍不得。要命的是，如果我不到这世上来，我就什么都不知道，连难过和死都不会知道。沿着这个方向想下去，我很快就掉入一个茫然的黑洞里，这个黑洞让我十分恐惧，生怕自己越陷越深，再也拉不回来。我只好赶紧跳开这个问题。

可是，我还是有些不甘心。学校里的老师，乡里的干部，那些有知识文化的人，他们每家都只有一个孩子。就连我们村那些老实巴交的农户，大多数家庭都只是两个孩子。有三个孩子的家庭也多半是因为头两胎是女孩，为了生一个男孩才超生，但人家顶多超生一两个，即便生的第三个第四个还是女孩也不会留下来，要么送人，要么一生下来就溺死。超生一个是很容易被原谅的，罚罚款就过去了，不会有人多说什么。只有我们家，父亲母亲都读过书，算得上有些文化的人，可他们生了一男一女还不满足，还要接二连三地生。乡里的干部做不通工作发下狠话，说我母亲如果不去结扎，我们家不把罚款缴清，余下的几个孩子就休想上户口，休想进学校读书。

乡干部的话落在我心里就像一个可怕的梦，我越长大，在这个噩梦里陷得也就越深。每到开学，每当看到与我年龄相仿的孩子跑在上学或放学的路上，我的心就仿佛爬着无数的毛毛虫。为此，我常常向父亲和母亲哭诉。石永生和冷月妹却始终如这巍巍的月亮山一样，稳稳当当，依旧不为所动的我行我素，任由我母亲的肚子瘪了又大，大了就生。父亲说，不用着急，你们迟早都能够上户的，等到国家人口普查的时候，派出所就会来求着我们去上户呢。我知道二哥就是在上次人口普查的时候上的户，可那时我和老五不是也出生了吗，就没给我们上。父亲说那时你们还小，政府又格外严格，不好一次性上几个。没关系，等下一次人口普查，一定给你们全上了。父亲总这样安抚我们。好吧，那就等吧。我似乎感觉到心里的毛毛虫蜕了一层皮又蜕了一层皮，正在卷丝成蛹，我等着它们一只只羽化成美丽的蝴蝶。

俗话说"五男二女七子团圆",这是关于自然生育最好的寓意,现在母亲终于生齐了五男二女,应该会配合乡里的干部去做绝育手术了吧。有人调侃说我爷爷给我父亲取名为石永生,就是想要他永不停歇地生孩子。我和老五对此表示抗议。爷爷说,我就是那个意思,怎么啦,能生有什么不好,说这话的人是吃不到葡萄说葡萄酸。我不太理解爷爷的话,转而将目光投向父亲和母亲。石永生和冷月妹也没有半点生气的样子,他们笑嘻嘻的,说现在田多地多,多些孩子才好呢。石永生将手搭在冷月妹的肚子上,冷月妹红着脸,他们一脸满足地望向门口,望向远方,好像正想象着我们家独门独户的这个坡头,房子一座座多起来,渐渐发展成热闹的石家寨。

人们说要热闹还不简单,搬到大寨去就行了嘛,搬到城里去还天天都像赶集样呢。我没到过城里,但我到河口乡赶过集。河口乡每六天赶一次集市,赶集这天,四面八方的商贩就会涌来,在河口乡的街面上用两根条凳架上几张板子铺成摊位,卖各种各样的生活用品,五花八门,琳琅满目,加上人来人往,将本来就不宽敞的马路挤得水泄不通。我追着大人走十几里山路去赶集,主要是为了看一眼乡里的中心校。中心校是河口乡占地最广,房子最漂亮的地方,显眼得很,这让我上学读书的心思更加迫切了。我多么希望父亲和母亲不要再生孩子,希望他们赶紧缴清所有罚款,让我能够快一点报名入学。说实话,我并不是很希望我们家搬到城里去,听说到了城里户口更难解决。搬到乡里也没必要,河口乡所在地是一条狭长的山谷,两条河汇流又占去了峡谷一半的面积,那剩下的另一半早就挤满了各种各样的房屋,严丝无缝的,连棵树苗都插不进去。

现在,母亲已经生了七个孩子,但愿她和我父亲以及爷爷奶奶会想到古人关于"五男二女"的讲究,从此停下来好好过日子,再也不要离开我们。母亲不在家的日子,就像米桶被老鼠抠了一个洞,怎么努力日子也过不厚实。可是,我立刻又忧郁起来,我忽然想到老六死了,母亲虽然生了五男二女,却没办法七子团圆,他们还会不会再生个孩子来填补呢。

## 2

老六是三岁多的时候没的。想到老六的死，我是有些痛恨母亲的。

那天我们家请了几个人来帮忙打谷子，我也带着老五、老六跟去。我帮忙割谷子，老五、老六就在空起来的稻田里玩。父亲用稻草给他们搭了个宽宽的棚子躲阴凉，他们就在棚子下用蚱蜢打架，用稻草编短枪、编笼子。随他们怎么玩，只要不哭闹就好。我是第一次不用完全围着那两个家伙转，可以放开手脚参与到大人的劳动里去。我很兴奋，极力想表现得像个大人，干得很卖力。可太阳热辣辣泼下来的时候，我很快就像一株晒蔫了的含羞草，整个身体耷拉着，连刀都握不住了。离午饭的时间还早得很，我又不想跟那两个家伙玩，我在田埂上坐了一会儿，穿好鞋，又无所事事地游走，走到回家的路面上时，我朝着正在忙碌的一群大人甩下一句话，我说我去催母亲快点送饭来啊，就跑过山拐不见了踪影。我听到身后有人"哈哈"地笑，奶奶扯着嗓子大喊："回来！回来！"不过，父亲并没有来追我。

有些路段，两边的树遮住了阳光，路面洒着斑驳的影随风摇晃，风凉凉的，先前冒出的汗水很快闭合了，稻谷刺人的芒须也被凉风抚平，我感觉很惬意，气力又回来了。我快速地跑回家，想着能帮母亲做点事也好。我回到家里，火房的门敞着，母亲不在。饭做好了，菜也做好了，只不过还没装盘，还窝在锅里用火子温着。我想母亲肯定喂猪去了，我跑去猪圈看，没人。我爬上吊脚楼，听到母亲房里有响动，就去推门，门是闩着的。我架了根凳子，透过磨砂玻璃，我模糊地看到屋里有人影在晃动。我用脑门顶着窗户，眼睛贴着两扇窗户间的缝隙，努力朝里面望，我看到一个赤身裸体的男人骑在同样赤身裸体的母亲身上，他们正在一推一揉、嘿嘿嚯嚯地干架。"妈！妈！"我大叫起来，急急地拍打窗户。那个男人想从母亲身上下来，母亲却一把拉住他，说："小孩子，别理她。"

原来母亲是自愿的。我颓然地坐下来，想不通是怎么回事，很是沮丧。过了一会儿，男人从后门走了，母亲出来，拿了一颗水果糖给我。她说，这事不许对别人讲，谁也不许讲，听到没！我没有点头，也没有摇头，我接了糖又摊开手，母亲只好又去摸出两颗给我。接过糖我就跑了，我忘了我回家来做什么。我的心"咚咚"地跳，像有只小兔子揣在怀里。我弄不清我是兴奋还是难过，或者说害怕，我完全不能理解我当时的情绪。因为我根本弄不清那是怎么一回事，我只知道我多了一个秘密，我掌握了我的母亲冷月妹的一个秘密。可是，拥有别人的秘密是好是坏呢，我有点不知所措。其实，我原本是个好奇心特别强的孩子，比如我喜欢去翻大哥、大姐的书包，喜欢猜度他们夹在书本里的标本，喜欢观察他们与异性说话的情态，我似乎总想找出一点不一样的蛛丝马迹来。但我只对哥哥姐姐以及卯花的秘密感兴趣，我从没想过父亲或母亲也会有秘密。

我揣着三颗水果糖，慢慢吞吞地走着，我还没想好要怎么跟老五、老六分享吃糖的喜悦，总感觉这个秘密会给我的生活带来不可预知的影响。

母亲担着饭追上了我，我们一同来到螺蛳湾梯田。母亲像什么事也没发生一样，招呼大家吃饭，也不顾我父亲和爷爷奶奶在场，跟干活的男人们说说笑笑。我忽然觉得很嫌恶，避得远远的。我远远地看着他们，发现人群里比之前多了一个男人。是多了谁呢，我用眼睛一一寻去，有个男人不好意思地避开了我的目光。

哼，狗男人！

我扯断一根狗尾草用力往地上掷，可惜狗尾草轻飘飘的一点力度也没有，不能像剑一样插入泥土里。我转身，跑去喊老五、老六吃饭。

老五在折稻草编手枪。老六躺在草堆上睡着了，旁边倒着一把水壶，丢着一只空碗。我喊老六，起来，吃饭去了。老六哼哼两声，没有理我。我气不打一处来，想过去把他拉起来狠拍两板屁股。凑过去，我立刻看到老六挺着一个大大的肚子，用手一摸，硬邦邦的。我问老五怎么回事，老五说我们"划嘻嘻"喝水，他只会出二拇指，次次都是他输，他把一壶的凉水都喝完了。

"爸！妈！你们快来呀！"我惊叫起来，顾不上什么秘密了，我大声呼喊着父亲和母亲。

人们围拢过来，有人建议将老六倒立，先把水倒出来。但是没用，仿佛那些水喝进肚子全都结成了冰块，一滴也出不来。又试了其他几种土法子，老六只是拧着脸，很疼痛的样子。他什么动作也做不了，连话也说不出来。他晒在太阳底下，手脚却是冰冰凉凉的。

父亲说我去把三轮车开来，你们把他搬到公路边等我。母亲不敢到乡里去，她怕计生工作队的捉她去结扎，只好我和爷爷陪着去，其他人继续留下来打谷子，因为不干完一天是不好算工钱的。

我抱着老六。我让他把头枕在我的臂弯里，然后屈着膝盖托住他，另一只手环过他的身体把他整个人都搂住。我很会抱孩子，我经常那样抱他。母亲生下他一百天后，为躲避计生工作队就住到山里去了，只有到了晚上才偶尔回家来。奶奶白天要忙活路，老六几乎是在我背上长大的。我背着他到寨上跟小伙伴们玩，背着他到田间地头去看奶奶做活，背着他去山里找母亲，背着他洗衣服、扫地，反正我到哪都背着他，给他换尿布，给他喂米糊。有时背的时间长了，肩膀受不住，就让他坐在一个高一点的地方，然后我缩下去休息一会儿。老六很少哭闹，有时被老五欺负了，也只是喊几声，我出现后，他抹抹眼泪又笑了。他总说："二姐，你陪我玩一会儿行吗，我不想跟三哥一起玩。""二姐去哪我就去哪，我要跟二姐。"他那么喜欢追我，可是我跑回家，他为什么不追我去呢。

父亲的车开得有点急，我们在车上颠来簸去，老六鼓胀的肚子波浪一样拍打着我。突然老六吐出了一些水，接着又吐了些泡沫。我高兴起来，说道："爷爷，你看，老六吐水了，他把水吐出来了。"

爷爷却慌张起来，连连叫父亲停车。父亲从前座一跃跳到拖斗里来。老六睁开眼，看了我一下，又看了爷爷和父亲一下，很累似的，翻出一圈眼白，那样子有些吓人，不过他很快就闭上了。我知道老六是不忍心吓唬我的，我正想伸手去摸摸他的脸，他的手却失去支撑般突地往下垂。

父亲说："二妮，别抱了，把老六给我。"父亲把老六抱走了，爷爷从车上扛了把锄头跟过去，他们叮嘱我守车子，不要乱跑，也不要看他们往哪里走。

事实上，我一直看着他们的背影，看着他们在一片红艳艳的芭芒花间穿行，然后消失在一个山弯里。我希望那个山弯住着一尊菩萨，她用她柳枝般柔软的手抚一抚老六的肚子，老六的肚子就瘪下去，然后老六怕痒痒似的笑起来，咯咯咯的，红红的脸蛋现出两个浅浅的酒窝。等老六蹦蹦跳跳地从那些青草丛跑出来，我就立刻跳下车，奔过去，给他折一把芭芒花，把芭芒秆留得长长的，一节用来玩"撒撒"的游戏，一节用来编手枪，剩下的芭芒花须，就拿来打架，你扫扫我的脸，我吱吱你的脖子。

没过多久，父亲和爷爷回来了，他们的手空空的，前边后边也没有跟着老六。我问老六呢？父亲说，埋了。

我知道我的幻想破灭了。但我没有哭，我在心里恨着母亲，我想一定是母亲害死了老六。就像遇见两蛇相绞一样，我固执地认为如果不是让我撞见那不堪的一幕，老六就不会死。我也恨我自己，恨我当时为什么不吐唾沫，为什么不立刻从身上扯一样东西丢掉。老人们曾说如果遇见两蛇相绞，要赶紧丢掉身上的一样东西和吐唾沫，在蛇跑掉之前把东西丢了，唾沫吐了，人就没事，如果不丢东西或唾沫吐得比蛇慢，人就要遭大厄。

### 3

果然遭了厄运，而且那么快就兑现了。

那天晚上，客人散尽后，我从身上撕下一块破布扔向冷月妹，可惜破布也轻飘飘的，不能像剑一样扎在她身上。不过，我的话却是一把锋利的剑。

我朝她吼道："不要脸！你还我老六，还我老六！"

奶奶说："老六没了，你妈比谁都难过，你就别在她伤口上撒盐了，啊。"

"她难过？要不是她衣服没穿地和男人抱在一起，老六根本就不会死！"

"啪——"我的脸被掴了一掌，热辣辣的。我以为打我的是冷月妹，正想摆出一副闹翻天的架势，没想到打我的竟然是父亲石永生。我捂着脸跑出门去，那一刻，我多希望能像老六一样从这个家里消失。

外面黑漆漆的，我在门口站了许久才慢慢看到一些模糊的影。想到老六刚刚死去，想起老六临死前翻的那个白眼，我感到有几分惧怕了。可是，我不愿回屋里去，才跑出来又灰溜溜地回去，这算什么。我希望老五能出来跟我做伴，但老五被打了一顿，哭了一阵，这会儿已经睡着了。我希望父亲跟出来向我道歉，然后问我怎么回事，那样我就可以把憋在心里的秘密一股脑地说出来。我想父亲现在一定特别想知道真相，一定特别想知道究竟发生了什么，他打我是因为他不愿意我当着一家人的面说这个话，这毕竟是一件羞耻的事，羞耻的事只能隐秘起来说。

我等着父亲，但他没有出来。

我慢慢摸黑下到楼脚，好像是要克服心里的恐惧。父亲曾说，你越怕什么，你就越要去面对它，直视它，那样你就不会感到害怕了。我们家离寨上有点远，单门独户在一片坡脚下，每当夜晚来临，每当听到风把山上的树吹得哗哗作响，听到虫子们发出奇怪的声音，我们姊妹就会感到害怕，缩成一团不敢出门，不敢单独去睡觉。每每这个时候，父亲就那样教导我们。我们果然都被训练得很大胆。

我来到放着爷爷奶奶棺材木的地方。以前和老五、老六玩"躲猫猫"，我就喜欢往这里藏。爷爷奶奶刚过六十就把棺材木给备下了，好像盼着快点死去一样。但棺材木在楼脚放了十多年，爷爷奶奶还好好的，身体健朗得很。而老六那么小就死了，连副棺材也没有。好像是为着老六，好像是想故意不让母亲心安，我靠着棺材木坐下来，不打算上楼去。

就在我快要睡着的时候，奶奶拿着一张毛毯来了。她没有把我喊上楼去，而是挨着我坐下来，将毛毯搭在我们身上。

"入秋了，夜晚凉得很。"奶奶说。

我趴在奶奶的膝盖上呜呜地哭起来。

"二妮别哭，二妮是最懂事最硬朗的孩子。"奶奶用手摩挲着我的头。

"可我妈她——"

"不是你妈的错，孩子。"

"你们不知道我妈——"

"那没什么，孩子。"

奶奶总是用话堵住我的嘴，不让我把话说出来。我想奶奶一定是知道什么的，也许比我还更早地知道。他们谁都不让我说，说不定他们谁都知道这个事，说不定这就是他们大人间的一个合谋。想到这，我忽然想起好些事情来。乡里的计生工作队就曾有人问我们，你是谁的种。他们来抓我母亲没抓到，看到我、老五、老六在家，有人一个一个地端起我们的脸，问你是谁的种？你是谁的种？你又是谁的种？问完他们"哈哈"大笑，顺手带了些东西扬长而去。寨上也传言除了大哥大姐是我父母的孩子外，其余的都是母亲跟别人生的野种。他们说我母亲长得那么漂亮，被多少男人惦记着，又经常住在山里的"牛棚宾馆"里，不出事才怪。

我不知道他们说的这些跟我们是谁的孩子有什么关联。我只知道，这之前我们的父亲和母亲感情好得很，他们几乎从未吵架，不像卯花的父母，三天两头不是吵架就是打架，卯花的母亲常常被打得鼻青脸肿，边号边骂地跑回娘家去，没几天又自己一个人灰溜溜地回来。我父亲才不会那样对待我母亲，他对我母亲疼惜得很。母亲坐月子或是生病的时候，父亲千叮万嘱我们要服侍好母亲，不准我们开窗，不准让母亲碰冷水，必须留有人陪着母亲，让她随叫随到。而我母亲也总是惦着我父亲，做点好吃的也先给我父亲留着，再小的孩子也不能抢了父亲的那一份。父亲一回到家，就派我们给他打水洗脸洗脚、捶背挠痒。有时派不动我们，她就自己做，将这些琐碎的事做得认真又欢心。她总说，你们父亲是这个家最辛苦最劳累的人，你们要对你们的父亲好一点。

我们也听过一些父亲和母亲年轻时的故事。当初是我父亲石永生不顾家人的反对，不顾村里人的流言非要娶我母亲冷月妹为妻。以前，村里人都传我母亲是个不吉祥的女人，先是小时候克死自己的哥哥，导致家庭离散，长大后又将众多的男子迷得神魂颠倒，未婚的有，已婚的也有，村里的女人背地里都暗骂，说我母亲就是个狐狸精，是到村里来讨债的，不知要让多少人家庭破裂。年轻时的父亲不论身高相貌还是本事，都是许多女孩子倾慕的对象，唯一让人不满意的是我们家是单门独户，离寨上远。也是因为这个原因，我爷爷奶奶便希望能与村里的大户人家或是姊妹众多的人家结姻。可我父亲却偏偏娶了我母亲。他们结婚时，母亲还没到法定婚龄，父亲就带着母亲一起去闯深圳，两年多之后，母亲怀了我大哥，他们才一同回了家。

他们的感情那么好，母亲怎么能做出对不起父亲的事呢？可是，人们都说我父亲在生完我大姐后就结扎了，石永生被结扎是整个云岭村甚至河口乡人都知道的事。据说当时乡计生队抓住的是我的母亲。在月亮山区，"一胎环，二胎扎"针对的都是女性，山区里的男人要干重活，又爱喝酒，成功率低，计生工作队是不会抓男人去结扎的，除非是那家的女人拼死不肯，男人又主动要求。我母亲生完我大姐后，每有计生工作队的上门，她就藏起来，由我父亲跟计生队的周旋，计生队的果真没动过将我父亲捉去做手术的心思，他们一心只盯着我母亲。

那天也怪我母亲运气不好，河口恰逢星期六赶场，母亲想周末乡政府的人不上班，她正好上集市买卖些东西。谁能想到那几天全县计生暗查，周六暗查队正好在河口乡，母亲刚到乡场上就被人给认出来了，还没反应就被反着手犯人样地拿下，直接送进了乡计生站的手术室。跟母亲同去的人打电话给我父亲，我父亲火急火燎从山上跑来，他闯进计生站时，我母亲已经被摁在手术台上哭泣不止。

我父亲说，实在要扎就扎我吧，求你们别扎我老婆，她身体不好，会出人命的。之前一直不肯配合的母亲听到父亲这样说，她反而放弃了挣扎。她说，反正我已经躺在这了，医生，你们就扎吧。母亲有项检查的结果还没出来，医生听了我父亲的话，不敢轻易下手，便不管领导的催促，让我父母商量决定由谁来做，反正不做是出不了这个门的。母亲就对父亲说，还是扎我吧，万一孩子以后遭遇什么意外，你还可以另娶再生。父亲很生气，他说你又不是没听说这些人的技术，女扎复杂，万一落下病根怎么办。还是我来做，以后的事怎么样，谁能料定呢。母亲最终拗不过父亲。

我第一次被骂作野种的时候，曾哭着问父亲。父亲说谁乱嚼舌根，我去撕烂他的嘴。我把那些人的理由说出来。父亲说他是结扎了，但计生站的没把活做好，时间一久扎下去的东西就不管用了，所以大哥大姐才会比我们大去很多，我们都是他的孩子。我们并不太明白他说的是些什么，不过，这种现象在月亮山区虽不普遍，但也不是孤例。我就曾听大人们悄悄议论过，说是男人结扎之后，只要经常喝酒，先让其发炎然后消炎，很容易就通了，这也是计生部门热衷女扎而不愿男扎的一个原因。虽然不懂，但想到这些，我们都挺高兴。

可是，可是，现在——我们难道真的都不是石永生的孩子吗？我忽然感觉背上一阵刺麻，好像爬上了无数的毛毛虫。我不知道如何开口了，我怕再惹来一顿打，连奶奶也不愿意理我。我轻轻哭了一阵后，擦了擦眼泪说："奶奶，你不怪我妈妈吗？"

"不怪。只要这个家好好的，只要这个家没散，只要这个家越来越壮大，有什么可怪的。"

奶奶说这话的时候声音怪怪的，好像这个话不是要说给我听而是说给她自己听，好像她人已慢慢飘远了，飘到了另一个场景里发着誓愿。我抬起头，想看清奶奶皱纹里的表情。然而夜更黑了，我什么也没看到。

奶奶把我搂过去说："你不知道啊，我们家以前都遭遇了什么，我们家世代都过着什么样的日子。"

我问奶奶过着什么样的日子，奶奶摇摇头，长长地叹了口气说："千多万多的话道不尽心里的苦，千磨万磨的坎走不完短短的一生。唉，算了，我跟你一个小孩子说什么，你们好好珍惜现在的生活就是，千万不要像老六那样做个短命鬼，光白白地来这世上走一遭。"

4

老七生下来一百天之后，计生工作队的又频繁来到我家。这些年，我们家的门槛都被计生工作队的踏破了。而我母亲躲计生工作队也躲出了非同寻常的经验。就拿生老七来说吧。母亲生老七真的是历尽千辛万苦，能保着命将孩子生下来简直是个奇迹。

老六死了之后，母亲的肚子就一天天鼓胀起来，一度让我误以为是老六又重新钻回到母亲肚子里去了。母亲的肚子一凸显，她就又不敢在人前露面了。事实上，这么多年她很少在村子里露面，也没参加过任何的集体活动，也不去走亲做客。她和我父亲的床有一个夹层，她白天很少在家，晚上偶尔回来住，如果恰好撑上乡计生工作队的来捉人，她就立刻掀开床板躲到夹层里去。但是后来，床的夹层被计生工作队的人发现了，她就几乎不回家了，白天在坡上干活，晚上也睡在坡上的棚子里，而且是今天这个坡明天那个坡的变换，许多时候我们都不知道她究竟在哪个坡。好在月亮山虽然坡高地远，但却建有好些机塔，信号比城里还强。那天如果不是接到电话，父亲发现得及时，母亲真的就带着老七一尸两命了。

早春，山里的天气还很寒冷，母亲挺着六个多月的孕肚在望天岭搓油菜籽，她嫌望天岭到其他棚子去路途远，便连着在望天岭的棚子里住了好几个晚上，不晓得被哪个暗哨看见报给了乡里的计生工作队。有天早晨，天刚蒙蒙亮，母亲还没醒，睡梦里听到棚子外边窸窸窣窣的声音，以为来了什么兽物，她屏住气息扒开稻草往外看，看到几个人，又朝另一个方向看，也是人。好家伙，十来个人已经将低矮的棚子团团围住。母亲知道这回是无论如何都逃不掉了，她赶紧把衣服脱光，赤身裸体地躺在被窝下面。

外面开始喊话，母亲不吭声。一个女干部钻进棚子里来，她不愿意再跟冷月妹多费口舌，都是再清楚不过的老熟人了，她直接叫她起床去做引产和结扎手术。我母亲一动不动地装睡，不管女干部怎么骂，外边的人怎么起哄，我母亲就是闭着眼一动不动。僵持了一阵，女干部生气了，将被子一掀，要强行把她拉起来，发现她赤裸着身体，又羞又气，大骂冷月妹龌龊、下贱、不要脸，一堆堆的脏话恶毒话洪水样地泼向我母亲，我母亲就是不为所动。计生工作队的为抓紧时间，怕迟了我父亲赶到会发生打架流血事件，就用被子将我母亲裹住叫几个男人扛起走。母亲终于败下阵来，自己穿了衣服乖乖地走在他们队伍中间。

从望天岭到公路有很长的距离，母亲一路上都寻思着逃跑的计策和时机。以前母亲也被抓到过，上了车或被送到医院，她都能巧妙地逃脱。但俗话说"吃一堑，长一智"，乡计生工作队吃了她那么多次亏，今天这阵势是绝不容许她逃脱的。

一行队伍"懒蛇"一样在山岭的羊肠小道上慢慢挪移。路面窄，只能一个一个地走，他们虽然不能像押犯人那样把我母亲夹起来，但她被围在队伍中间，紧挨着她的是分管计生的陈副乡长，陈副乡长身材高猛，一路上都伸着手臂护栏样地围住她，不给她一丁点溜出去的空隙。

母亲想,他们这回做得如此严丝无缝,如果上了车就真的一点机会都没有了,她必须在上车之前想到法子逃脱出去。

离公路越来越近,母亲一直想着前边有片斜坡,想着斜坡的高度斜坡的形状,哪一个地方没有大石块,以及斜坡下坎的丛林哪个地方可以藏身,而他们追过来的话又要多少时间。她在心里默默计算着这些。到了那片斜坡,母亲突然双手捧着肚子蹲下去,头一缩,钻过陈副乡长的手臂护栏,就不管不顾地往下滚。陈副乡长顺手一抓,没抓着,只拉散了我母亲的头发。我母亲的头发瀑布一样倾泻下来,包裹着团成球形的身体迅速滚到坡脚。整个队伍都停下来,被我母亲果敢而敏捷的动作吓傻了眼。有人想追下去,掂了掂坡的高度又不敢往下跳。等他们跑到公路从坡脚追过去时,我母亲已经钻进丛林不见了踪影。

事实上,那天我母亲受了很重的伤。幸亏穿的衣服有点厚,母亲没有被刮到和划伤,她当时并不觉得有多大异样,只觉得身子有点沉。她慢慢撑起来,扶着树枝一步一步来到一个荒废的炭窑洞。炭窑洞废弃多年,已经完全被新长出的小树遮挡,如果不事先知道那里有个窑洞,是不会轻易发现的。母亲在洞里坐下来,想这下安全了,只要等计生工作队寻得失去耐心收队回去后,她就可以走出来,去往我们家的另一个牛棚。可是,洞里很冷,特别冷,母亲感觉冷风一丝一丝地从泥土里渗出来,绳索样勒着她的肚子,越勒越紧。她的肚子就真的疼起来,一阵疼似一阵,她的额头、脸、背部、手心也开始像窑洞里的泥土渗出丝丝冷气样地渗出一粒一粒的汗珠来,只是这些汗珠也是冰冰凉凉的。母亲感到大事不妙,赶紧给石永生打电话。父亲是直接把村里的老娘婆和一些常备的药物带过去的。在老娘婆的帮助下,母亲卧床休息了一个多星期才慢慢恢复。

村里的女人们很是感叹,说冷月妹真是命硬,换另一个人恐怕早就没命了。也有人说冷月妹就是个傻子,可惜那么漂亮的女人完全沦为了生育的工具。

"可不是么,都什么年代了,难不成她还一心想着争当古老古代的英雄母亲?"

"以前是条件不好,才讲多生一个是一个,现在讲究的是优生优育,只管生不管活,有个屁用。"

"可笑的是,她这样一胎一胎地生下去,也不过是自欺欺人罢了。这年月,生再多的崽,还不都往城里跑,照样留不住。"

"就是,即便是要破除世代单传的诅咒,壮大家势,那也是石永生的事。"

"石永生若有本事,就多结几个相好,还愁没有满屋子的崽么?"

她们这样谈论的时候,咯咯咯地笑,好像盼着私底下跟石永生生个孩子似的。

可是也有人说,永生家的祖爷爷就曾讨过三房老婆,那年头可以放开生,但也还是只生了根独苗,现在有人能生,自然是要不停地生喽。然后有人长长地"哦"了一声,忽然想起来什么似的,说冷月妹这样肯生,是不是要把早年被她克死去的哥哥的孩子也全都生了,将来好撑她娘家的门户?

我母亲娘家是云岭大寨的冷家。冷家在整个中国来说可能算不上大姓,但在我们云岭村却是大家族,不过我母亲娘家这一脉算是断了香火了。其实这本来也没什么,五百年前谁不是一家,谁又能一直往上追溯一直往下管着?以前月亮山区的人信奉万物有灵,相信顺应自然才能兴旺发达、繁荣昌盛,认为计划生育绝育术是用强堵的办法来阻止人类正常的生育,是违背自然的,会得罪神灵。相传我外公就是第一个响应计生政策的人,结果不出几年就弄得家败人亡。所以最初,月亮山区的计生工作极难开展,一不小心就会造成群体性冲突流血事件。不过,计划生育实行三十多年后,很多人都渐渐想通了。

"我们这辈人过好我们这一辈就行了,操那么多的心有什么用?"

"这一辈若都过不好,讲什么下一辈。"

"人眼睛一闭,两腿一伸,埋到地里变成土,就什么都不晓得了,你怕还真有来世？"

……

然而，人多是这样，劝人的时候会劝，事到了自己身上就很难过去那道坎。

我母亲小的时候，家境本来很不错的，她出生那年刚好分田到户，加上两个老人，六口人分到了六个人的田土，阄也抓得好，都是些好田。可天有不测风云，在我母亲五六岁的时候，她的哥哥为了给她讨一串牛奶果，不小心掉到河里溺亡了，从那以后，母亲的父亲，也就是我不曾见过面的外公性情大变，成日喝酒打人，我们的外婆不堪屈辱，逃离了那个家，母亲的童年过得十分悲惨。母亲长大后将外婆找了回来，可惜外婆身体不好，不久就去世了，后来太外婆和外公也相继去世。外公家是想让我母亲招个上门郎的，可我母亲偏偏嫁给了我父亲。世代单传的父亲不可能去做上门郎，他甚至都不愿意搬到大寨去住，而是固执地守着我们家的那个山头。外公家原本有栋三间三层宽的大木楼，外公去世后久没人居住，毁坏得很快，政府的干部觉得影响寨貌，让村里出了点补偿款，便拆掉房子，将屋基整成了火干线。

本来就憋着气的父亲，听到村里女人们的议论后更加恼怒，他责骂母亲太傻了，他说如果真救不过来，让他和一屋子的崽怎么办。母亲说，老六没了，她必须把老七生下来，如果不能生下老七，她就太对不住老六了。

现在，计生队的又到我家来了，母亲正在房间里奶着老七。有人问在门口玩耍的老五："你妈妈在家吗？"老五愣了一下，还没想好如何回答，我赶紧跑出去扯了扯老五。我说："我妈好久没回家了，我们好久都没见到过我妈了，是不是你们把我妈抓起来了啊，求求你们，把我妈还给我们吧，求求你们了。"我演得很真实，样子很可怜，因为一开口，我的情绪就飞到了从前母亲不在家的岁月，鼻子酸酸的，说道"求求你们了"的时候，眼泪竟忍不住潄潄地流了下来。来的人看我不像说假话，迟疑了，他们用目光搜寻了一下四周，大概在想还要不要再来一次地毯式搜索。

就在这时，母亲从屋子里走出来，手里还拿了个口袋，她说："这些年对不住了领导，我跟你们去。"

5

母亲结扎回来就再也不用东躲西藏，连多年积攒的计生罚款父亲也主动一次性缴清了，我们家终于结束了与乡政府对抗的生涯，终于可以好好地过我们自己的生活了。有母亲在家的日子总是要幸福得多。虽然派给我的活路一样不少，还多了一项照看老七的任务，但我可以偶尔撒撒娇，使使小性子，挨父亲训斥的时候不会再觉得无依无靠。一家人白天各忙各的活路，晚上却能聚在一起，虽然大哥、大姐、二哥很少在家，但他们有固定回来和离开的日子，这让我感觉到了一种圆满与稳定。我们的家也比以前干净、整洁、亮敞了许多，如果不是二哥突然被人抢了去，我都有点喜欢这个家了。

周五是二哥放学回家的日子。这一天我和老五总是早早地把该做的家务活做完，讨猪菜、挑水、扫地、喂猪，还把饭也焖上。过路的阿婆看到我们淘米，笑着问我们："你们做的是午饭还是晚饭？""当然是晚饭。"我说。我们甚至想把晚上必须做的洗脸洗脚的任务也完成去，但是时间真是太早了，洗了也还会弄脏，想想就算了。我们做好了一切能够完成的事，就背着老七到村口去等二哥。

二哥所在的河口中心校是我和老五一直以来最向往的地方。二哥每升一级，我就把他用过的旧书收起来，自己在家和老五一起学，有不懂的地方就画出来，等二哥回来给我们讲解，有时二哥也讲不清楚，我们就要二哥拿去学校问老师。有些知识是环环相扣的，这一页不懂就无法进入下一页，二哥还没回来的时候，我们也很想问父亲，可是我们的父亲总是太忙，难得见他歇下来，而他偶尔歇下来，又总是很累，我们还没开口，光看我们捧着书本，他的心情就烦躁起来。不过，他烦躁也不会打我们,而是打他自己。他打过自己的第二天,就会跑到乡里跟别人吵架。当然,他总是吵不赢人家,只好又灰溜溜地回来。

我不太敢让父亲看到我们看书,但是我们还是太想读书了。我想,等到我能上户口的时候,我都十几岁了,还怎么好意思跟六七岁的小孩从一年级读起呢,所以我一定要自己把一至五年级的书学了,等上了户口我就从六年级开始读,直接参加小升初的考试。老五说:"二姐,二姐,我也要那样。"我说:"好吧,我们一起努力。"

我和老五靠在一棵大枫树下,我们村子周边总是有很多这样的大枫树。周五的时候,中心校放学的时间会比平时早很多,一般三点半就放学了,因为两边山村的孩子要回家。这些年,各村外出打工和进城的人多,山里教学点的学生急剧减少,县里又号召整合资源,集中办学,整个河口乡就只剩下了河口中心校一所小学。

我们靠在大枫树下,眼睛一眨不眨地盯着路上背书包的人。我们村在河口中心校读书的人并不多,加上需要经过我们村庄的其他寨子,也就二十几个。我们长年守在枫树脚下,他们每个人的脸孔都被我们记住了。他们一般是以寨子为单位一伙一伙地结伴而行,刚才过去的是哪个村的,后面跟着的是哪个寨的,我们一清二楚。终于等到我们村的这一伙了,今天他们落在了最后。我和老五高兴地跑下去迎他们,可是他们中间却没有二哥的身影。

卯花说:"二妮二妮,你二哥被人抢走了!"

"那么大的人了,会被谁抢走啊?"

"一伙大人,他们是开着车来的。"

"是强盗还是人贩子?你们就没找人帮忙,看着我二哥被抢吗?"

"我们帮忙的呀,我们拉着你二哥跑。"

"本来是可以跑掉的,他们又没追上来。"

"是你二哥自己停下来,磨磨蹭蹭好久,又跑回去钻进车子跟他们走了。"

"我们看着车子开走了才转回来。"

几个男生七嘴八舌地向我汇报。讲来讲去都只是被抢的过程,我问到底怎么回事却没一个人说得上来。我着急得不行,一边赶紧让老五跑上山去通知父亲和母亲,一边把跟我二哥玩得最好的韦志远约去我家。韦志远说这段时间有个人老来找我二哥,弄得我二哥都没办法专心学习。我问那人从什么时候开始来找我二哥的,有多久了?韦志远说好像开学没多久就来的,都一个多月了。

"那怎么从没听我二哥提起呢?"

"你又不是不知道你二哥不爱说话,心里特能藏事,我问过你二哥,你二哥只说是个不相干的人,别理他。"

"你们都能藏事,干脆憋死得了!"

我这样揶揄韦志远,却想起我们的粗心来。二哥虽然没说起什么,但却有着明显的变化。我和老五缠着他给我们上课,他老是讲着讲着就走神了,有不懂的地方多问几次,他竟然发起火来,骂我们笨得像猪一样,还读什么书。他还说反正以后也是留在山里种田,读不读书也没多大关系,何苦受这份累。以前的二哥完全不是这样。他以前给我们讲课讲得比我们学得还认真,他总是很耐心,他说他给我们上课权当是自己又复习了一遍,别人想要这样的机会还没有呢。他还总鼓励我们要勤奋,要吃得了苦。每当我们遇到困难想偷懒的时候,他就会揪着我们的耳朵讲一些"头悬梁,锥刺股""囊萤映雪"之类的故事。他说我们家姊妹那么多,在别人眼里我们就是黑人口,低人一等,出不了世面,而我们的父母又每天在坡上忙得见不着踪影,爷爷奶奶七十多岁了还下地干活,如果我们自己不努力不懂事,只会更加被人瞧不起,被人踩在地上翻不了身。

二哥是多乖的孩子啊,他要么看书要么做事要么安静地待着,从不让父母多操一份心,不像我和老五调皮得很,不是争吵就是扭打,总惹父母生气。他的变化我们并没有多想,只以为是升到毕业班压力大了。他怎么会一声不吭就跟别的人走了呢?

父亲和母亲火急火燎地回到家,跟韦志远了解了些情况,又拿出手机拨了些号码,说不到两句,父亲就跟电话里的人吵嚷起来。母亲开始哭，父亲暴躁地撂了电话，然后就和母亲急急地开着三轮车走了。看样子，他们似乎清楚是怎么回事。父亲和母亲是第三天回来的，他们并没有把二哥带来。不过从他们和爷爷的争吵声中，我很快弄明白了事情的原委。

爷爷怨他们不把两个姑爹的家族喊去，爷爷说我们老石家虽然独门独户，但亲戚总还是有的，再怎么也是能拉出一帮人来的，养这么大的孩子，怎么能说给别人就给别人呢。

父亲沮丧得很。就是那些栽秧打谷果子下山忙得没日没夜的日子，也没见他这么疲惫过，好像这三天他都没有洗过脸，胡子拉碴，衣裳也还是那天穿上坡去的粗布服，又脏又旧。而母亲一句话不说，只是抹眼泪，头发蓬乱着，看上去人又瘦了一圈。

爷爷说："打电话给他姑爹，让他们喊人到河口集中，越多越好，就是抢，我们也要把老三抢回来。"

"抢什么抢！嫌我的脸丢得还不够大吗，还要全乡全县地去大肆宣扬？是老三自己不肯回这个家，就是抢来他也还会再跑去，即便告到法院，他那么大的人了，法院也会尊崇他本人的意愿！"

发完火，父亲似乎懊悔极了，双手揪着自己的头发往下滑，将一张痛苦的脸埋进手掌里去。

"事先说好的，那家人怎么能说反悔就反悔，等人家把孩子养大了就来要去，这不是伤天害理吗?！"

原来二哥是跟着他的亲生父亲走了。据说二哥的生父原先也有个儿子，只是那儿子出车祸死了，不然他们也不会违反当初的约定。不过，母亲说二哥去跟了他的生父，最主要的原因不是因为可怜他的生父没了儿子，而是他生父打了许多年工，终于在城里买了房子，一家人都迁出月亮山区成了城里人。如果我们家同意把二哥的户口迁出去，二哥就可以在城里读书成为城里人了。

其实以二哥的成绩，他迟早是要到城里去读书的。二哥离开我们，会是母亲说的那样吗？关于这个问题，我后来想了许多也没能得出一个确切的答案。也许到城里去读书，和从此成为城市人，是完全不同的概念吧。当时我想，二哥果真像传言的那样不是父亲的孩子，那么我、老五、老六、老七是不是也都各连着一个与我们家有着约定的人？他们会不会某一天也突然反悔当初的约定？如果那个跟我有牵连的人有一天来找我，我要怎么选择呢？我感觉我的想象空前丰富起来，我甚至构想着我那个隐藏起来的家是什么样子。想到我还有着另一个隐藏起来的家，心里竟莫名多了一份底气。在我天马行空的想象里，我甚至说不上自己是惶恐，还是存着一丝不可告人的隐秘的希望。

## 6

二哥终究没有回来。二哥的生父给我们家补了一笔抚养费后将二哥的户口迁走了，名字没变，还叫昭义，只改成他生父的姓。父亲给几个男孩取名是按仁义礼智信来起的，女孩则按梅兰竹菊来取，可见不管男孩女孩，他都是想多多地生下去。二哥由石昭义变成了杨昭义，对外宣称是因为杨家意外痛失儿子，看在多年朋友的情分上，我们石家将老三过继给他们做儿子，他依然是冷月妹和石永生的孩子，也永远是我们的二哥。

尽管我们两家和平处理了此事，没有闹出太大的动静，但二哥的离开还是像一团黑色的阴霾笼罩着我们的天空，让我们艰于呼吸，抬不起头来。父母每天忙活于农事，不愿与人来往。我和老五没有了二哥这个老师很不习惯，却又不敢到大寨去，以免遭人嘲笑。爷爷更是从那以后一病不起，冷冬没过完就咽了气，爷爷走后没多久，奶奶也跟着去了。

整个寒冬我们的家阴沉沉的，直到第二年祭祖节，给爷爷奶奶立了碑之后，父亲才显出些高兴来。

在云岭，祭祖节是一年之中最重要的节日，它是集祭祀、祈福、吃新以及谈情说爱于一体的有着多重意义的重大日子，一般从公祭日开始，到各家族祭祖、吃新，到最后的踩歌堂，往往持续半个月之久，是一个既庄严神圣又喜庆欢腾的节日。

今年我们家添了两组新坟，父亲破例带着我们参加了村里的公祭活动，还邀请了两个姑妈家的亲戚和一些朋友到家里尝新。村上的公祭结束后，父亲母亲便带领我们挑着新熟的瓜果时蔬和早就备下的祭祀的物品去给爷爷奶奶的新坟立碑。挑的挑，抬的抬，唱唱闹闹，仿佛节日去走亲的队伍。快到墓地时，父亲让我们每人拿一沓纸钱往路两边抛撒。每撕好一堆抛向天空的时候，就高声呼喊：

  各路大鬼小鬼孤魂野鬼们哟，
  送钱来喽，
  我们老石家给你们送钱来喽，
  快来捡去吧，
  捡去收好存好，
  收到箱子里，
  存到钱庄里，
  荒年不荒，
  丰年余粮，
  不用眼馋别人碗里，
  不用眼红别人锅里，
  更不要去抢石嘎老和石老奶的，
  他们在那边势单力薄，
  还请诸位帮忙多多照拂照拂……

我们姊妹自然是没人愿意喊，母亲和姑妈们喊了一通，父亲就唱起曲来。他的担子一晃一晃的，他的曲子也一晃一晃的。他唱的词就是要我们喊的那些话，他用月亮山区几近失传的古歌曲调，唱得一会悲咽一会欢喜，都让人琢磨不透他究竟是何情绪。

爷爷奶奶并排葬于我们家的老祖坟山，碑安好后，我们排着队一一等待磕头，父亲最先磕好了头，他退到远处看着我们。忽然，他莫名地激动起来，兴奋地将母亲、姑妈们拉到他站着的地方去，又是指点，又是比画，笑容接着就在他们的脸上逐一荡开。我们也跑过去，却看不出个所以然。父亲说，你们单看那些碑，连起来像不像一只蝴蝶？我们顺着父亲所指画着弧线，果然很像一只蝴蝶，如果左边再添上几组坟，那就是一只完整的蝴蝶了。

父亲说："会添上的。"

"没想到那只蝴蝶会是以这样的方式呈现，古人预言的果真没错啊。"

父亲的感慨让我们所有人都莫名其妙，问他，他却只笑而不答。

那天，我们放的炮把整片山都震聋了，山山岭岭哑掉好久，腾起的烟雾如同云朵。等那些云朵散去之后，好多脑袋从不同的地方冒出来，朝着我们这边瞅，父亲脸上就多了一些些的自豪感。这是我所不能理解的。父亲说，你们的爷爷奶奶虽然死了，但他们并没有离开我们，他们只是去了另一个世界，现在，他们正以更好的方式存在和陪伴着我们。

后来，我们在爷爷奶奶坟前野炊，父亲喝了不少酒，黝黑的脸上泛出红晕。我们劝他少喝点，说别到时候遭抬回去，这弯弯拐拐的山路我们空手撂脚地走还自身难保呢。父亲笑起来，眼睛眯成了一条缝。他说："我就知道养再多的崽都是靠不住的。"我们说："那你还养这么多？"父亲没有回答，他呷了一口酒，咂了咂嘴巴，一副很满足的样子。

这是我们家有史以来最隆重的一次祭祀活动。以前，每当祭祖节来临，我家就会提前陷入一种沉寂，仿佛那是一个耻辱的日子。我们家从来没有参与过村里的公祭，那期间，爷爷奶奶不怎么说话，父亲母亲默默地做活，我们也被下令不许到寨上去瞎窜。他们把前前后后的日子安排得紧紧的，仿佛那些活路都紧急得不得了，连站一分钟跟别人打招呼的时间都没有。各家族祭祖期间，他们要么跑去远远的坡头做活，要么就躲在家里闭门不出，走在路上也是行色匆匆，奶奶甚至用棉花塞耳朵来阻止那些无孔不入的鞭炮声、歌舞声，好像害怕别人的热闹搅乱他们的内心。直到祭祖活动临近结束，他们才又悄无声息地去给我们家的祖坟烧些钱纸。

长辈们这么做，我们也多少知道一些，据传跟一个咒语有关。

"到底是谁施的咒语，为什么要诅咒我们家世代单传？"趁着父亲心情大好，酒意又正浓，我们大着胆子问。

"哪有什么咒语？"

"村里不都传言我们家古时候中了魔咒，所以世代单传的吗？"

"信那些鬼话！要说有咒语，那也是因为我们家人丁单薄，所以才中了某些人为的诅咒。"

我们不解地望着父亲。

父亲问，你们可知道蝴蝶是什么变的？我们说是毛毛虫。父亲又问你们怎么知道是毛毛虫？我们就笑，说这是常识，谁不知道。父亲忽然严肃了。他说，我们的祖先就不知道，他们以为蝴蝶是枫树生出来的，他们认为这个世上最先是有了枫树，枫树四周都飞舞着蝴蝶，蝴蝶到处产卵，才有了世界万物。我们说，那是因为那个时候没有科学，只有想象，想象产生了传说。大哥还分析说，月亮山人最信这个传说，大概是因为枫树籽落地即生根，是月亮山区最容易存活长势也最好的植物，而枫树叶又是毛毛虫最喜欢吃的食物，毛毛虫变作蝴蝶后，为了便于产卵和繁衍，又以枫树为家。因为存在这样的食物链关系，产生那样的传说也就不足为奇。

父亲说，你们只知其一不知其二。枫树特别爱招毛毛虫，每到春末夏初，枫树叶上就会有成堆的密密麻麻的毛毛虫，别说不小心触碰到有多糟糕，光看一眼也会让人背脊发麻。因为喜欢枫树，云岭村的先人们就想消灭枫树上的那些毛毛虫。那一年，全村人集体出动，几乎把所有毛毛虫都给消灭了。可是，那年夏天，云岭本该出现的那些各式各样的美丽的蝴蝶一只也没有出现，接着是秋天的各种收成也都不太好。村里人觉得是他们集体的杀戮得罪了神灵，遭受了惩罚。寨老还做了一个梦，梦见蝴蝶神使对他说，要他告诉村民，那些毛毛虫都是枫树的孩子，是蝴蝶的前生，万物有灵，善待生灵……从那以后，云岭村人便尊重所有生命，很少轻易杀生。丑陋的毛毛虫可以变成美丽的蝴蝶，这一发现更是让山里人对生命充满了奇妙的憧憬，让人们相信多子多福……

父亲红黑着脸，眼神迷离，仿佛时光被他拉远了，一切变得那么神秘。我们继续期待地看着父亲。

父亲接着说，虽然人们相信多子多福，但以前山里的生活条件不好，坡高路陡，山穷水恶，能填饱肚子就算不错了，更谈不上医疗卫生，单是村脚那条小河，就不知淘走多少小孩，这样的条件下，每家虽然生得多，但成活长大的并不多。当然也有特别衰或特别旺的家族，人们于是讲究起了风水。我们家虽然人丁不够兴旺，但一直顺风顺水，我们家的老房子原先在大寨的中心地段，就是现在的村级活动中心那个地方。那是个好位置，门前有个大水塘，后面不远则倚着山，地势平坦又开阔。民国时期被当时的保长看中，想抢去，便编排说我们家的祖坟葬得像把大锁，锁了村里的龙脉，要挖我们家的祖坟，把我们驱逐出村去。当时那保长德行不好，村里人不买他的账，他没有得逞，又四处造谣说我们家住的是山脉龙头的位置，我们家魄力不够，定不住，所以世代单传，说不定还将很快就尽了气数。虽然他那些都是胡言乱语，但无奈我们家势单力薄，那些话也就渐渐流传开来。后来打土豪斗地主的时候，我们村迟迟没有开展工作，因为家家当时都穷得叮当响。可是上面来了工作队，非得让村里至少选出一个地主来斗一斗。队长很为难，有人便出了个主意，让公社给每个有小孩子的家庭发两只鸡蛋，说是给孩子们补补身体。晚饭后，上面来的工作队就进行突击检查，到了我们家，餐桌上还剩一只鸡蛋，我们家就被定成了地主，我的爷爷奶奶，也就是你们的太爷太奶被批斗得死去活来，全家也被赶出了村子，房子和屋基也都被强占了去。但事实上，那些人想强占我们家的地盘还有另一个原因，这与一个古老而神秘的传说有关……

父亲一边讲述，一边把着酒碗，拿起放下，放下又拿起，端端停停。我们就看着父亲碗里的酒，摇来荡去，感觉一家人的命运被某种东西捆绑着，从未这样地亲近。像等待揭示某个重大的谜底，我们急切地盼着父亲讲述整个历史的原委，父亲却一口干了碗里的酒，歪着头向草地倒去。

## 7

忙完秋收，父亲决定要建新房子。建新房子，是爷爷奶奶还在世时一家人就存着的心愿。那时，我们家人多，虽然父亲和母亲多数时候住在坡上，但还是显得十分拥挤。我们的房子是爷爷奶奶用山上的木头倚山而建的吊脚楼，一楼是火房、厕所和猪牛圈，三楼连着屋梁，矮矮的，只能堆放些杂物，能住人的就二楼，四个房间，每个房间都铺着两铺床，有时可以一人一铺，有时就得两个人挤一铺，衣物没地方放，这挂几件，那丢一堆，显得拥挤不堪。可是现在，二哥搬走了，爷爷奶奶去世了，大姐长年在外打工，大哥在省城读书也很少回家。计生环境变得宽松之后，我、老五、老七终于上了户口，不用等到下一次人口普查。有点遗憾的是当时户口晚上了几个月，错过了新学年的开学，才又多等了一年，现在，我和老五也如愿地到河口中心校读书去了。平日里，我们的家只剩父亲母亲和老七留守，之前拥挤的屋子一下子少了那么多人，我们都觉得那房子正在变得空荡、老旧和寂寞。

父亲请来一辆挖掘机，他先是挖了一条路，将我们家与村公路连接起来。以前是他和爷爷用锄头挖了一条小土路，天晴的时候勉强可以骑摩托车和三轮车通行，雨天路上满是深深的泥浆，我们只能沿着坡边的草路行走。现在父亲不仅请挖掘机将路面拓宽了，还拉来细沙铺得平平整整的，大卡车都可以开进来。路修好后，父亲又用挖掘机在我家房子边上平整出一块宽宽的地基。父亲决定要起一栋别墅式的砖房。他到城里找人设计了房子的样式，那图上的房子屋角翘翘的，有着高高的围墙，深深的天井，大户人家一样的院落。

想着将要能住上新的房子，而且是砖房，是云岭村的第一栋窨子屋，我和老五是兴奋的。尽管我和老五现在的学习任务很重，我和他才入学，读的却是五年级和四年级。学校开始并不同意我们从五年级和四年级读起，但低年级的入学率是超标的，而高年级辍学的人多，学校保学控辍的任务不达标，我和老五以及其他各种情况的大龄学生就恰好填补了空白。虽然我们通过了学校的考试，但很多知识没学过，需要我们自己补回来。或许是太渴望读书，我和老五在学习上的努力不是一般的，学校晚上熄灯早，我们就打着手电筒在被窝里看书，我们经常被学校立为刻苦学习的榜样。家里建新房的时候，我们更是利用所有课余时间，把需要完成的作业都在学校里完成，回到家就帮着搬砖递瓦，干些力所能及的事。

但是大哥大姐却极力反对父亲在山里建房。他们的理由是现在的房子完全够住，没有建新房的必要。至于将来，如果考虑到将来就更没必要建新房了。他们说将来他们肯定是不会回月亮山来的，他们肯定是要在城里生活在城里买房，他们还说弟弟妹妹们现在还小，等他们长大，世界早变成我们难以想象的样子，到那个时候，谁还愿意待在这全是坡坡埫埫的鬼地方。他们一次又一次打电话给父亲，劝他不要白讨累受，劝他白讨累受不如把钱攒着，权当给子女将来在城里打拼存点底气。但父亲不听，请来挖掘机和工人依旧是每天热火朝天地忙活。父亲的意思是既然我们的根扎在这里，这里就不能没有一栋像样点的房子，至于你们今后回不回来住，那是你们的事，你们将来想在城里买房，也各凭自己的本事。

父亲把这样的话撂出来后，大哥大姐为此特意回了趟家。

大姐到家的那天，几个工人正在挖坑下基脚，新翻的泥土踩得到处都是，大姐的高跟鞋就挑着地儿一颠一颠地过来，后边跟着个拎着包的年轻小伙子。大姐颤颤巍巍地走到父亲跟前，一只手傍在那个男人肩上，一只手伸向父亲优雅地摊开。我们不知道她是什么意思，但是她的动作娴熟而优美，看得我很是羡慕。令我羡慕的还有她的那一身着装与打扮：丝袜、短裙、长直发，虽然容貌还有几分山里的土气，但远远看着，简直以为是哪个明星从电视屏幕里走出来了。大姐自从初中毕业去了广州打工，每次回来就不太一样，一次比一次时尚、漂亮，仿佛她身上原本裹着一层山里的锈泥，而每次回来，那层锈泥就被淘洗掉了一些。

父亲问："你什么意思？"

大姐梅妮说："这还用问吗？你心知肚明。我和他年底要办酒，他家远在福建，我们肯定不能从这里拉嫁妆过去，但你得把买嫁妆的钱给我呀，你总不会想像卖商品一样地把我卖掉吧，我可是你亲生的！"

我大姐本来应该叫石昭梅，可她读了几年书后，就不肯叫这个名字了。她说昭梅，招霉，多晦气，于是她自己用书名和奶名合成了石梅妮这个名字。她十分满意这个名字，越喊越觉得洋气，她甚至梦想着能够认识个把老外，把自己嫁到国外去。一心想把自己嫁到国外去的石梅妮，之前从没听她提到过有男朋友，现在却突然带回来一个要结婚的人。

母亲走过去一巴掌拍掉了那只摊开的手，气愤地说："家里建房你不支持点也就算了，还好意思伸手要钱，真以为我们家有金山银山等着你们搬呐？"

石梅妮并不觉得尴尬，她一边使唤那个男人把行李往屋里放，一边故意扯着大嗓音说："可不是嘛，没有金山银山，你们在这山旮旯里建什么砖房！"

大哥石昭仁接着第二天也回到家来了。还没进屋，他把行李放在路边的草地上，也没跟谁打一声招呼，就拎起一把铲子，将地上的物件胡乱刨一气，然后拿着铁铲当武器，威胁正在干活的工人不让他们做工。父亲气得不行，拉过一根木棒朝石昭仁甩去，被石昭仁躲开了，父子俩追打起来。工人们觉得很尴尬，最终纷纷散去。

吵闹了大半天，到了晚上，一家人终于安静地坐下来。先是母亲苦口婆心地说："山里有什么不好，你们怎么都只想往城市跑呢，我们祖祖辈辈都在山里生活，难道你们对这里就没有感情吗？房子建出来对你们只有好没有坏，将来不管你们人走多远，总有些时候是要回家的，有一栋房子就是有一个根基。现在山里到处是撂荒的田土，你们的父亲用他大半辈子的辛劳为你们开辟了这样多的田地、山林和果园，你们应该懂得体谅和感激。何况你们姊妹长大了,也不见得都会奔向城里生活。"母亲又说:"二妮、老五、老七都还小,建房也是为给他们提供好一点的成长环境,我和你父亲只是想趁我们现在还有些气力,就是贷款也得赶紧把房子建起来,否则错过了当下,以后要建就越来越难了。"

我觉得母亲说得很在理,母亲的话听得我都有点想哭。大哥大姐帮不上忙也就算了,还特意大老远跑回来捣乱,真是不成体统。我和老五一直用恨恨的目光杀向他们,但他们根本就不把我和老五放在眼里。

大哥说:"爸、妈,真的不是我们不理解,也并非我们对这片土地没有感情,而是你们思想太落伍,完全跟不上时代了。我们家曾被时代所抛弃,你们苦苦奋斗这么多年,我真的不想再看到你们仍旧被时代所淘汰。如果你们只是修缮一下现在的房屋,我没话说,但是要掏空所有积蓄,甚至欠款都要在山里新建砖房,我觉得是真的没这个必要。"

大哥拿出一张表格摊开给我们看。他说那是他制作的在山里建房和在城里买房所需费用和价值对照表。他做得太详细,我没看懂,但大致意思是在山里建房,成本比在城里买套商品房还高,而且山里的房子只会一天天贬值,城里的房子却能不断地增值。大哥说,如果搬到城里去,随便做一样小生意,哪怕摆地摊、卖水果、擦皮鞋也比在这天远地远的地方种田搞果园收益好。他说就算不愿去城里住,将房子租出去,一年的租金也比种一年的谷子强。他还说他马上就要毕业了,马上就面临着找工作买房子的压力,为什么这个时候还要掏空家里所有积蓄在山里建房?有这个钱何不去城里买房!

"就是,就是。去城里买房,以后我们回家也方便一点嘛。"大姐附和着。

听他们这样谈论,我讨厌的天马行空般的想象又不可遏制地飘起来。我还没到过县城,不知道城里的生活是怎样的,但是我们在电视里看到过高高的楼房、干净的街道、美丽的公园,以及水一冲就洁白干净的厕所和能够自己升降的楼梯。那个遥远得仿佛另一个星球的生活，按照大哥大姐的描述，难道对于我们也是可以变成现实的吗？反正我是不想当一辈子农民的。老五也不想。我和老五很早就下过决心，要逃离云岭村，逃离月亮山，到底逃到哪里去，我们不清楚，但我们宏大的目标，就是逃到很远很远的地方去。大哥大姐是见过外面世界的人，他们的话无疑具有着某种权威，我在他们的谈论里变得摇摆不定。

父亲一语不发，整晚都靠着门板抽烟，一脸的苦闷相。最后，被大哥大姐逼问多了，他才说："建一栋好房子是我们石家几代人的夙愿，你们怎么就不能理解呢？如果我想在城里买房，二十年前就去买了。"

## 8

二十年前，据说那时城里的地基和房子都还不那么贵，三万块钱就可以买套商品房，再花一两万装修一家人就可以住进去了。而县城周边那些未开发的地带，一宗地几千块钱就能买下来。当时县城大搞建设，出台了许多优惠政策鼓励农民进城买地，凡是拿得出几千块钱的农民都涌进城里，有远见的即使拿不出钱也拖家带口到城里打工，先是在县城周边租最便宜的房子住，然后再慢慢攒钱买地基、建房子。房子也是由一间到两间，一层到两层，慢慢叠加上去。后来，城市一再扩建，之前是郊区的地方成了规划新区，那些花几千块钱买下的地，几万块钱建起来的房子，仅十几年，忽然就得了几十万上百万的拆迁补偿款。

大哥说父亲如果当时有点远见，我们家早就发财了，哪里还遭这样累死累活地在山里刨食。

父亲和母亲在深圳打工的那两年，因父亲头脑灵活，又吃得了苦，敢闯敢干，回家时攒下了十万块的积蓄。那个时候，月亮山区除了土地能生长的，连盐巴都是奢侈品。而许多人外出打工，也顶多能挣下一年的花销，攒不了几个钱。父亲和母亲只两年多时间就挣下十万块，这在云岭村算得上是一个神话了，只可惜这个神话，经他们的一番折腾，很快就发酵成了月亮山区里的笑话。

父亲和母亲揣着十万块钱回乡创业，所有人都以为他们会在县城，最不济也会在河口乡买个门面做生意，或者与人合资办企业。因为几乎所有外出务工的山里人，除了应对当下的生活困难，一个远大的目标就是攒下足够的钱，学会在城里生存的本领，然后举家迁住到城里去。父亲能干，母亲勤劳，如今又有了本钱，要在城里发展根本不是难事。可父亲和母亲偏不。他们揣着十万块钱，回到了当时还没有架桥，仍需要撑船过河，再翻山越岭才能到达的云岭村。云岭因为交通不便，大量的人外出打工，许多田地都荒芜了。那些曾经像涟漪一样令人心动的层层梯田正在逐渐变成无人管理的荒草坡。父亲就上门一家一家地做工作，要把那些荒芜的田和山地承包过来。那些撂荒田土的人家巴不得有人去种，因为田土撂荒不仅得不到植补，追查下来还有可能被罚款。他们说："你爱种就去种嘛，我们不要任何酬劳，那些田坡高水远的，请都请不到人去种哟。"但是我父亲不同意，他非要给别人钱，然后与别人签订长期承包耕种的协议。这些事，让整个月亮山区的人笑他傻子笑了好多年。然而不管别人怎么言说，父亲都毫不理会，他像谋划着一个巨大的梦想似的，对他所做的事固执己见，雄心勃勃。

父亲在山里种着几片梯田和几片果园，貌似有着让人羡慕的资产，不过，因为山远地偏，这些梯田和果园都是投入大，收益小。乡政府曾好几次想扶持父亲把产业做大，立他为典型，让他成为农业致富带头人。可父亲的做法却总是让人难以理解。超生第一胎的时候，父亲交了罚款，政府也原谅了他，领导还带队上门给他讲当下的扶贫政策，又实地查看我们家的种植和养殖条件。领导们作了规划，如何由我父亲示范带头，成功后全面推广，让云岭村乃至整个月亮山区的人都不用外出打工，就在家门口实现就业。领导鼓吹得大家志气高涨，我父亲也是跃跃欲试，试图大展宏图。可是，不合时宜的，我母亲的肚子又大起来了。计生工作队上门劝父亲带母亲去引产，好话说尽，在暗地里藏着的母亲都有些动了心，但父亲就是不松口。最后，政府发了话，说除非我母亲主动去引产结扎，否则取消一切对我们的帮扶，以后也都别想享受任何一项国家的优惠政策。父亲想了几日后，一边将母亲藏到山里，一边主动退还了之前得到的帮扶款。领导说，你这是誓死与政府为敌了。父亲只无奈地笑了笑，不辩驳也不解释。从那以后，我们家又给月亮山区的人增加了些谈论和讥笑的下酒料。

得不到政府的任何扶持，最主要的是道路不通畅，水泥路虽然修到了村里，但那些山山脑脑连条马车通行的便道都没有，父亲的产业也就始终仅限于那几片要死不活的梯田和越来越老旧而去的果树林。二十年过去，固守乡村的父亲除了多生养了几个孩子，什么财富也没攒下。由于长期繁重的体力劳动，他身体已经变得越来越瘦小，加上长年穿着粗布衣服，又哪个时候都是灰头土脸的样子，站在人群当中，他已完全是一个地道的被命运的车轴推着前进的老实巴交的劳苦农民形象，谁能相信在大家都还贫穷的时候，他曾拥有过十万块钱，谁又能将这样一个人，与什么野心和梦想联系在一起。

"二妮，你父亲的野心大着呢。"母亲曾经跟我这样说。

那个时候，我正在写一篇老师布置的关于梦想的作文。我不知道我的梦想是什么，那个时候，我所能够想到的最大的梦想就是离开月亮山区。可是离开月亮山区去往哪里，将来又做些什么，我完全是茫然的，苦恼得很。

见我咬了半天的笔头，母亲说："你不如写一写你父亲的梦想。"

自从老六死后，我就不怎么跟母亲亲近，似乎两个人都害怕一亲近藏在心里的某些东西就不得不翻出来。我们刻意保持着一定的距离，她不会贴心地教我做事，我做错事她也不会打我骂我，顶多从大道理上讲几句。我有什么心事，也不会跟她讲，就是初来例假，也是打电话跟大姐倾诉后，自己去买的卫生巾，母亲连我什么时候变成大姑娘了都不清楚。因而，母亲讲的话，我也常是爱听不听。可是这回，我惊诧地盯着她，好像我听到的话，不是出自她的嘴里一般。

母亲见我满脸的质疑，她说："别不相信，你们的父亲胸怀大志，不然，我们也不会生那么多的孩子。"

"多生孩子算什么梦想！"我鄙夷道。

"多生孩子也是梦想嘛。"

"什么梦想？你说。"

母亲停下手里的活，愣愣地看着我，好一会儿才说："蝴蝶梦吧！"

……

## 9

我们的新房子经过一年多的时间，最终建起来了。新房子建好后，拆掉老房子的屋基就成了宽宽的菜园，父亲在周边砌了一人高的围墙，又从山上挖了几棵红豆杉和香樟树栽于每个角落，远远看去，我们家三层楼的翘角砖房在青山绿树的掩映下，仿佛大户人家的院落一样。母亲在墙外栽了些映山红和月季，夏天一到，那些花就繁盛得遮住了围墙，成了天然的篱笆，也算是锦上添花了。

每次回家，我都喜欢站在山梁上，隔着几丘田畴，远远地看着我们家的院落。楼房新亮亮的，是那么惹眼，它孤零零地立在苍茫的大山间，显得格外地安静、清秀，我总觉得，那是一道美得让人生怜的风景。也是后来一次又一次地遥望，遥望时产生的那些自豪、怜惜、苍凉的情绪，让我似乎越来越理解了父亲。我想，父亲那个不肯说出口的传说，定与他的生育观念有关，与"绵延"，与"振兴"这样的字眼有关。

父亲为建这栋房子，不仅把这些年攒下的积蓄花得一分不剩，还倒欠下十多万的贷款，他不得不丢下他深爱的土地，又跑深圳去打工还债。而成绩不怎么好的大哥，好不容易混了个专科的本本，却打死不愿回到县里来，更别说回到月亮山区来，他说哪怕是头破血流，他也要留在省城里打拼。大姐没有嫁给那个福建佬，新房子建好后，她只在春节时回来过一次，她说，老家的房子建得再好，与她又有何干。我也小学毕业，到县城读中学去了，感觉离那个家，离月亮山又远了一步。留守新屋的母亲，房子建好之后，身体就仿佛被掏空了似的，漏洞百出，三天两头不是这痛就是那不舒服。我们家的几头牛不得不陆续卖掉，后来连猪也喂不成了。至于父亲惦念着的那些梯田和果园，父亲以为他只需要出去一年，最多两年，就能将所有欠款还清，他就又可以回来侍弄他的田地，但那些田园也终于不可抗拒地荒芜下去。

每到寒暑假，徒步走在山里的小路上，路过一个牛棚是空的，又一个牛棚是空的，再一个牛棚还是空的，我就强烈地感觉到，城市正在变得越来越拥挤，而乡村却显得越来越冷清。我无端地想起了母亲躲计生工作队住牛棚的那些日子，心里竟然生出些许怀念来。至于怀念什么，具体我也不太清楚，总觉得那时日子虽然过得有些苦，却是人间烟火繁盛，处处生机勃发。而现在的牛棚空空荡荡、东倒西歪、破败不堪，四周长满了杂草，周围的田地也呈现着荒芜。

我想象二十多年以前，年轻的父亲和母亲怀揣十万块钱和一个即将降世的生命，他们行走在月亮山的山路上，瞅见四处荒芜时，是否也是生出了某种怀念，而从胸腔里涌起一股熊熊之火，进而透过那闪耀的火光，他们看到了层层梯田金色的稻浪，看到了树木齐整瓜果飘香，看到一群群的孩子追逐嬉戏，看到一个族群的繁衍与兴盛，美丽的家园绵延山岗？

（原载《朔方》2019 年第 09 期）

# 落眠

## 1

将女儿妞妞送到幼儿园后,阿珍就去菜市买菜。阿珍买菜与别的妇女不同,她慢慢从菜市这头逛到那头,然后从菜市那头又慢慢地转悠回来,每天都要转上两三遍才决定买什么,仿佛不是去买菜而是去参观展览。早市上的蔬菜都新鲜极了,尤其是农妇们挑着担子或推着三轮车叫卖的那些,小白菜、西红柿、嫩瓜、豇豆,新鲜得仿佛是成捆成堆长在那里,让阿珍想起了那些在自家菜园子摘菜的无数个清晨。

尽管菜市里嘈杂零乱,脚下泥泞不堪,但阿珍乐此不疲,觉得逛菜市的时光是她一天中最美好的时光。有时候运气好,会碰上云岭的一些老乡背着背篓来卖些零碎的瓜果或者土鸡蛋,不管卖的是什么,老乡都会拣一些塞进她的菜篮子里,她就站着和老乡摆一会儿门子,邀请老乡上她家去吃饭,老乡们为珍惜时间,多半不会去,她就去杂货铺里买一袋糖,算是还老乡的情意。老乡

们回到云岭就会跟人说，阿珍真好，虽然住到了城里，但待人还是那么亲热。阿珍回到家也心满意足，仿佛是回了一趟老家，了解了云岭的近况，感觉跟云岭又亲近了一些。

其实阿珍一家搬到城里才一年多，可阿珍觉得云岭正在迅速地离她远去，这种远离的感觉让她恐慌，好像她身体的某个部位正跟着远去的村庄慢慢退化。丈夫阿贵嘲笑她，说你怎么会有这样的感觉呢，你又不是诗人也不是哲学家。阿珍并不是刻意去思考什么，好让自己看起来像个文化人，可是某个部位退化了的感觉却越来越强烈，但她又说不清到底是哪个部位在退化。是双脚吧，可双脚好端端的，没受伤，没残疾，能走、能跑、也能跳。但她又分明感觉好像因为双脚的退化，自己正慢慢地离开地面，慢慢地有了漂浮的感觉。当她站在学校门口，等待妞妞从那扇铁门出来时，她已经忘了自己是怎样来到这里的，似乎不是走来，因为一路上她都没有走路的感觉。她没有打车，三四里的路程，不过是以前从家里到田间地头的路程，打个车却要十块钱，跟抢似的。她甚至瞧不上那些动不动打车的人，"显摆什么呀，谁兜里没几个钱的，也不看看自己胖成了什么样子。"每当看到那些和孩子一起从出租车里钻出来的体态臃肿的妇女，她就会在心里这样讥嘲她们。可如果不是走来，又是怎样来到这里的呢？真叫人费解！回去时，一定要认真感受一下走路的感觉。

妞妞比刚进幼儿园时活泼多了，牵着妈妈的手跑跑跳跳，一会儿唱歌给妈妈听，一会儿又跳舞给妈妈看。阿珍一个劲儿地夸妞妞，妞妞的表现欲更强了，阿珍慢慢地候着，看女儿在路上跑跳，不知不觉来到了自家楼脚。阿珍又想不起自己是怎样过来的，反正没有走路的感觉，仿佛一叶浮萍，一挤一挪就漂过来了。

妞妞累了，要阿珍背，阿珍背着妞妞爬上六楼，真是四脚爬上去的，途中歇了两次，还累得几乎虚脱。阿珍想，今晚无论如何得好好睡一觉，不然明天怕连妞妞都无法照顾了。

吃罢晚饭，阿珍备好水，让妞妞去洗澡，妞妞被动画片粘着，拉都拉不过去，阿珍只好陪妞妞一起看动画片。因为经常跟着妞妞看动画片，阿珍也喜欢看，特别是《喜羊羊与灰太狼》。孩子们喜欢喜羊羊的聪明、美羊羊的可爱，阿珍却很欣赏灰太狼。倒霉的灰太狼虽然注定每一次都失败，却能在失败之后想出更好的办法让老婆看到希望，哄老婆开心。阿珍不求阿贵有多大的成功，只要阿贵能有灰太狼般永不被挫败的意志，阿珍就会心甘情愿地患难与共。当她在电话里与老公这样调侃时，阿贵却没能理解她的情意，还为此跟她斗了几天的气。阿贵气阿珍拿自己跟灰太狼相比，这不是诅咒他像灰太狼一样倒霉吗，他觉得阿珍越来越脱离现实，不可理喻。阿珍更是委屈，她现在的生活就像一杯白开水一样寡淡，每天电话除了基本的问候就找不到什么话说了，偶尔调侃也是想调节一下氛围，拉近两人间的距离，当时是满怀柔情说的，没得到回应也就罢了，倒成了斗气的源头，真是索然。阿珍第一次感觉与老公之间产生了裂痕，不是多大的事，看不见、触不到，却潜在着的可怕的裂痕，这种裂痕的感觉让阿珍备感孤独。

　　连着几集放完，阿珍才发觉自己思想又跑远了，扭头看妞妞，妞妞已经歪在沙发上睡着了。阿珍给妞妞洗澡，给妞妞换衣服，给妞妞把尿，这一切都是在妞妞闭着眼睛的情况下完成的。阿珍想起小时候自己也是这样，放学回家挑水、喂猪、煮饭，然后等爸妈从坡上回来煮菜，靠在楼靠上等啊等，结果睡着了，被拉到饭桌边时还是闭着眼的，闭着眼睛端起面前的碗就往嘴里倒，有时端的是菜，有时端的是汤，更多时候端起的是姊妹们恶作剧故意放在她面前的辣椒水。因为好瞌睡没少被姊妹们捉弄。可是，这样的睡眠对于阿珍而言是多么久远的记忆了。阿珍也记不清是从什么时候开始瞌睡变浅的，似乎搬到这城里的楼房后她就不曾好好睡过。最近，睡眠更是像只野兔跑得无影无踪，让她好像忘了怎样入睡。

　　阿珍为了能够入睡，早早躺下了，临睡前她给老公打了一个电话，无人接听，她怕迷迷糊糊中被老公的电话吵醒，就发了一条"已陪妞妞睡下，有事发短信"的信息，然后眯着眼睛等待睡眠的光临。

有首歌唱"闭上眼睛就是天黑",可阿珍闭上眼睛,什么都看不见了,却越发感觉光亮得刺眼,脑门都被灼痛了。在乡下,只要关了屋里的灯,便四周漆黑,那是真正的黑夜,遮掩一切,只听到微弱的潺潺流水声的静悄悄的夜,能够让人安然深眠的夜。自从搬到城里,阿珍最不习惯的就是始终明亮如昼的夜晚。家里的灯熄了,外面的路灯和附近高楼的灯光却争先恐后地射进来。阿珍后悔当时图漂亮和便宜没有装全遮光的窗帘。阿贵说,以前白天你不也呼呼大睡的么,进了城毛病倒多起来了。阿珍不敢浪费,想总有一天会适应的,窗帘便一直将就着用。

睡不着,阿珍不得不起来找了件薄衫搭在眼睛上。她开始数数,可是数着数着就忘了数到几了,脑子里全是一辆又一辆过往车子的声音,还有不时传来具有穿透力的刺耳的笛鸣,以及反复得让人生厌的"倒车,请注意"的喇叭声。为了甩掉这些杂乱的声音,阿珍哼起了歌,想用声音遮盖声音。可是唱流行歌,总是忘词,唱山歌,又得费神地编词,意识越来越活跃,睡眠跑得更远了。她只好打住,什么都不去想,伸手搂住女儿,在心里重复着一句唱词"睡吧,睡吧,我亲爱的宝贝"。这句歌词,以前是老公唱来哄她的。那个事后,她蜷在老公怀里,老公说她像个婴孩。她便撒娇说,现在的我就是婴孩,你唱首摇篮曲,我就乖乖睡去。老公说我哪会唱什么摇篮曲,就记得一句。她说,那就唱一句,唱到我睡着为止。那个时候,通常阿贵唱三四遍,阿珍就进入梦乡了。后来有了女儿,阿珍又用这句歌来哄妞妞,通常也是三四遍,妞妞就甜甜地睡着了。

阿珍反复唱,却始终没有睡意,只是觉得困,脑门酸酸胀胀的,眉间仿佛有一条虫蛰伏在那里。这条虫让人感觉困乏,感觉烦躁,却怎么甩、怎么挤都挤不掉,似乎只有通过深沉的、充足的睡眠,它才会躲回深山老林里去。阿珍被这条虫叮咬许多日了,精血都快被它吸干了,但就是无法入睡。阿珍想,若是老公在,与老公亲热一番,精疲力尽之后一定能够睡得香甜。想到这,阿珍才意识到已经许久没有与老公在一起了。以前，两人一起下地干活，夜晚老公要亲热，可她已困得不行，有时做到一半竟睡着了。老公为此生气，也因此常留她在家做家务，不让她下地干重活粗活。婆婆不知情，觉得阿贵太宠她，还给了她不少脸色。阿贵的需求是很强的，不晓得在外面没有阿珍的这些日子他是怎么熬过那些漫长的夜晚的。阿珍有些想老公了，觉得老公在外挣钱养家很不容易，她暗下决心，以后一定对老公更好一点，哪怕自己受些委屈又算什么。

就在这时，电话铃响了起来。是老公阿贵打的。阿珍会心一笑，想，难道还心有灵犀？她赶忙接听电话，甜甜地喊一声老公。阿贵却在电话那头嗤之以鼻，说电话接这么快，不是早就睡下了么？叫得那么甜，是喊谁呀？仿佛花开遇到暴风雨，阿珍的兴致一下子蔫了。接下来，是越演越烈的争吵。比如，阿珍说谁是我老公我喊谁。阿贵说我哪知道这会儿谁是你老公呢。阿珍说你这样不信任那你回家来守着呀。阿贵说我倒是想，我回来你们母女俩喝西北风啊。阿珍本想说不见得就喝西北风，但想到刚下的决心，就缓下语气，说我是因为失眠才想早些睡，可是直到现在还是没睡着。阿贵说谁信呢，你以前不是有名的瞌睡虫么，一边走路都能一边闭着眼睛睡觉的人，现在好房子住着，好床铺躺着，却睡不着觉，你哄谁呀？阿珍说真是无法跟你沟通。阿贵说，那谁是那个能跟你沟通的人呀？阿珍不喜欢这样无谓的争吵，挂了电话。

一夜无眠。

## 2

天亮了，阿珍仍旧迷迷糊糊，似睡非睡，只觉得头昏脑涨，口舌干苦，浑身酸软。妞妞已经醒了，见阿珍仍闭着眼睛，就自己找衣服来穿。阿珍听着妞妞的声响，不想起床，希望能睡着哪怕一分钟也好。妞妞却急了，过来摇她，奶声奶气地喊："妈妈，我要去学校了。"阿珍不得不起床，可是站起来的时候，只觉得眼前一黑，又倒了下去。妞妞急得要哭，一个劲地喊："妈妈你怎么啦？妈妈你怎么啦？"阿珍再次起来，对妞妞笑了一下，告诉她妈妈没事，然后艰难地去洗漱。妞妞说："妈妈生病了，我带妈妈去看医生吧。"妞妞的懂事，让阿珍心疼。

　　阿珍第一次打车送妞妞去学校，然后又打车去县医院。阿珍不知道自己该看哪一科，咨询台的护士热心地过来问她，并建议她去门诊急诊室。急诊室外已经排了很长的队，有外伤的，有老人，也有大肚子或者抱小孩的，而那些分外科、内科、妇科、儿科的专家坐诊室门前却冷冷清清，一个人都没有。阿珍觉得奇怪，但没有多问，大家都在这里排队，便也在这里排队。站了一会儿，阿珍实在站不住了，而凳子早让人坐满了，她脱了一只鞋子席地而坐。人们扭头看她，她也顾不上了，她想，以前出门，坡边田埂随便坐，这镶了瓷砖的地面不比田埂还好么。

　　终于听到医生叫着她的名字。阿珍进去，医生一边填写登记表，一边头也不抬地问："哪不舒服？"阿珍说："哪都不舒服。"医生仍旧不抬眼看她，只问有些什么症状。阿珍说了自己的症状。医生说是感冒了吧？阿珍说不是，医生便开了单子叫阿珍去验血验尿。阿珍怕花无谓的钱，说自己可能是因为长期失眠才这样的。医生说："那你这不是病，是心理问题，你需要调节自己的心情，不要胡思乱想。"医生说完已经叫了下一个。阿珍不甘心，"你看我都这样了，还不是生病么，我现在连走出去的力气都没有，说不定随时会晕倒，就没有什么办法帮帮我吗？"医生像是为了打发她，给她开了一盒静心口服液的单子，就问诊下一个病患去了，不再理她。

　　阿珍只得离开。一个多小时的等待又耗掉了不少元气，阿珍感觉眼前阵阵发黑。她不打算去买什么静心口服液，她觉得那只不过是费钱却不管火的富人的安慰，她需要的不是调养，而是治病，最好是马上来一场熟睡。她想到了安眠药，想回去让医生开一点给她，但她听说这个药医生是不轻易开的，怕排上半天队又是徒劳，便觉得不如干脆到药店去问问。出到门口，外面明晃晃的阳光乍一射来，阿珍顿觉头晕目眩，眼一黑，差点就倒下去，幸好扶住了门框。门边上扔着一张破旧的长椅，阿珍蜷缩着躺下去。阿珍想，自己看上去一定很狼狈很可怜吧？她不敢看过往的人，闭上眼，泪水禁不住滑下来。阿珍想给老公打个电话，向他寻求几许安慰。电话接通了，那边一堆人乱哄哄的吵得要命，阿珍细若游丝的声音在阿贵说完"神经病，打电话又不说话"之后就被切断了。阿珍感觉从来没有哪个时候像此刻这样孤独无助，仿佛自己是一个被家园抛弃流落到这个举目无亲的小城里来的乞丐。但阿珍知道她不能沦陷在这种沮丧里，她命令自己快点振作起来，她还有妞妞，可爱的乖巧的妞妞还等着她买菜做饭，等着她接送上下学。

躺了十多分钟，阿珍爬起来，她感觉自己的身体就像一片羽毛，轻飘飘地着不了地，而头却重如石磨，举得肩膀、脖颈都酸了。阿珍像一片羽毛举着石磨，蹒跚地来到医院对面的药店，要买安眠药。店老板说安眠药不给卖的，但给她介绍了另一种帮助睡眠的药，叫什么佐匹克隆片，要她回家后再吃，说是吃下去便能马上入睡。

阿珍打车回到家，准备吃药时，看了一下说明，就犹豫着不敢吃了。说明上列了一堆的不良反应、禁忌和注意事项，而且特别强调要在有人看护的情况下服用，以避免睡觉有打嗝习惯或呼吸不顺畅的突然送不上气而导致休克。阿珍不知道自己睡觉呼吸是否顺畅，她一个人在家，她怕一吃下去就再也醒不过来。

阿珍想人是铁，饭是钢，吃点热乎的东西或许会好些。阿珍煮了面条，吃两口却吐了。阿珍忽然想到了刮痧。在云岭，就医不方便，只要是头痛发热身体懒的病，都是通过刮痧来治疗，若刮痧治不好就拔火罐，拔火罐还不好，才会下血本上医院。可是住到城里这一年，跟谁都还没特别熟络，找谁刮痧好呢。小区门口的张姐？阿珍虽然在张姐那买东西的次数并不多，但她进出都跟张姐打招呼，算是比较熟络的人了,可张姐是否拿她作朋友她并不知道。如果去张姐店里,张姐肯定会热情地接纳她,但人来人往,要把整个背露出来怎么好意思。而叫张姐到家里来,张姐定然是脱不开身的。阿珍在城里,也还有几个算是老相识,但都是初中时的同学,人家后来又读高中上大学,现在是国家公职人员,和她不是一路人,早就没什么来往了,现在遇到事情才贸然联系,阿珍开不了这个口。还是去妞妞学校吧,妞妞学校里的老师个个都是极好笑脸极热情的人。最主要的,阿珍是家长,是他们的顾客,不是说顾客就是上帝嘛,去她们那里不怕被她们同情。有时同情也像一把刀子,会剜伤你的脆弱。

　　阿珍又打车去了学校,今天,她成了一个顶浪费的人。妞妞读的是一家私人幼儿园,学校老师热情地为她刮了痧,她身上的痧实在太重了,一条一条红得像鲜血马上要蹦出来一样。老师们建议她去孩子们的休息室里休息,她病恹恹的,也顾不了许多,就去躺下了。听着孩子们悦耳的读书声和吵嚷声,她竟然渐渐感觉到了睡意,直到下午放学,她才醒来。这一觉睡得真是香甜,她又恢复了精气神,对老师们百般感谢,然后领着妞妞走路回家。

　　可是到了夜晚,回到家里的夜晚,睡眠又跑掉了。凌晨了,老公也没来一个电话问候。阿珍想跟老公好好聊聊,又主动打电话过去,但电话那头仍是一片嘈杂,没有听到阿贵的声音,电话就被挂掉了。阿珍本来已经平和的心,忍不住又生起气来。真不晓得阿贵最近是怎么了,以前可从来不这样。他们刚搬到新房那会儿,曾天天粘在一起,像新婚夫妻似的一刻也不愿分开,每天你买菜我做饭,饭后一起去散步,夜晚一起看电视、一起缠绵,过了一段神仙般的日子。阿珍想这就是城里人的生活吧,她真希望日子能永远那样过下去。可是没多久,阿贵外出打工了。临走时,阿贵百般依恋地对她说,老婆,你先苦一苦,等我挣了钱,将来我们天天过那样的日子。难道是现在离别久了,阿贵已经习惯了没有她的日子了吗?

　　又是一夜无眠。

## 3

早晨起床，阿珍就呵欠连天，但怎么呵，也没能呵掉叮在眉间的那条虫子。今天是周末，阿珍到水果市场买了些水果，决定带妞妞回趟云岭，回云岭干一场农活，回云岭睡一个囫囵觉。

云岭，单听名字，似乎是个坐落在山顶上又远又偏的村子。其实云岭虽偏远，但并未在山顶上，而是山谷间一片开阔平坦的坝子地。之所以叫作云岭，大概是因为要到达这片坝子地，不论你从哪个方位出发，都必须翻越高高的山峰的缘故。车子随盘山公路绕来绕去，像在云雾里转圈，绕得人心里凄凉。但只要翻过山顶，就像影片忽然换了镜头，是那种"洞天石扉，訇然中开"的豁然，是"柳暗花明又一村"的喜悦，呈现在眼前的，是四围群山下，一片浩瀚而又静谧的山水田园。当工业强省的政策出台时，县领导们就不约而同打起了云岭的主意。许多开发商第一次到云岭踩点，就当即拍板愿意投多少个亿。县里发现了巨大商机，广泛开展招商活动，云岭一时间成了商客们争抢的风水宝地。

领导们与商客们的频频光顾，让世世代代居住在云岭的山民们摸头不着脑。这个地方虽好，但路却被四围的大山阻断了，没有出口。四围的山是全县最高大绵延最长的月亮山，从高空俯瞰，这个地方就好比一口深井。农民的屋舍靠山而建，一条溪水从山脚缓缓流出，将坝子分为两半。但溪水流向处并不是出口，而是挂在悬崖峭壁上的一方长长的瀑布。这瀑布犹如侗家女织布机上梭子飞穿的排线，窄而高，因而被称为梭子瀑。但人却不是织女手中的梭子，可以顺着瀑布往上爬。云岭人被大山与断崖阻隔着，常被外面的人戏称为井底之蛙。云岭的人要出一趟山，极不容易。站在山顶上，隐隐约约可以看见县城的全貌，但要到县城去，却得从天亮走到天黑。在山顶上喊一嗓子，家里人开始生火做饭，但有时饭菜凉透了，来人还没到家。从地图上

落眠

081

看，云岭是紧挨着县城的，与县城的直线距离也许不过十公里。有一年，全省计生大检查，上头指定要查云岭，派了一个工作组去，因天热路难走，好几个工作人员走到半路就因中暑被人抬了回来，计生没查成，还有人差点虚脱送命。这个事反映到省里，领导很生气，说县城附近怎么能存在这样的盲区，遂责令县政府无论如何都要修通至云岭的公路。云岭这才有了一条螺蛳旋一样的盘山公路。但就是坐车，也要三四个小时。云岭的人历来自给自足，过着刀耕火种的生活，真不知领导们怎么会突然青睐起这个地方来。

领导们进进出出一段时间之后，就有人来插旗画线了，并贴出告示说旗线内的土地国家要征来建设工业园区，一亩地补三万四千元（后来在村民共同努力下增到三万六千元），另外还有青苗补贴、房屋拆迁补贴等。这个告示将井底之蛙的云岭人炸开了锅，云岭人不知是福是祸，总三五成群地聚在一团议论，又各自打着肚里的小算盘。

那段时间，阿贵一家很是纠结。阿贵家有四兄弟，他是老幺，分家时，父亲已过世，家里的田地分作四分半，四兄弟一家一分，母亲半分。母亲跟阿贵住，田地便归到阿贵名下由阿贵耕种。一年前，母亲去世，因为主要是阿贵出钱安葬，母亲的田便仍由阿贵耕种。这次征地，阿贵的土地包括母亲那一分田以及他的房子全在被征范围内。几个哥哥都只被征去一小半。当时阿贵提议将所剩的田地重新分成四份，所得征地补偿也分为四份，四兄弟一人一份。开始哥嫂们都表示同意，觉得这才公平。但没几天，哥嫂们又都不同意了，说是土地留着，既能种庄稼，以后要被征去，补偿只会更高。

阿贵和阿珍提出平分，是希望仍有分田地耕种，哪怕是很少的田地，他们便始终有留在云岭的底气。虽然要挪块地基重新立屋不是难事，但没有可以耕种的田地，留下来又有哪样指盼呢？住在农村而没有农活可干，每天闲在家里看别人忙进忙出地劳动生产，那算什么日子，有哪样乐趣可言？但阿珍素来是不喜欢争吵的人，她总劝自己能让则让，能忍则忍，不想自己活得像个泼妇一样。哥嫂们不同意，她便向阿贵提议干脆把木房卖了，一家子搬到城里去。她说有手有脚，城里应该更好讨生活，还能给孩子一个好的成长环境，说不定以后，便世世代代成为城里人了。阿贵说，只要你想得通，我倒觉得这是我们改变命运的好机会，我就怕你到时舍不得离开这里。阿珍看到阿贵眼里有一股火焰，雄心勃勃的样子。阿珍也忍不住对未来满怀期待，常常对"住到城里去的日子会是什么样的日子"想得出神。

通过无数次的测量、争吵和忐忑不安的等待，征地款终于发下来了，少的三五万，多的几十万。现在云岭的人家家腰包都鼓起来了，但贫富差距也突然一下子被人为地拉大，红彤彤的钞票刺激得人们血脉偾张，各种各样的矛盾也被激化了。

以补偿最高的宝弟家为例。宝弟的父母生了十个孩子，前面九个都是讨猪菜的，到了第十个才终于得了一个扛犁耙的。宝弟父母因为连生女儿，很不被乡亲看中，分田到户时，尽分给他家面积宽产量低的水淹田或望天水田，说是照顾他家人口多，其实谁都清楚那尽是些费劳动却没收成的田。宝弟一家不够粮食吃，他父母只好带着众儿女拼命地开垦荒地，靠劳力抢点收成。后来姐姐们全都出嫁了，所有田地归给宝弟一人，宝弟只征去了一半多的土地就得了八十多万元的补偿款，一夜间发了大财。

八十多万元呢，云岭人一辈子都不敢想有一天会有这样多的钱。以前宝弟家穷得连父母的棺材都买不起，现在倒成了村里最有钱的人。这让很多人心里不平，也让很多人眼红。首先眼红的是与他同一生产小组的人。他们集体上访，说国家的补偿办法不公平，当初分田到户按的是产量，而现在的补偿办法却是按面积，而他们被占的都是好田，宝弟被占的多是荒土，政府这样补偿不合情理。虽然群众们觉得很在理，可是政府有上级文件为依托，闹了几次，无果，人们便转而忌恨宝弟，好像是宝弟抢了他们的财产。

其次是宝弟的姐姐们。宝弟九个姐姐成活六个，有两个嫁在本村，四个嫁到了外村。在云岭，女人的名字进不了族谱也上不了父母的墓

落眠

碑，嫁出去的姑娘更是泼出去的水，娘家的不动产就是无男儿继承落到堂兄弟或房族毫不相干的人那也是不能去争的。而且土地是以生产小组为集体承包到户的，生产小组又多按家族划分，很少有姑娘嫁在本组，因而女儿不可能继承娘家田产。但变成了钱就不一样了。他的姐姐们心思多了起来，虽然宝弟得钱后根据家庭贫富的不同分了一些给各位姐姐，但是姊妹间还是渐渐产生了隔阂，常常为一些芝麻小事吵闹不休。

那些补偿款就像一枚投放在云岭的炸弹，有人欢笑，有人争吵，有人妒恨，村庄逐渐失去了昔日的平静。

阿贵包括房屋搬迁补偿，总共是三十六万元。哥哥们却一家只得六七万元。哥嫂们眼红了，说阿贵的补偿款里有一份是母亲的，应该拿出来大家分摊。阿贵不愿意，说当初提议平均分配的时候是你们自己不同意的。哥嫂们说不同意平均分配并不等于就同意你独占母亲的那一份。阿贵说，谁想要这三十六万元，我拱手相送，但他得把他那份土地给我。为这个事，全家人争吵了很长一段时间，搞得兄弟间几乎反目成仇。阿贵最终捏着钱不放，哥嫂们也就不再搭理他们了。

阿贵和阿珍在城里买了一套九十多平方米的房子，包括简单装修，花了三十来万元。阿贵本不想买房，想拿钱去做生意，没有土地了，必须用钱去找钱。可阿珍不这么想，她认为做生意是要冒风险的，云岭人祖祖辈辈都只懂得跟泥巴打交道，做生意既没路子也没经验，万一亏了怎么办？买了房子，不管怎样穷困，有个地方落脚，心里总是踏实的。本来也还剩四五万元，阿珍想租个门面开家童装店，但远远不够。这笔钱一时也不知道做什么好，阿珍就存了定期。她说这笔钱就是一颗"定心丸"，是今后奋斗的底气与动力，她还试图跟阿贵讲饥荒时期攒米的故事。阿贵早不耐烦了，说以后你让我怎么谋生？阿珍说，有手有脚，还怕饿死不成。阿贵说，光有手脚，永远都是做苦力的命。阿珍说，有几个大老板不是从做苦力开始的。话虽这样说，但阿贵却没那样的毅力与耐心，他觉得阿珍的思想太保守了，他本想用征地款去买木材，说是和朋友已经看好一片林，他出钱，朋友出门路，办了证，不但可以买大房子，还会有大笔的存款。阿珍不想发什么大财，只想过点稳妥的小日子，坚决要买房。两人争执不下。阿珍说，你如果不想要这个家，不想我给你生个伢崽，你就把钱全拿走，我立马跟你离婚，反正房子一拆也没地方住了。阿贵最终作出了妥协。

事实证明阿珍的决定是对的。

征地工作结束后，施工队就跟着进场了，来了很多的挖掘机、车子和别的机器，更多的是人。有的人挖山钻隧道，有的人平整土地、夯实地基，小溪边建起了一长排的工棚。失去土地的，要求到工地谋职，施工队便吸收了很多当地的群众。人多了，需求也大了，得补贴少的人家拼命种菜，养鸡养猪，或做点副食品卖给施工队，赚点小钱。似乎一切都正朝着无限美好的明天走去。

工人们白天干活，与机器一起嘿呦嘿呦地转，热火朝天。到夜晚各种嘈杂声停息下来，人们的耳根终于清净了，却静得有些寂寞。或许那些血气方刚的年轻人并不懂得寂寞一词，但他们内心的喧腾让他们忍受不了这种安静的空闲，女人不在身边，又是这样多的汉子聚在一起。也不知是谁最先将扑克和麻将带进了工棚，总之，赌博之风像洪水一样迅速蔓延，并且很快淹没了整个村庄。先是工棚里夜夜灯光亮如白昼，热闹非凡，然后村里也有人家摆起了麻将，蒙起了金花。那些好打牌的人还挺理直气壮地说，有钱又不用种地，不蒙金花、打打麻将，难不成去偷人吗？

一开始，人们小心翼翼地打五毛钱一炮，后来是两块钱一炮，再后来是五块、十块、二十块，输赢必须过百上千才觉得刺激，似乎钱来得容易，输出去了也不觉得心疼。工棚里的氛围更是高涨，越来越多的外地人汇聚到云岭赌钱，也不断有话传出某某一个晚上就赢得了三万五万，谁谁哪一场又得了十万八万。云岭人，尤其是云岭的年轻人越来越不安分了，整天就想着如何用手中的钱作为资本，大赚它一笔，然后收手，成为真正的有钱人。种菜的觉得五毛一块的卖菜没意思了，养猪辛辛苦苦一年到头才千把块钱，还不及人家麻将桌上自摸一把得的多。各种的价值比较，云岭人的心里更加失衡也更加茫然了。

　　一年下来，云岭人赢钱的不多，而且只是赢点小钱，但输钱、将征地补贴款输光还倒欠账的人却不少。比如穷得叮当响的大木，征地补偿得了十多万，本指望着这笔钱起一幢像样点的房子，然后讨一房媳妇生儿育女。刚领到补偿款那段时间，他的寡妇娘整天喜笑颜开，到处托人给大木访媳妇，一副底气很足的样子。谁知大木不争气，不但房子没竖起来，媳妇没找到，输光了征地款也就算了，还因欠债被人追杀，寡妇娘不得不又贱卖了几宗地来替大木还掉赌债，气得寡妇娘只差抹脖子上吊了。大木只是个例子，像大木一样败光家底的人还有很多，老人们捶胸顿足，大骂赌徒赌的是子孙钱。但一切都无济于事，云岭的赌博就像一场龙卷风，大有不将云岭人一夜之间鼓胀起来的荷包席卷而空，便不罢休之势。云岭原本欣欣向荣的景象，实则被一片乌烟瘴气笼罩着。

　　阿贵也在工地上做活，但不知是因为钱被阿珍把着，还是别的什么原因，他只是夜夜观战，却从来不参与赌博。阿贵因而成了村里人树立的榜样，当他们一家搬到新房子后，更是让村里那些赌光家产的人羡慕而又悔恨。村里的小媳妇见着阿珍，总要说，你真行，还是你管得住男人。这个时候阿珍便有些得意，她对阿贵并没有怎样的严苛，她想也许是阿贵太爱她的缘故。

　　经过几小时的颠簸，阿珍又回到了她熟悉的村庄。然而熟悉是熟悉，只是村庄已经大变了模样，不那么亲切了。以前一眼望去或绿色或金黄或空旷的原野，是她眼里最美的风景。这片原野，犹如四季的调色板，一个季节一种风格，在一年里五彩纷呈地演绎，描绘着一幅幅宽阔、齐整、大气、完美的图画。如今，这幅完美的图画已经不再完美，有一大半已被不规整地蚕食，挖出的新土仿佛被烫伤的疤痕，让人有些不忍目睹。简易的工棚已人去楼空，淡漠了先前的热闹，显得凌乱而无辜，几架奇怪的机器被扔在旷野里无人管问，更增添了几分落寞。在这片土地上轰轰烈烈的工业化建设开建一年之后，因为县里某领导被"双规"，开发商被关押而暂时停歇了。或许是因为太多的商客争抢这片宝地，其中的矛盾百姓是无法明了的。虽然政府征地出了钱，但看到那些撂荒的土地，真叫阿珍心里生生地疼。

　　阿珍直奔自己父母家去，家人对她的突然造访甚感奇怪。虽然一年多过去了，阿珍已在城里安了家，但是弟弟弟媳们的心里却总有一份担心。阿珍是家里的老二，有一个姐姐两个弟弟。按照计生政策，两个弟弟属于超生，是黑人口，分不到田地，两个姐姐出嫁后，田地才归到他们名下。阿珍与阿贵已经完全没有了土地，弟弟们怕阿珍要来分种家里的田，因为怀着这样的担心，便总有些害怕见到阿珍。刚开始征田地那会儿，阿珍频频回家跟父母商量事情，也感觉到了弟弟弟媳们的担忧，心里有些悲凉，本不想多回家，但是要回云岭，也只有这个落脚点了。好在父母都还健在，回家看望父母，天经地义，而她也已把整个家搬到了城里，已向弟弟弟媳们表明不会再有分种田地的可能。

　　一到家里，寒暄完后，阿珍就问今天有什么活要干。母亲说，难得来一次，干什么活呀，去打点面粉来我们煮汤圆吃。阿珍又一次强调，说我特意跑来干活的，就说有什么活可干吧。弟媳拉着弟弟出去说话了，母亲瞄了阿珍一眼，阿珍却没会意，只说，我真是想来干活的，越重越累的活越好。母亲只好提高嗓门说，大老远地跑来，就为了来干活？为什么偏要跑家里来干活？这个季节该种的都种了，该收的又还不到时候，哪有什么活可干的。阿珍听出母亲话里的质问，这才意识到，她的话触动了家人敏感的神经。

　　家乡的夜依然很静，可以听风吹和蛙鸣，以及远处若有若无的水流声。但阿珍的心却在这片寂静里失去了宁静。白天听了许多云岭的事，又看了云岭的现状，感受了家里不自在的气氛，阿珍觉得有一股忧愁和感伤充斥着她的胸腔和鼻子，却又不明白自己在担忧什么，这种感觉她不知怎样诉说，更不知道能够向谁诉说。她想了许许多多的事，最后她觉得自己仿佛是一个既被村庄所抛弃，又融入不了城市的弃儿。而云岭，它今后的命运又将如何？是否会被工业一点点吞噬，最终在这大山里消失？如果云岭消失，云岭人又将何去何从呢？

## 4

乡村的一夜，阿珍依旧未能落眠。第二天下午，她又带着妞妞返回城里的家了。

回到家，天已经黑了，打开灯，阿珍惊讶得眼珠子都快掉出来，心也怦怦地跳得厉害。她将整个屋子转了一圈，然后瘫在地上一边哇哇地哭，一边骂着，"哪个挨千刀的呀，哪个背时砍脑壳的啊，我才离家一天，就将我家偷个精光净啊。"妞妞见妈妈哭得厉害，也大声哭起来，哭声里满是恐惧。阿珍很快感觉到了妞妞的那份恐惧，把妞妞搂入怀里，想自己一定要坚强，一定要沉着应对，不能吓着孩子。她在孩子额头亲了一口"呸"出去，哄着妞妞说别怕别怕，都怪妈妈不好，我们打电话给爸爸，叫爸爸回家好不好，爸爸回来就没事了。

阿珍给阿贵打电话，报告了家里被洗劫一空的情形。阿贵说，你和妞妞没事吧？阿珍心头顿时暖和起来，说没事，我带妞妞回云岭了，就因为不在家才被偷的。阿贵说，只要你和孩子没事就好，东西偷就偷了吧，以后挣了钱买更好的。阿珍想，阿贵还是在乎她和孩子的，虽然家里丢了东西很难过，但几天来对阿贵的积怨却一下子烟消云散了。回云岭前，她给阿贵发了一条信息，并决定若阿贵回信息或打来电话，她就不跟阿贵斗气，若阿贵不闻不问，便死也不主动跟他联系，除非他先服软道歉。可谁知一回到家就遇到了这样的事，让她不得不违背她曾在心里发过的誓愿，主动给阿贵打电话。还好阿贵不仅没有责怪她，还把她和孩子的安全放在了第一位，她一下子原谅了老公的种种不是。

阿珍问阿贵怎么办，要不要报警。阿贵说，为求心安，你想报就报吧,但东西是肯定追不回来的,你不要抱希望。阿珍说,你还是回家来吧,我和妞妞害怕。阿贵说进屋后记得把门窗关好,等我再多挣些钱,然后在家守着你和孩子,再也不出远门了。为了今后的日子,你和妞妞先忍忍。

阿珍想都夜晚了,警察们早下班了,就没有报警。她敲开邻居家的门,想问他们有没有看到或听到什么,电视、冰箱、洗衣机等所有值钱的东西都被搬走了,不可能不留下痕迹。邻居说他们昨晚是听到声响,但以为是哪家在搞装修,没有在意。阿珍又跑到小区门卫室去问,门卫说小区第二期的房子还在建,四通八达的,搞装修的人又多,我哪看得过来。阿珍仔细检查了门,一点被撬的痕迹都没有,窗户是安了防盗网的。她想不通小偷是如何进入她家,还搬走了那么多的大物件,难道真像传说的那样,有什么锁都能开的万能钥匙吗,如果真是这样,还有什么安全可言。

第二天阿珍报了警,警察们挺认真的,由室内到室外,从楼顶到楼脚都做了详细的检查与记录,然后留了阿珍的电话,说一有消息就会告知。阿珍心里挺感动,虽然后来没有等到任何消息。阿珍知道这是在城里,不比云岭,遇到这种事,只能自认倒霉。

丢了电器,阿珍也没觉得对自己生活有多大影响,便不打算再添置新的,只是没有了电视,夜晚变得更加漫长了。如何打发掉这些多余的时间,阿珍想到了刺绣。

阿珍出嫁前曾是云岭刺绣的好手,她出嫁时的盛装、鞋垫、枕头、背带等所有绣品都是她独立完成的,就连姐姐出嫁用的绣品也多半是她绣的,村里凡娶亲嫁女,都以讨得她的一件绣品为荣。可是,云岭的刺绣也似乎只有在娶亲嫁女的时候才派得上用场了。通车后,云岭人虽然进趟城依旧不容易,但云岭却逐渐开化,云岭人的着装、生活习俗不知不觉也在追随时代的潮流了,谁也不愿再费时费力纺纱织布、一针一线地刺绣缝补。

阿珍从小跟着奶奶学刺绣,觉得刺绣静心,是一项很美的艺术,但母亲却总是喊她去地头干活，认为刺绣是不务正业，是偷懒。阿珍就只能利用闲暇时间偷偷摸摸地绣些小玩意，没有布和线，她就在地上画图，在树叶上插针，直到待嫁前，她才能大肆练习各种刺绣手法，什么竹花、板花、蓬花、平绣、线绣、打籽绣、数纱绣等等。她最喜欢的是数纱绣。数纱绣有点像当下流行的"十"字绣，只是数的格子是布匹本身一格一格的纱，更费眼力和心劲，但绣出来的也更立体精致，随便绣一棵小花小草，也活灵活现，很有艺术感。

搬新家前，阿珍想绣几幅数纱绣当作装饰。那段时间，阿珍只要一有空闲就眯着眼，透过放大镜数着一格一格的细纱，穿针引线，沉迷其间。绣了一段时间，眼睛就胀疼，不时泛出眼泪来。阿贵便数落她，"绣那有什么用，花几个月绣一小幅，还不如我几块钱到街上买一个框框画时髦。这不是讨累受吗，管好妞妞才是当紧的事。"绣完一幅，阿贵就再不让她绣了。

这次阿珍本来想去买几幅"十"字绣来绣，但一问价格，就犹豫了，她没想到那些"十"字绣的未成品竟那般贵，稍微看上眼的就要一两百，若绣了卖不出去不是白白浪费成本么。她只好翻出箱底的家织布，重新拿起针线，绷上绣盘，以借此打发些无聊的时光，希望她的心能够在刺绣中宁静下来，获得好的睡眠。阿珍状态不好，她不敢绣数纱绣，她画了一幅花鸟图，绣最简单的平绣。

最初几日，阿珍平心静气，除了照顾妞妞，全部心思都花在刺绣上，也不管那些绣品有没有用，权当是治疗失眠的方子，每天都是做到困倦极了才躺到床上去，她希望睡眠也能像困倦一样汹涌袭来。可是睡到半夜，阿珍还是醒了，像有块砖头压着胸口，逼得她不得不醒过来。

有天夜晚，大概凌晨三点钟，阿珍听到窗外一片喊打声，忍不住爬到窗口去看，恰好看到有一个人用石块砸到了另一个人的后脑，那个人倒了下去，然后又跑来一个人，他们两个对着躺在地上的那个人又是脚踢又是砸石头。阿珍很害怕，想这样打下去，肯定会出人命的，但她不知道谁是好人谁是恶人，不知道该不该为那个人大声呼救，或者是打电话报警。她心慌得厉害，想还是听听阿贵的意见。打电话给阿贵，出乎意料阿贵竟立马接了，好像他也不睡觉似的。阿贵说，人家打架，关你什么事，你报警，警察还没到，人早跑光了，到时你倒落一个骚扰民警罪。阿珍说，那怎么办，如果我真见死不救，以后我如何能安心？阿贵说，也许是你看花了眼，拉上窗帘，安心睡你的觉吧。喊声划破了寂静的夜空，路灯也照得分明，怎么可能会是看花眼呢？阿贵安慰说，既是这样，夜晚不睡觉的人多了去了，别人也一定听到看到了，也许别的人已经报警了，你又何必再多事。阿珍想，也只能希望如此了。挂了电话，再看窗外，打人的两个已经跑了，躺在地上的那个一动不动。阿珍很想出去看看，又始终感觉害怕。她用被子蒙住头，直到无法喘息也甩不掉刚才看见的那一幕。

　　第二天天一亮，阿珍就跑到事发点去看，躺着的人已不知去向，只留下一摊血迹。阿珍问旁边粉店老板，老板说他天没亮就起来熬汤了，没见什么人躺在地上。阿珍又等到张姐的店面开门，跟张姐谈及此事，张姐问了进出店里的许多人，没有一个人听说过这样的事。张姐说，你是做梦恍惚了吧？阿珍便把血迹指给张姐看，张姐朗朗地笑起来，说那哪是人血，那是人家粉店老板每天杀鸡宰羊积留下来的血迹。阿珍不信，想要杀鸡宰羊也是在厨房里，怎么会弄到路面上去呢？如果是积留下来的，以前怎么没看见？阿珍又去跟粉店老板证实，粉店老板说他们偶尔也在外面杀羊，至于那血迹是不是他们杀羊时留下的，他们也不太清楚，因为平时都不留意。

　　阿珍一整天心神不宁，老是想起那个人倒地被打的一幕，仿佛那些脚不是踢在那个人身上，而是踢在她的脑子里。她甩甩头，告诫自己不要想了，他们又不认识，跟她有什么关系。可她越是劝自己不要想，越是想知道那个人究竟是死是活，就像小时候听奶奶讲故事，非得听了结局才能安心去做别的事情一样。她借故到公安局了解失窃的调查结果，以探听半夜里打架的事。但公安局里一切井然，庄严而肃静。阿珍大着胆子问了一个警察,警察说昨晚没接到任何报案。

从公安局出来,阿珍有些沮丧,仿佛心间哽着一根鱼刺。她接触过的人虽然对她都很客气,比如张姐,比如邻居,比如物管,比如这些警察们,但她却总感觉到一种疏离,因为城市大了,谁也不了解谁、谁也不会跟谁交心的那种疏离。不像在云岭,就那么百来户人家,哪家的家长里短不被村里人嚼来嚼去,就是一辈子不见的人突然见了,也不会感觉陌生,因为底细都清楚着呢。还有云岭的牲畜都关在野外,房屋谷仓也从不上锁。偶尔也会有起歹心偷盗的人,但凡哪家丢了东西,只要这家妇女走街串巷地喊骂一通,东西第二天就回来了。如若骂过街后东西还寻不回,就会有无数人将他们的见闻和猜测报告给主人。而且村里人相信上天有眼看着,做了小偷就总有一天会被抓住,抓住了就要罚四个百:百斤米、百斤酒、百斤肉、百块钱,根据情节的轻重,在百字前添加数字,以宴请全村的人,这个偷了东西的人从此尊严就被踩在人们的脚底下了。

想到这些,阿珍又心疼起她的那些家具来。

## 5

可是,云岭已不是往日的云岭,再也回不去了。阿珍只有努力适应城里的生活,并努力让自己相信,未来的日子一定会越来越好。老是睡不安稳,或许跟自己无所事事有关。阿珍想她应该找份正经事做,挣一点生活费,这样空吃空坐心里怎么可能安稳呢。可是除了干农活、做点针线,她什么都不会,去应聘了几个帮别人端盘子、守店铺的差事,人家都嫌她带着个拖油瓶。碰了几次壁,她觉得很害羞,甚至对这个城市有一种说不出来的恐惧,觉得别人看她的眼神虽然没有不友善,却似乎总带着一丝轻蔑,再遇到招聘信息都不敢开口问了,感觉像个叫花子上门讨饭似的,下贱得很。幸好她还有一笔存款,逛了几天的市场,她决定用那笔钱在车站附近摆一个水果摊子。然而当她拿着卡到银行取钱的时候,工作人员却告知该账户的本钱和利息已经被全部取走了。

阿珍的心一下子跌入了谷底，她连骂了几声挨刀砍的小偷，却忽然意识到这不该是小偷所为，小偷就是偷了她的存折，也没有密码呀，她的密码是她和老公的农历生日，户口册上的出生日期是父母随意报的，与他们的真实生日没有任何关联，再高明的小偷也不可能猜到吧？想到这，阿珍的心又如释重负了，她想应该是阿贵取走了，只是不知阿贵取钱去干什么，连说都不说一声。

阿珍打电话问阿贵，阿贵开始不承认，支支吾吾几下后，说是拿去跟一个朋友入股做生意了，还说怕阿珍不同意，才没有商量。阿珍问，你哪天回家来的？阿贵说，我没回过家呀，我回不回家你还不知道么，存折我早就带出来了的。阿珍问他做什么生意，阿贵便不耐烦了，说问什么问，啰里啰唆地跟你讲你也不懂。阿珍感觉阿贵对她的态度变了，总觉得阿贵有什么事情瞒着她。越想阿贵这段时间的表现，阿珍的心就越发慌了。她将妞妞托付给幼儿园，决定到筑城去探望阿贵。她没有事先通知阿贵，而是按照阿贵以前留下的地址找到那家工厂，她想给阿贵一个猝不及防。一路上，她设想种种可能，她甚至想如果真的在阿贵屋里遇到另一个女人，她该怎么办。当她百感交集地赶到那里，工厂里的人却告诉她阿贵早走了，只干了一个多月就辞职走了。

阿贵去了哪里？他为什么要骗自己呢？为什么连自己的老婆都骗！阿珍气得肺都要炸了，立即拨打阿贵电话，她需要阿贵给她一个交代。可电话那头早就知道事情已经败露似的，只重复着一个不厌其烦的声音："您好，您拨打的电话已关机。"让阿珍满肚子的疑问与火气无处发泄。

阿贵要外出打工之前，有人跟她说，大凡丢下老婆和孩子出去打工的男人，百分之九十都在外面找相好，还说这与跟老婆感情好不好没关系，因为有那么多的漫漫长夜需要打发。当时阿珍不以为然，她说不是还有百分之十的例外么，她觉得阿贵那么爱她，是决不会背叛她的，她相信阿贵绝对是那百分之十的例外。可是，阿珍联想阿贵近段时间来的行为和态度，越发觉得阿贵对她是忽冷忽热，对妞妞也不够关心，难道他真用那些钱到外面养了别的女人？家里的电器莫不是他趁她不在家，搬到另一个女人那里去了？阿珍越想越生气，也越想越伤心。她到处打电话向熟人打听阿贵的行踪，却没有一个人能够告知一点有用的消息。她心急如焚地一遍又一遍地拨打阿贵的电话，然后耐心地一遍又一遍地听着那个"您好，您拨打的电话已关机"的声音。

阿珍觉得自己快要崩溃了，她想她什么样的后果都能承担，但决不能忍受阿贵的背叛。当初为嫁给阿贵，她是给家族长辈一一磕过头的，还在母亲跟前发了狠誓，说今生只嫁阿贵，阿贵生则生，阿贵死则死，阿贵要饭就跟着要饭。

阿珍小的时候父母曾给她订了"娃娃亲"，对象是母亲一个好姐妹的儿子阿来，他们同龄，从小就在一块玩耍，两家一直亲得跟一家人似的，什么事都相互帮衬。可是有一次，村里的孩子们在一起玩游戏，先是玩分帮打泥巴仗，然后又比骑高跷、转陀螺、跳高、跳远、快速跑。在这些比赛中，阿贵成了众人瞩目的佼佼者，大家于是推举他为山大王。有人说，既是山大王，那就得有压寨夫人。于是所有的女孩子"一"字排开，由阿贵挑选。阿贵摆出大王的风姿，来回走了几圈，最后选定了阿珍。又有人说，大夫人选出来了，快选二夫人，至少得有三个夫人以上才像大王。阿贵手一挥，说，那些都是半吊子大王，真正的王是佳丽三千，独爱一人，本王就只要一个夫人。从此，阿贵和阿珍便被伙伴们称为山大王和压寨夫人。阿来不服气，但又不敢公开挑战阿贵，只能暗暗使劲讨阿珍的好。但奇怪的是，阿来越是讨好，阿珍便越发觉得厌恶。长大后，就在两家准备商谈他们俩的婚事时，阿珍却宣布要嫁给阿贵，家里人气得脸都歪了，母亲苦苦相逼，说就是不嫁阿来也不能嫁给阿贵，阿贵满身匪气，根本就不是踏实过日子的人。阿珍也以死相抗，说不让嫁阿贵，那她就真的去死。

她如此争来的婚姻这么快就因阿贵的背叛而破碎了吗？那个说只要一个夫人的阿贵会背叛自己吗？阿珍伤心至极，从小到大她从未遭受过这么大的打击，仿佛天都要塌下来了。

去幼儿园接妞妞时，妞妞一见到她就扑入她怀里呜呜哭起来，哭声里尽是委屈。妞妞长这么大，还是第一次与妈妈分别，而且一丢就是两天，妞妞大概以为妈妈不要她了。此时的阿珍也有如妞妞一样的感觉，她感到妞妞对她的依赖就像她对阿贵的依赖一样，只是她不知道去向谁哭泣，不知道接下来她将面临的会是什么。但她必须劝慰自己冷静下来，不管发生天大的事，她都不能用自己的情绪去影响妞妞，阿贵是她仰仗的天，而她又是妞妞仰仗的天。

如果说以前因为不习惯或爱胡思乱想而睡眠不好，那么现在的夜晚才真正让阿珍度日如年，伤心、焦灼，每一分每一秒都如处在针尖上般难熬。她知道今晚睡眠是肯定不会光顾了，她坐在绣盘边上，绣布上的图案有意捉弄人似的忽远忽近，她拿着针不知从何处下手，一刺下去就扎在了自己的手指上，连着几次扎得手指满是鲜红的血。

阿珍的心更乱了，刺绣是份心细的活儿，这种状态肯定是做不成的，不如打扫卫生吧。阿珍做姑娘的时候有一个好习惯，每遇到不开心的事，就喜欢打扫卫生，把房前屋后、屋里屋外认认真真打理一遍，把家里所有的脏衣服都挑到河边去细细地洗。埋头做完这一切再来光顾心情，看到清清爽爽的环境，看到完成了那么多的事情，心里有了成就感，所有的阴霾便都过去了。可是今晚，阿珍整理那些脏衣服时，却是拿一件落一件，好几次进到卧室都忘了是要去做什么。终于将脏衣服全部甩进塑胶盆，却又不小心跌了一跤，把盆也踩破了，手又被划了一道口子，后脑也磕了一个大包，狼狈到了极点。

阿珍只好躺到床上默默流眼泪，想难道她的天空从此塌陷了吗？她不甘心，又不自觉地摸出手机拨打阿贵的电话，可是电话依然关机。阿珍想就算是有了外遇也不该避而不见啊，大不了离婚，她阿珍又不是那种死乞白赖的人，为什么要这般杳无音讯地折磨她呢？阿珍曾设想无数种情况，一开始她是无论如何都不敢想到离婚这一步，她只想联系到阿贵的时候要好好质问他，她想要看看他的那个相好到底比她强多少，她想跟他们大吵一架甚至打上一架。然而，阿贵久久避而不见，她对阿贵的愤怒犹如一只过于膨胀的气球没能迎来她想要的爆破，而是漏了气，慢慢蔫耷下来，精疲力尽。

精疲力尽的阿珍将所有的事情想了个遍，也设想了各种各样的结果，想得越多，她便越不相信阿贵会因为有了外遇就变得这么无耻，她开始为阿贵寻找开脱的理由，她想或许阿贵遇到了什么麻烦，不想拖累她才什么都不告诉她。那么，阿贵究竟是遇到了什么麻烦事呢？阿珍忽然觉得她对阿贵的事知道得太少了，觉得自己竟一点也不了解阿贵，她平时总是习惯等着阿贵呵她宠她，一旦阿贵关心不够，冷落了她，她便跟阿贵赌气，却不去想阿贵是不是遇到了什么不如意的事。就这样，阿珍的火气忽然一下子全变成了担心，她甚至埋怨自己花太多的时间和心力在孩子身上而忽略了老公，埋怨自己没有尽好一个妻子的职责。她给阿贵发了许多温情的短信，希望阿贵不管天大的事一开机就跟她联系。

## 6

第二天阿珍决定回云岭，她要去寻找阿贵的踪迹。她带着妞妞下得楼来，却见阿来在小区门口徘徊。妞妞喊舅舅，阿来一阵脸红，不敢抬眼看阿珍，只低低地喊了一声："阿珍。"

阿珍没好气地说："你来做什么？"

阿来说："我担心你，来看看。"

阿珍想，阿贵失踪的事，村里人一定都知道了吧。她有些气恼，将目光别过一边，像逃避，又像不愿意见到阿来，气气地说："要你担心！"

阿来知道阿珍嘴硬，并没有生气，他抬眼看阿珍，见阿珍眼皮浮肿，像狠狠地哭过，原本圆润的面庞仿佛霜打的茄子，轮廓虽然依旧美好，但却显得蔫蔫涩涩的。只一眼，阿来已是万般心疼，他攥起拳头，骂了一句："妈的，都是阿贵害的你！"

阿珍想到心里的委屈，泪水就要不争气地淌下来了。可是她不想在这个曾被她拒绝曾被她伤害的男人面前流泪，在他面前，她一直都是那般地高傲，怎么可以突然放低姿态显示出软弱呢。阿珍抬眼去看天空，说："不关你的事。"

妞妞见妈妈老望着天空，也抬头望向天空。阿来感觉很不自在，也只好跟着望向天空。可是天空灰蒙蒙的，什么都没有。他们就那样望着天空，引得过路的人都好奇地朝天空看，但谁也不明白他们在看什么。

许久，阿来说："都到你家门口了，也让我上你家坐坐吧。"

阿珍一心只想寻找阿贵，这个时候她哪有心思叙旧。她忽然感觉阿来有些嫌恶，正想回绝。阿来说，我这有阿贵要转交给你的东西。阿珍这才满心狐疑又满怀希翼地将阿来请到家里去。

阿来带来的是一份阿贵签了字的离婚协议书，和一封阿贵写给阿珍的亲笔信。阿贵在信上说他迷上了赌博，输了身上所有的钱，输了存款，输了家具，还输了房子。他说他没脸再见阿珍，他求阿来帮忙将房契赎了回来，希望阿珍看在女儿的份上签了离婚协议书，以免日后受到牵连，希望阿来能够帮忙照顾她们娘俩，他也就没有后顾之忧，死而无憾了。

在云岭工地的一年，赌博氛围那么浓厚阿贵都没有沾边，叫阿珍怎么相信阿贵是因为赌博而被逼上的绝境？那个时候，阿珍怕阿贵参与赌博，常在他耳边念叨，说赌博有什么好，无论输钱赢钱都是输，输的人是输了钱财，输了家庭，输了人生；而赢的人则输了精力，输了德行，输了安稳。阿贵难道不是因为听了她的劝，认可了她的说法才没有参与赌博的吗？他怎么会连房子、家庭都赌输掉呢？阿珍想，一定是阿来为得到自己设下了什么圈套让阿贵上的当。阿珍拿过离婚协议书当下就撕了，还将碎片狠狠地摔在阿来脸上。她对阿来说，"你当我是什么，商品么，是你有了钱就可以买过去的商品吗？"

阿来红着脸，支支吾吾地说："我不是这个意思，我只是希望你过得好。"声音小得好像咽在肚子里一般。

阿珍质问阿来，说："你把阿贵藏哪去了？"

阿来说："我能藏得住阿贵吗？他来找我说你们的房子被他赌掉了，赢家要收房子，希望我去把那房子买下来。我送了钱去，他们就把房产证给了我。"

"那你为什么不来跟我讲，不劝劝阿贵？"阿珍几乎咆哮了，她觉得他们都是合起伙来骗她的。

阿来说："我本来是要跟你讲的，但阿贵交给我一封信，说对你的解释都在信里。后来，阿贵去了哪，我也不知道，他什么都不让我问。"

"他什么都不让问，你就真的什么都不问吗？他让你去吃屎你是不是也只会乖乖地照做？"

阿来一声不吭，任由阿珍发泄着满腹的怨气。

阿珍想男人都是自私的，他怎么可能会为了她劝说阿贵呢，一副看似诺诺笨笨的样子，还不知道内心有多龌龊。阿珍有着满肚子的委屈，这会子看阿来更觉恶心，她对阿来吼道："我过得好与不好，与你无关！你走！你走！"

阿来站起来，要走又不放心，终于鼓足勇气说，"阿珍，你还是接受现实吧，你当初的选择就是个错误，阿贵本就不是能托付终身的人。"

阿珍气急败坏地将阿来推出屋外，一秒钟都不想再看到他。关上门，她膨胀的神经却如断了线的珠链子，彻底散了。她倒在沙发上呜呜地哭，头昏脑涨，心口紧闷，哭了几下便喘不上气晕了过去。

等她醒来，已是躺在医院的病床上，母亲、阿来、妞妞都守在她的病床前。据说当时是妞妞哭着跑下楼去将阿来喊回来的。母亲说，多亏妞妞懂事，也多亏有阿来在，不然命都丢了。阿珍因为长时间失眠，又加上过度悲伤，身体严重虚脱，已经昏睡了三天三夜。这三天三夜里，母亲一直念念叨叨，阿珍醒来后更是不停地数落阿贵，埋怨阿珍，赞阿来的好。阿珍没有听母亲的念叨，她醒来的第一件事便是给阿贵打电话，而电话依旧关机。

阿珍在医院住了一个星期，这段时间，阿来对她母女的照顾是无微不至的，同病室的人先是奇怪这个年代怎么还有如此细心体贴的哥哥，因为妞妞一直"舅舅、舅舅"地喊，人们都以为阿来是兄长，后来从阿珍母亲那里了解情况后，便都帮着做起了阿珍的思想工作。其实阿珍也知道自己那样责怪阿来是没有理由的，阿来是什么样的人，她心里最清楚。可是她也明白，有时候并不是一个人有多好就能够爱得起来。这些天她虽然不大说话，却想得很多。她想阿贵虽然把整个家都败了，但应该只是一时的迷途，并不是不可原谅的错误。她甚至在阿贵的错误里感受到了阿贵对她的爱，那种宁愿自己一个人承担错误的后果也不愿累及妻儿的深刻的爱。这样一个男人，难道不该拯救他，跟他共患难吗？阿珍坚定了决心，她给阿贵发了许多温情的信息，希望阿贵在偶尔开机的时候能够知晓她的心意，她愿意跟阿贵过最艰苦最清贫的日子，只希望阿贵快点回到她们母女身边。

阿珍一出院便向母亲借钱，她准备租房子住，她要把房子还给阿来，不能让阿来对她再抱一丁点幻想，她经受不起那份愧疚的折磨。她向阿来表明心迹，说这辈子生是阿贵的人死是阿贵的鬼，如果阿来真想她好就赶紧成家，不要让她落人口实。母亲不同意，阿来也不愿离开。阿来说你不接受是你的事，但让我住你的房子看你受苦，我做不到。你要找阿贵，我陪你一起找，就当那些钱是我借给阿贵的。

阿珍只能将感激埋进心底，与阿来满世界地寻找阿贵。只要听说哪里有人聚赌，他们便赶过去打听。然而阿贵却像从这个世界消失了一样，悄无声息。有人说他欠的赌债太多了，跑到外面躲债去了。也有人说他没脸见阿珍，有意躲起来是要成全阿来和阿珍。不管怎样，一个大活人真要躲起来，寻他是难寻的，阿珍不能这样无休止地找下去。短短一段时间，她已经憔悴了许多，人瘦了一圈不说，脸上的斑也如雨后春笋般长了出来。母亲心疼她，说既然房子是阿来的了，哪有让阿来天天住旅馆的道理，应该让阿来住进来。母亲本是想撮合她与阿来。可是，阿珍却开始整理物品。阿珍知道日子不能这样继续下去，她必须为她和妞妞以后的生活另作打算，她要带着妞妞搬离这套她们刚住了一年多的新房子。

落眠

## 7

　　真的要离开，阿珍是不甘心的。她始终无法相信人们关于阿贵的传言，虽然嘴上说放弃寻找，但她依旧早出晚归地在街上晃荡，说是找出租房，可是，她多么希望某一个拐角，就突然撞见了阿贵。寻找多日，出租房找到了，而阿贵却仿佛人间蒸发，再也不见踪影。

　　就要搬离她们刚住了一年多的新房子了，阿珍抚摸着当初为节约钱与阿贵一起粉的墙。当时她说，没有什么装饰，就给墙壁添些色彩吧，然后妞妞的房间刷了粉色，他们的房间刷了蓝色，客厅刷了白色。那些家具，客厅的、卧室的、厨房的、卫生间的，充满了他们一家三口气息的家具，虽然质量不是很好，却是她精挑细拣、讨价还价一件一件淘回来的。墙上挂的装饰是她费心费力、一针一线绣的缕纱绣。阳台上的花草，是她和阿贵从云岭的山坡上挖来栽的，每一棵都有一个故事……

　　原本阿来要将房产证还给阿珍，可她没接，接了一是不知什么时候才能够还清这笔债，二是即便以后还了钱她心里也会永远带着亏欠。她不想对生活有所亏欠，亏欠了心里会不安稳，不安稳就睡不好觉，她已经被失眠折腾得够呛了，她不想永远生活在失眠的状态中。她要阿来重新装一下房子，添些家具，然后娶一房媳妇好好过日子。阿来毫无办法，只能看着固执的阿珍带着妞妞离开。

　　阿珍带着女儿搬进了别人楼脚下的一间简陋的柴棚。住在阴暗潮湿不透风的柴棚里，她仍然整夜整夜地失眠，就连妞妞也睡不好。妞妞老是问她，"妈妈，我们为什么要住到这里来，为什么不住我们原来的房子？"

　　"我们的房子被偷了。"阿珍敷衍着。

　　"房子不是还在那里吗，谁能把它偷走呀？"

　　"被偷了就是被偷了！反正它已经不是我们的了！"

　　"妈妈，那爸爸是不是也被偷了？"

阿珍本想冲着妞妞没完没了的问题发一通火，为自己的憋屈找个排泄的缺口，但听到妞妞这样问，她的心就疼了，她不知该如何跟妞妞解释家庭的这一切变故。她强忍了火气，强忍了悲痛，强忍了总想掉下来的眼泪，把妞妞揽入怀里，用脸摩挲着妞妞的头发，说："爸爸没有被偷，谁也偷不走你的爸爸，他去挣钱来给我们买大房子，他会回来的。"

他会回来的。这是阿珍的期盼，也是阿珍给自己的憧憬。阿珍顾不了失眠的问题，因为生计这座大山正挡在她跟前，她做什么都得先翻越这座山，就像云岭人要出来必须得翻越月亮山一样。阿珍在大街小巷走了几天之后，为了时间相对自由，弄了一架手推车，每天半夜起来准备食物，然后用手推车一边装着卖卷粉的瓶瓶罐罐，一边载着妞妞，将妞妞送到学校后，就在一些人多的路口卖她的小吃，卖完了就到处捡一捡别人丢弃的饮料瓶子。开始几日，阿珍很不适应，她不好意思招揽顾客，又怕被城管撵赶，整日惶恐不安。每当这个时候，她就无比怀念那些在山间地头干活的日子。她想，要是还有田地给她耕种该多好啊，虽然体力上累一点，但秋收一过，一年的收成都进了屋，就不用担心吃了上顿没下顿。现在想来，那样的日子多么自在舒坦啊。可是，再也回不去了。

回不去了。阿珍一直在想，当初她坚决要在城里买房是不是错了？她以为有了房子就有了落脚处，就有了安稳，就成了城里人，这些想法是不是都错了？可是，要怎样才是对的，要怎样才能在这个城市站稳脚跟？

阿珍已经没有退路，不管城里的生活多么艰难，她都必须硬着头皮撑着。回不去的还有她内心的那份安宁。阿珍不怕苦不怕累，但她多么希望每天拖着疲惫的身躯回家后，能够与老公孩子享受一点属于他们一家人其乐融融的时光，她多么希望能够在心里重新捡回一份踏实与安宁，每天晚上睡上一个安稳的觉。可是，生活还能给她这份盼想，阿贵还能够成全她这份盼想吗？

阿珍不知道阿贵是否知晓她和孩子目前的状况，但她相信阿贵一定在看着，很多人在看着，尤其云岭人都在看着。阿珍却不太想看见云岭人。云岭人一直如井底之蛙般活得很谦卑。她也曾那么谦卑地活着，初到城市时处处露着胆怯。但后来有了房子，她的底气一点点增强，有时甚至感觉面对云岭人时，她已如城里人一般高高在上了。现在这份底气没有了，她成了云岭人一夜暴富又瞬间沦为穷光蛋的最大的笑话。

但云岭人似乎出于善意，到了城里总要到她摊前买份吃的。他们说，反正要吃，跟谁买不是买，跟你买更好吃也更放心。而最常光顾她摊位的自然是阿来。不管阿珍在哪里摆摊，阿来总能找到她。阿珍先是求他不要出现在她面前，阿来不听，阿来再来阿珍便不再理睬，一句话也不跟他说。阿来就自己装卷粉，放调料，然后将钱丢在她的手推车上。

阿珍不知道这样的生活还要持续多久，她真怕有一天自己就坚持不下了。可是，她想如果自己也妥协了，还有谁能够拯救阿贵？阿珍像害怕时光会擦掉记忆似的时刻想着阿贵，阿来来得越勤她便越发地想，想着阿贵曾经对她的爱，对她的好，她只当现在所受的一切煎熬都是老天对她的考验。她想，只要她一直坚持下去，一直等待下去，相信她的坚持和等待终究会感化那个躲在暗处里的阿贵。

阿珍还没将阿贵感化，却首先感化了阿香。某天，阿珍突然接到阿香的电话，说她想开家民族刺绣店，邀请阿珍加盟。

阿香是宝弟家的媳妇，他们得了八十万元的征地补偿款，在县城买了一个门面。阿香说，新城区还不是很热闹，门面不好出租，我想着不如自己利用门面做点事。阿香观察了市场许久，又听说县里为打造民族文化旅游正在大力扶持民族产业，阿香想来想去便打算利用自己的门市成立一间民族刺绣工作室。说到刺绣，阿珍是云岭首屈一指，阿香自然想到了阿珍。

阿香的想法仿佛投入水塘的一块石子，一下激活了阿珍的梦想。阿珍喜欢刺绣，但经常被骂作是毫无用处的闲活，她做梦都希望刺绣能够被人重视起来，成为有价值的东西。如今，她的刺绣手艺真的能搬上台面，成为她对美好生活的新的期待吗？阿香说，这是肯定的，我们云岭的梭子瀑那么美，侗家的刺绣那么美，将来县里要打造旅游业，这两样都是宝。

阿香和阿珍说干就干。阿珍负责刺绣，画样品，带动云岭其他妇女闲暇时参与刺绣。阿香则负责门面装修、联络订单之类。她们给她们的店子取了个名字，叫"珍香侗家姐妹手工艺绣"。

开业典礼那天，阿珍第一次展露了许久以来难得一见的笑容，看着她为开业紧赶慢赶的作品一件件摆出来，看到顾客欣赏时发出啧啧的赞叹声，阿珍感觉似乎正在慢慢找回自己。她又想到了阿贵，她想阿贵应该也正在慢慢找回那个曾经迷失的自己吧。

活动结束，阿珍回到家，见女儿妞妞坐在家门口，怀里抱着几只空瓶子。妞妞看到她便把空瓶子举起来，说："妈妈，我捡了这么多瓶子，可以卖好多钱的。"阿珍心里一阵堵，接着涌起一阵热浪，泪就出来了。妞妞说："妈妈，你怎么哭了？"阿珍走过去把妞妞抱起来，说是沙子掉进妈妈眼睛里了。

那天晚上，阿珍不再加班，早早地抱着妞妞上床睡觉。刺绣让阿珍感觉重新有了一点底气，也让她觉得与云岭的距离又拉近了。云岭近了，她便觉得阿贵似乎也在慢慢向她靠近。何况连妞妞都懂得跟她一起努力了，好日子还会远吗。她这般想着，心越来越暖了。她的嘴角不由得抽了一下，接着轻轻唱起摇篮曲。她发现自己好久没唱了，竟唱出了些许生疏。她唱着唱着，竟分不清是唱给妞妞听，还是唱给自己听。不知不觉中，她轻轻进入了梦乡，梦见她和妞妞坐在一张地毯上，地毯绣着许多精美的图案，阿珍被吸引着，感觉那些图案有些眼熟，越看越像自己的刺绣。地毯忽然像哈利波特的扫帚一样，渐渐飞了起来，阿珍搂紧了妞妞，感受着飞翔的喜悦，却不知地毯要将她们带向哪里。

（原载《民族文学》2016 年第 12 期）

落眠

# 失语者

## 1

　　佳欣是在公交车上发现自己突然不能说话的。

　　很久没坐公交车了。下班前，老公林峰发来信息，说晚上有应酬，不回家吃饭了，让她自己打车回去。

　　佳欣关好门窗，从办公室出来，一辆出租车刚好经过，她正要招手，却想起有几张票据似乎忘了锁进档案柜里。佳欣努力回想着此前的动作。她记得她从电脑桌上拿起了票据，准备要放进档案柜里，可是转身看到窗子没关，就去关窗子。她是先把票据放进档案柜里锁好才去关的窗子，还是随手将票据放下，欲关了窗子后再锁票据，佳欣怎么也想不起来。将票据放进柜子以及锁柜子的动作，她更是一点印象都没有。越想，记忆越模糊，明明才一两分钟前的事，想着想着竟像隔了好多年似的，久远得很。

　　回忆不起来。佳欣想，管它收没收，只要门窗锁了就没事，大不了明天早一点去收。佳欣犹

豫着，招手几部车都是满座，停都没停。正是下班高峰期，佳欣想反正一时难以打到车，回家去也是一个人，不急，还是回去看一下。

佳欣回到办公室，几张桌面上都不见什么票据，她打开档案柜，票据果然整齐地锁在柜子里。又白跑了一趟。佳欣最近总是这样。她是单位里的会计，这个办公室其实也就她和出纳两个人，按理说只要门窗锁了，东西放在室内哪个角落都一样。但虽说是财务重地，也还是会有很多人出入，报差旅的、查看工资的、各单位来订阅报刊书籍的，甚至问路的，形形色色。她们这栋楼有好几家单位，信访、纪委，来找这两家单位的人特别多，都要经过佳欣办公室。而且县里有规定，一律不准关门上班，上班时间，门必须是敞开的，不然，查岗的人只要看到门掩着就认为无人上班，如又无假条，就被当作旷工论处，年终考核就会被扣分，扣分就意味着将关系到整个单位的年终奖金等级。

出纳是个五十多岁的中年男子，为人老实、内向，话不多，心却很细，他在单位当出纳二十多年，单位的人进进出出，领导换了一茬又一茬，只有出纳始终没换。佳欣当会计却是半道出家。她原本在一所中学当老师，老公下乡任职后，为了让她有更多的时间照顾家庭，就将她从学校调出来，到最清闲的文联做杂务。那几年，她上班像没上班一样，有事情有活动的时候露一下面，其余时间和精力一门心思花在对家庭的照顾上，不仅一家人的生活起居照顾得妥妥地，还将孩子培养得十分优秀。但几年的杂务也让佳欣感觉自己荒废了。脱离孩子的束缚后，她仿佛才再次踏入社会，而整个社会已经发生了翻天覆地的变化。上下班指纹打卡、办公室里无纸化办公、每月填写考勤个性化任务表，这些都让她无所适从。近几年，县里实行了全县统一的绩效考评制度，各项工作都纳入考评，不仅要有实绩，还得有相关的印证材料，工作任务无形中多出了数倍。文联又是与宣传部绑在一起考核，人员也是捆绑着用。在这个信息化的大宣传时代里，宣传部的人每天忙得像打仗一样，文联自然不能清闲。佳欣跑不了新闻，也当不了编辑，何况她老公又提了副县，也不宜安排她去搞整脏治乱、文

失语者

明创建之类吃力不讨好的工作，她于是就成了单位里的专职会计。

当会计本也是个轻松的活。以前两个单位的账目都是出纳整理好后由财政局专职人员来做的账，每月做一次，一次三四天就搞定了。但后来政策有变，要求每个单位必须配一名专职会计。佳欣说她没有会计证，而且特别讨厌数字。可领导说，女人天生就是理账的能手，看几下就会了。佳欣就跟着财政局的专职会计学做账。她完全听不懂什么项目科目、借方贷方的弯弯道道，好在宣传部和文联的账并不复杂，她像做学生时背书那样，硬是将全部的程序以及各种编号死记硬背了下来。做账是基本能应对了，只是那些各种各样的报表，常常弄得她泪眼婆娑，尤其年终结算的时候，在一堆密密麻麻的数据里进进出出，像盲眼转魔方，总将她逼得几欲疯掉。

近些年，宣传部和文联的项目越来越多，财务制度又像孙悟空的收妖袋似的越收越紧。账目也要求做得越来越细致、规范，一张金额不大的发票后面，往往得附着一大摞印证材料，各种手续、凭证少一样都不行。什么财政、审计、纪委、铸廉之类的部门又频频来查账。每次会议领导也总要重复强调一下财务方面的问题。出纳也总对佳欣说，搞财务得长着两颗心：一是细心，二是平常心。心不仅要细得像针尖不出一点差错，还得保持平常心态，任何账目都不过是一些数据，不嫉妒，不眼红，不传言。总之就是要时刻揣着这两颗心，谨言慎行。出纳还时时提醒她，做过账的附件和未做过账的附件要分开放好，更不能随意丢放，如果被有心机的人捡去拿来二次报账，麻烦就大了。这些种种事项，让不熟悉业务的佳欣精神异常紧绷，时常担心自己一不小心就会做错事，捅出大篓子来。

佳欣再次从办公室出来，招手打车的人在街上排着长队，而出租车却"躲猫猫"许久都不见来一辆。佳欣边走边留意着车子，走着走着就来到了公交站牌下，恰巧一辆公交车就过来了。尽管车上已经很挤，佳欣还是无意识般跟着拥挤的人群努力往上挤着。费了九牛二虎之力，佳欣终于摸到了一个吊着的手柄，可以将腰直起来了。她旁边一个女人带着两个小孩,抱一个,牵一个,腾不出手来抓扶栏,车子一启动,一个趔趄,孩子差点被甩出去,幸好车上人挤人又给挡了回来。佳欣扫了一眼有座位的,想看一下有没有人能给女人让个座。座位上坐的大多是老人和抱小孩的,只有后门边上,一个年轻小伙子,背对着大家,一只脚撑起,踩在座位上,膝盖当桌,悠闲地看着手机,仿佛车厢内的拥挤与他毫无关系。佳欣用手碰了碰身边的女人,示意她挤到那个年轻人身边,叫年轻人让下座。女人看了一眼那年轻人,却没有动,仍旧抱着孩子摇摇晃晃。佳欣想,女人大概是不好意思自己开口,她于是挪过去,拍了拍小伙子,示意小伙子给带着两个孩子的女人让座。小伙子瞟了佳欣一眼,似乎觉得莫名其妙,又埋头玩着手机。佳欣有些上火了,她又拍了拍小伙子,想张嘴说一说他。可是佳欣一张嘴,"咔咔"两声,声音却出不来。佳欣赶紧闭了嘴巴,从包里摸出一张餐巾纸,用力咳了咳,吐出一口带血丝的痰。她将痰包好,收进衣袋里。她这样做时,发现小伙子拧了拧脸,做出一副厌恶的表情。佳欣更来气,但张开嘴巴,声音却怎么都出不来。真是活见鬼!

## 2

确实是见鬼了。佳欣回到家,立马喝了些温开水,她又试着说话,却连"咿咿哦哦"的沙哑音都没有,好像一开口,声音就被风吹跑了一样。这真是太奇怪了。这些天她又没感冒没生病,也没吃过什么药,怎么忽然就这样了呢。她疑心是耳朵出了问题,才听不到自己说话的声音。可就在这时,她肚子"咕噜咕噜"叫了几声,她却听得真真的。她想,也许耳朵只能听到体内的声音,听不到体外的声音,比如打呵欠时就是这样。她打开电视,怕自己听不到,将音量调到最大,声音乍一出来,猛然吓了一跳。

佳欣对着镜子张大嘴巴,又打开手机上的电筒往喉咙里照,喉咙并无异样。除了当时在车上用力咳出的那一口带血丝的痰,她还真觉

失语者

107

察不出与平常有什么不同。佳欣想，也许真是出门不合适，碰到"雾路鬼"了。

"雾路鬼"是老家人喜欢说的，具体指什么谁也不知道，大概是来自另一个世界的、人的肉眼看不见也摸不着的东西，可以促人好，也可以使人不好，反正解释不通的，在乡下老家，人们就会说成是碰到了雾路鬼。佳欣向来是不相信这些的，她年轻的时候叛逆得很，觉得这是山里人的愚昧。可是随着年龄增长，经历越多，佳欣反而越混沌了。科学家们不也说人的听力、视力以及音域都只是在一定的高低范围内么，光遇到水的折射会产生彩虹，这是我们肉眼能够看得见的，那还有超出了我们视阈、听域的那些东西呢？

佳欣想起小时候在屋后山玩，表姐硬说那棵大板栗树干上有团毛茸茸的东西，吓人得很，她和其他人却什么也没看见。表姐用手指着，说，那，就在那，你们怎么会看不见呢，它过来了，越来越近了。然后表姐吓得哭起来，慌里慌张跑回家去，还病倒了。当时大人们都说是表姐体质弱，阳气低，看见了不该见的脏东西，请人给表姐做了场驱邪的法事，表姐的病才慢慢好起来。这件事害得小伙伴们好久都不敢到后山去玩。但佳欣偏偏不信，她觉得这当中一定有什么误会，她经常一个人跑到板栗树下去，但什么也没发现。人们笑话她说，你阳气那么高，鬼见你都得躲起来，你哪还看得见什么。

佳欣还想起一则新闻报道，说是在某个山区，有一个区域，人们到了那里所有电子设备全部失灵，人也跟断片似的什么记忆都没有，等在区域外的人时间过了十分钟、三十分钟、一个小时，而从区域穿过的人时间和记忆却都停留在踏入那个区域之前。因科学家们的探测仪到了区域内无法运作，至今谁也解不开那个谜。

这世间解不开的谜多了去了。佳欣开始相信这世间定然存在着另一个我们看不见、听不到也摸不着的空间，现代的科学理论不过是只能适用人类已知的范围罢了。她想，也许是消耗了大半辈子，她现在阳气变低了，她也许就是碰到了"雾路鬼"，吸入了不干净的东西，才一时失了声音。也或许是她的声音突然超出了人的听力范围，人们才听不见她说话，等穿过了雾路鬼设定的时期，说不定声音自然就恢复了，用不着多心。

佳欣又听到自己的肚子咕噜咕噜叫了，不管怎样，应该先去弄吃的。可来到厨房，看到那些锅碗瓢盆，佳欣就懒了，有种恹恹的感觉。近年来，她总是一个人在家，一个人在办公室，她以为终于有了自己个人的空间和时间，应该有种重获得自由的洒脱，但是她却越来越懒，越来越恹恹地打不起精神。这种感觉不知是什么时候开始的，是两家的老人相继去世之后？是老公林峰提了副县长？还是儿子以全县第一名的中考成绩离开家到省城去读高中？说不上具体哪一天，这种感觉就缠上了她并一直伴随着她。

佳欣本是个勤快的女人，喜欢待在厨房里忙碌。俗话说"人活一世，不过一碗人间烟火"，人间不就是从烟火开始的吗？一个家要想把日子过得活色生香、有滋有味，首先就得让厨房里的烟火气浓稠。以前，她照顾老人小孩，忙里忙外，再累再困，只要进到厨房，就觉得浑身充满了活力，像个斗士般，调兵遣将，摆弄着那些锅碗瓢盆，然后捧出可口的菜，换取一家人幸福的笑，她就觉得心里甜滋滋的。就像她当初刚参加工作那会，哪怕是生了病，头重脚轻，昏昏沉沉，但只要一站到讲台上，激情就来了，一堂课仍旧上得慷慨激昂。从讲台上下来，她就将激情投进了厨房。佳欣觉得厨房是最有家的感觉的地方。房子装修时，她在厨房的装修上花了最多的心思，各种各样的餐具也置办得特别齐全。她总觉得，厨房热闹了，家才温馨，厨房若冷清了，那个家也定然不会热闹，厨房荒芜，女人的心便也是荒芜的。因此，家里只剩她一个人之初，她也毫不肯将就，依旧乒乒乓乓地熬粥、煲汤、煎炸烹炒。然而，满桌的美食无人分享，就像扬起的笑脸无人理睬一样，佳欣的热情被辜负了。林峰也总说她浪费。渐渐地，那些食物馊了霉了，她的厨房，她最热爱的厨房也不可避免地冷清起来。

佳欣终究是只煮了一碗面条应对。她现在的生活几乎都是在应对。古语云，三十而立，四十不惑，五十知天命。她已经是四十多岁的人了，却将生活越过越冷清，越过越成了应对。本来，她是可以邀约同事朋友到家里来热闹的，也可以和朋友们到外面去疯狂地玩。她也曾邀朋友们来家里聚会过，但一两回，就没人肯来了，每次她都是一个人买菜做饭收洗碗，朋友们不知她乐在其中，嫌太操烦她过意不去都不肯来了。而朋友们邀她出去玩，她也只去过几回就很少去了。这个小城，人们只要聚会，就离不开喝酒和打麻将，或是饭后到歌厅里鬼哭狼嚎地喊叫，这些都不是她喜爱的，她甚至害怕进出那样的场合。她是个内心喜欢热闹面上却安静的人，这种人对待生活极其认真，加上她半道出家为财务人员以及副县长太太的身份，她便又活得更加小心谨慎了些。其实，她现在的状况，不知是多少女人艳羡的，虽然算不上有钱，但在这个小城里家境还算殷实，最主要的是没什么负担，自由自在。朋友们都说她嫁了个好老公，养了个好儿子。一个女人，有此二好，便是人生幸福之极，夫复何求。没错，丈夫和儿子是她的两份骄傲，佳欣知道只要她开口，许多人都会争相跟她攀好。但她也清楚，这份荣光来自她的丈夫。有时佳欣会想，除了这两份骄傲，她自己又有什么呢？以前，她还可以自豪地说，拴住了男人的胃就拴住了男人的一切。但现在，她家两个男人都极少回这个家吃饭了，她的能干、她的贤惠一下子变得多么的多余。她对着镜子，除了两个浅浅的酒窝还在，容颜已逐渐老去，身材也不可挽回地变形。女人过了四十，应该逐渐活出一种气度、从容、优雅与自信，她却仿佛前些年过得太用力，劲被使完了，如今如同放了气的气球，再也提不起那个精气神，越来越不修边幅，也越来越丢三落四。

填饱肚子，佳欣躺在沙发上看电视。她拿了本杂志来试图朗读，依旧出不了声。不过，除了不能说话，佳欣没感觉到任何异样，身体也没有任何疼痛，胃口也还是好好的。佳欣想，不能说话就不说吧，反正一个人在家，似乎也不需要开口说话，她甚至想不起她最后一句话是什么时候说的了。佳欣拿起手机，往老公的微信敲了一句：我失声了。发过去。盯着屏幕许久也不见回，应该酒宴正酣吧。电视无趣，佳欣便开始回想她失语前说的最后一句话来，是什么时候，说的又是什么。

佳欣想，她最后一句话应该是在单位里说的吧。今天出纳没到办公室，她一天埋头做账，也没谁来串门子，似乎没跟谁说过话。但出入办公区，总会遇见熟人，总该打招呼呀。佳欣想了想，确实跟几个人打过招呼，但好像没开口说话，只是点头笑了笑。佳欣想起来了，理账单的时候，她遇到了一些问题，似乎打电话跟出纳作过沟通。佳欣赶紧翻出通话记录，电话拨出去了，出纳没接。她又查看QQ，果然，他们是在单位工作群里聊的。

佳欣继续回想。昨晚老公林峰也没回家吃饭，但回来还不算很晚。佳欣洗了澡躺在床上看手机，没睡着他就回来了。他们还很难得地亲热了一回。这期间总该说话吧。然而，他们说了些什么呢。以前，在谈恋爱之初，佳欣是喜欢有些夸张地喊叫的，他也会在她耳边讲些让人脸红的情话，完事之后，他还会搂着她说些家长里短，侃些杂闻趣事。那时，他们似乎总有说不完的话。但自从结婚后活在老人的眼皮子底下，他们就习惯压抑住各种声音，后来又有了孩子，更仿佛完成了人生大事般很少出声了，好像各自尽着义务，完事就呼呼睡去。昨晚他们有没有说话，佳欣努力回想着，好像谈到了省级领导要来检察工作的事？佳欣翻着手机，却在微信里翻到了全部的内容。

每天一个电话，跟儿子聊会天，是送儿子去上学的那天就定下的规矩。最后一句话应该是昨天晚上跟儿子说的。佳欣记得她跟儿子聊的是微信语音。儿子发了许多条语音过来，报告了他一天的行程，还侃了他们的化学老师多么风趣。佳欣这边却一条语音都没发，只发了一些表情符，"呵呵"和"真棒""不错"之类的文字。

那么，佳欣昨天也是一整天没说过话吗？那她的声音是从什么时候开始失去的呢？这个追问让佳欣感觉十分意外。她疯狂地翻找着通

111

话记录、微信、QQ和短消息。她的通话记录里近期倒是有几个，但时间都特别短，应该是拨通后就改成了别的方式联络，也许是不方便接听，也许打电话只不过是为了提醒。她能够想起的近期说过的那些话，几乎都能在微信、QQ、短消息里搜到，这就意味着除了微信、QQ、短消息留下的那些话以外，她实在想不起自己何时开口说过话，她也就无法知道，她的声音究竟是从什么时候开始失去的。

佳欣越想求证，记忆就越捉弄她般，那些她曾经说话的情景忽然变得好遥远好遥远了，她越是用力回想，越是什么都想不起来，她甚至不记得，她的声音是怎么样的了。

佳欣有些焦虑，想郑重地跟老公说一下这个问题。就在这时，手机"滴"地一下，老公的微信跳了出来。老公说，失声有什么关系，只要不失身就行，后面还跟了个偷笑的表情符。佳欣就知道老公会这样回复。她当时发那条消息，也是斟酌了措辞的。她以为她的失声只是暂时性的，也许老公回来时声音就恢复了，她想告诉他，但又不想说得太严肃，以免声音回来后不好圆话，同时也是想测一测老公对她的在意程度。她不够严谨，老公便也不认真，也把那当成一句笑话来调侃了。

好吧，就当作一个笑话吧。佳欣想。她又何须焦虑，反正她的生活似乎不开口说话也没太大影响。佳欣忽然想到一个主意，她决定暂时将她失语的情况隐瞒起来，让老公自己去发现。她想看一看谁会是最先发现她失语的人，想看一看她最亲密的这个人何时能够发现她是真的失了声。这实在太有意思了。佳欣想着想着，竟感觉很是兴奋。

### 3

佳欣每天晨起都到阳台上去练声。她打开窗子，吞吐着新鲜的空气。这座以山林为主的小城，城内的绿化十分糟糕，但四围的山却郁郁葱葱。佳欣居住的小区就位于小城最有名的南泉山脚，一开窗，清新的空气犹如丝丝缕缕的雨雾飘洒进来，清晰可见。佳欣张大嘴巴，让她的喉咙浸润在这样的空气里。然而十多天了，她却仿佛被关了静音般，依旧吐不出声音。更让她气恼的是，十多天过去了，居然仍旧没有人发现她失了声。

那天，副县长老公回到家已经醉得不成样子，是秘书小刘和驾驶员小王架着他回来的，他们将他放在沙发上就转身欲走。佳欣示意他们坐下来吃点水果，他们摆摆手说很迟了，不打扰了。佳欣把他们送到门口，本来是要说"谢谢"的，但张了口，声音没出来。不过小刘和小王并不在意，他们只顾自己说着嫂子辛苦之类的话，似乎只要佳欣明白他们的心意就好。第二天，佳欣早起做早餐，但林峰没有吃，冲着佳欣丢下几句话，说是还得去陪领导，便匆匆挎着包出门，像个斗士一般。佳欣追在他身后，欲言又止，但林峰看不到她的状态，没有问她，也许他连昨晚的信息都给忘了。林峰分管着城建、整脏治乱等棘手的工作，每天早出晚归，经常出差不说，即便在一张床上躺着，他们也难得在一起好好说说话。有什么事，有什么情况需要交代，都是在微信上即时即说，就事论事，因为怕事情太多，话一过就给忘掉。佳欣真不知道，她和林峰有多久没在一起用声音交流了。以前是不留意，现在是她刻意不提语音交流，林峰竟然一点也没有察觉。

佳欣依旧如常地去上班。见了人点头笑笑，有人跟她聊天，有人问起财务方面的事情，她不开口，但过后在QQ或微信上给人答复，人家也并不觉得有何异常。这段时间，她们单位开过几次会，她还到财政局去接受培训，但她都只需要安静地听，安静地做事，举举手，写写笔记。向领导汇报工作，跟其他同事进行对接，使用QQ和微信完全就应对了。因而十多天下来，没有一个人发现她不能说话的秘密。

佳欣揣着这个秘密等着人们发现。她原以为这会是一个让人着迷的有趣的过程。可谁知竟像小时候玩躲猫猫的游戏一样，藏得太好了，迟迟无人发现，最终失去参与感，无趣得很。

本来有一天，佳欣的秘密差点就被发现了的。那天，佳欣一个人

失语者

113

去逛街，她在街上遇到曾经的老邻居香兰，香兰和另一个女人逛街买衣服。她们于是一起结伴逛商场，逛了好几家店，各自试了好些衣服，香兰问她好不好看，她笑着，点点头，或嘟着嘴，摇摇头。一路上她不说话，要分别时，香兰旁边的女人终于忍不住悄声问香兰："你这朋友是不是哑巴？"香兰笑起来，故意大着声音，就为说给佳欣听似的。香兰说："你别瞎说，她可是我们副县长夫人呢，你看那气质像是哑巴吗，人家只不过不太爱说话而已。"那个女人不好意思起来，佳欣对她笑了笑，向她投去感激的目光，可惜女人偏过头去，不敢迎接她的目光了。

告别香兰，佳欣颇感遗憾，她多么希望香兰能趁势问一问她，干吗老是摇头或点头，哪怕是生起气来，说一句"有话直说，有屁快放"，香兰不就是这样一个风风火火的人吗。可是她不说话，香兰不仅不质疑，反而为她开脱。佳欣想她在香兰的印象里是个不爱说话的人吗。佳欣想起她们同住一个院落的那些时光。她们两人的老公同在一个单位，香兰家的是办公室主任，而林峰是才从教育部门调来的青年才俊，他们住的都是单位的职工宿舍，共用一个小院，常是今天聚你家明天她家聚，孩子们在小院里跑来跑去，她们也总是扯着嗓子在院子里说笑。那时，佳欣的嗓门虽不算大，但也是很亮堂的，她在香兰的印象里怎么会是个不爱说话的人呢？

佳欣决定在家里搞一次聚会，她想以这种方式让大家发现她失声的事。就像"躲猫猫"的孩子，太久没人发现，无聊得很，自己跳出来大喊一声："我在这呢。"佳欣一早就在她的姐妹群里发布消息，说是好久没在一起了，她的厨艺都要荒废了，想邀请大家到她家聚一聚，能来的报个名，不能来的说出可信的理由。群里立刻就聊开了，不能来的被姐妹们逼着编了一个又一个的理由，最后确定能来的也就五六个。佳欣在群里聊得很活跃，她说确定了就不能食言，到时她可不再一一电话通知，就以群聊信息为准，六点半准时开饭，谁也不许迟到。

倒是没有人迟到，不过也没有人早来，佳欣家里又没有麻将机，来早了空坐着也无聊。大家在群里约着，佳欣摆好饭菜之后，姐妹们就接二连三地到了。席间，有人感慨好久没吃到这么可口的菜了，有人问起男主人，她们还喝了酒，有人还唱起了歌，气氛挺嗨的。吃好饭后，剩下满桌狼藉给佳欣收拾，没等佳欣收拾完就一窝蜂散去了。只是，一整晚竟然没有一个人注意到佳欣一语不说。整个晚上，佳欣都笑着，有姐妹问她话时，她就做做表情，比比动作。姐妹们七嘴八舌，大家都只顾噼里啪啦地说话、拍照、发朋友圈，那些需要她回答的问题很快就被覆盖掉了，而问她话的人也只顾问着，并不执着于那问题的答案。她们一边在她家里进行着聚会，一边又在群里和大家热聊，文字、图片、语音不断跳来跳去，谁顾得上哪个发文字，哪个聊语音，更不会去关注为什么发文字，为什么聊语音，能说上话，能交流，这就够了。

佳欣一直等着姐妹们有人提出她为何不开口说话的疑问。她等着有人问她，就像受尽委屈的人等着一句关心的话。她想，也许只要有人开口问，她的眼泪就会掉下来，然后她会在微信群里将她的秘密和盘托出。她想象着当朋友们得知她失语许久的消息后会作出怎样的反应，想象着如果老公林峰是从别人的嘴里听到这个消息时该是多么的惊讶。这样想着，她感觉又有趣又委屈。好几次，她陷在自己的想象里，回过神来时，姐妹们都聊得正酣，没有人发现她的不正常，这些可以说是无话不谈的好姐妹，竟没有一个人有一点点的猜疑。是她的伪装得太好了，还是她的生活本就可以不需要嗓音？

秘密仍旧无法说出口。姐妹们散去之后，佳欣伏在沙发上哭起来。她哭得肩膀一耸一耸地，声音却卡在喉咙里，这实在太让人难受了。她红着眼眶，泪水簌簌往下掉，却没有一点声息。连哭泣都被消了音，佳欣终于感觉到了失声的严重性。可是，她的秘密被捂得太久了，反而不知道如何说出口。就像"藏猫猫"的孩子，有人藏着藏着就失踪了，大概就是她现在这种境况吧。她不知道她这生活究竟是怎么了，好几次，她终于憋不住要主动跟老公坦白，老公却总是忙得没空听她

失语者

闲聊。儿子倒是给她打过电话，但她故意不接而跟他聊着微信，她总不能去让儿子担忧。儿子隔得那么遥远，自然不会起疑。

哭过之后，佳欣开始审视自己的生活。她在想她为什么会突然失去声音。也许不是突然，也许有一个漫长的过程，只是她没有察觉。那为什么她会没有察觉呢，为什么她察觉之后又过去了这么久，也没有一个人发现呢。而且有陌生人发现了，熟悉她的人却反而不相信。佳欣感觉有些懊恼，有种被忽视的伤心与疼痛。但是想了又想，这么久以来她不也没认真关注过谁么。她每天在朋友圈、QQ空间里进进出出，留言、点赞，在各种群里聊天、抢红包，刷着存在感，与大家保持着紧密的联系，但她又似乎很久没注视过谁了，就连老公，也没多看过几眼。

这样想着，佳欣才意识到，不知从何时开始，她已养成了机不离手的习惯，除了必须腾出手来去做别的事情，手机几乎已经占据了她全部的时间和空间。早晨睁开眼第一件事是摸摸手机在哪里，然后浏览一下各种信息。晚上睡觉也是捧着手机看着看着，直到入睡。每天出门、回家，最不会忘记的就是检查带没带手机。她工作的电脑是不联外网的，但只要一停下来，手不自觉地就会去寻找手机。就连走路、坐车，只要有一点点零碎的时间，眼睛也都是盯在手机屏幕上，看不到窗外的风景，也看不清身边的人群。她每天在各种网页闲逛，在各种群里闲聊，有什么说什么，不给人话痨的印象就好了，谁会想到她失语呢。她的社交范围本就不广，每天的事务也不多，又整天这样机不离手，哪还会有打电话或面聊的必要，谁又能想到她现在竟是一个不能开口说话的人。

看来，佳欣如果不愿意直接告诉大家她失声的事，大概是没有人能自觉发现这个秘密的。不过，佳欣也担心，她怕她以QQ或微信的方式跟人说起，也是没有人会相信的，她最亲密的那个人不就没信吗，她知根知底的老邻居香兰明明有人当面提出来了，香兰不也是没相信吗。佳欣感觉很是苦闷。她想了想，决心不登QQ，屏蔽微信，丢开手机隐身起来，看这样人们是不是能够很快发现她不能开口说话的事实。

## 4

佳欣一连几天不带手机，领导终于找她谈话了。

单位有规定，任何人二十四小时不能关机，早上出门，佳欣便故意将手机落在家里。手机不在身边，一整天，佳欣有些魂不守舍，手一闲下来，就习惯性地去抓手机，抓不到手机，心就不踏实不安稳，她老是想，会不会有紧急的电话打进来，会不会错过朋友们的什么约定，老公和儿子会不会因为联系不上她正急得发疯？晚上回到家，她火急火燎地翻出手机，她想，手机里的各种信息一定爆棚了。

然而，一个未接来电都没有。其实，她天天揣着手机，电话铃声又何曾响过几次。没有电话，说明没什么紧要的事。佳欣想起公婆和孩子都还在家的时候，她只要出门一小会不带电话，电话里就会有十多个未接来电。那时，孩子还小，林峰在乡镇任职，孩子奶奶又瘫痪在床，她是他们的中心，她被大家需要着。佳欣想，不被需要就不会被关注。如今，他们都离开了她，已经没有谁特别需要她了。

QQ、微信里的信息倒是挺多，佳欣先看那些单独发给自己的消息。有一条是老公出差杭州的微信告知，他说有一个学习培训，要去一周。有一条是家人群里@她的拼团网购的信息，她不在，已经有人拼上去了。另外就是一些群聊。佳欣的群挺多的，花了半个多小时逐条看下来，却没有一条与她有关。她之前那么活跃，今天突然安静，她以为总有人会问起她。原来这些群不过是一个虚拟的空间，就像一片没有主人的土地，谁都可以出来打几炮，然后又销声匿迹。来与不来，冒不冒泡，都是你的自由，与他人无关，自然也就无人在意。

佳欣感觉重重地失落了，她干脆将手机扔在家里，晚上回到家有信息再处理一下。她真想重新过回没有手机的岁月，她甚至有些怀念那些没有手机的时光了。她想起学生时代。到镇上读初中后就开始住寝室，过集体生活。那时条件差，没有电视，更没有网络，闲暇的时候就聚在一起"摆门子"，从各人的家庭情况，到童年趣事，到鬼故

失语者

事，总有说不完的话。尤其天冷时，她们生一堆火，围炉夜话，或挤在一张床上，畅谈通宵。跟林峰谈恋爱之初，那时他们也是恨不得能时时刻刻黏在一起，谈理想，说未来，连路上遇到的一棵草、一块石头也能让他们聊上半天。他们是在读师范的时候认识的。她是学妹，他是师哥，不在一个班，也不是一个年级，学校上万人，他却偏偏相中了她。那时他们一起在食堂打饭，她回头看着长长的队伍就那么笑了一下，他就盯上她了。用他的话说是，她是他黑夜里最明亮的那颗星，看一眼就会永生不忘。然而有一次，他们一起带着孩子出去玩，这大概是仅有的一次，他带着她和孩子去旅游。在景区门口，他去买票，让她和孩子在原地等。她拉着孩子在旁边几步远的店子买零食吃。他买票回来寻他们，两次经过他们身边却仿佛没看见似的，只顾在人群里东张西望。她喊"林峰林峰"，孩子也喊"爸爸爸爸"，她明明看到他的眼睛和她的眼睛有一刻已经形成对视了，他竟然又撇过一边，就那样充耳不闻、视而不见，与他们擦肩而过，好像她和孩子被隐了身，变成了空气。她看到他掏出手机，着急地寻找着他们，她生气得电话也懒得接。最后，他却怨她胡跑乱跑，人那么多，跑丢了怎么办。结果唯一的一次旅行败兴而归。林峰是个很上进的人，有着勃勃的野心，而她也甘愿躲在他身后，默默奉献着一切。她嫁给他后，照顾公婆，生养孩子，她牺牲了容貌，荒废了青春，那个曾经对她说看一眼就会永生难忘的人，终于有一天，她就在他面前，却入不了他的眼了。

也不知从什么时候开始，他们之间已越来越没有聊资。好像是他下乡去任职之后，他们的关系就发生了翻天覆地的变化。她忙家里的事，他忙工作上的事。他一周回来一次，有时周末也不回。本该小别胜新婚，她却需要他在他难得休息的时间里帮她管一管孩子，料理一下老人，做些修理之类的男人做的活，或是代她回乡下看下父母。他对这个家依旧是负责的，能回家时尽量回，能帮她做的事他也尽量帮着做。他们之间没有争吵，没有计较，他也不像别的男人那样有了点成就就喜欢在外面玩女人。他全心全意扑在他的工作上奔他的事业，她勤勤恳恳、任劳任怨料理家庭事务。但佳欣总感觉有不对劲的地方，却又说不上来是哪里出了问题。他们相处和睦，但又不痛不痒，他们没有秘密，却又似乎总隔着什么。他们配合默契，却越来越少说话，似乎说话很累，似乎太熟悉了，许多话没必要说。久而久之，他们之间渐渐失去了私密的空间，越来越没有只属于他们两个人的关于生理和情感上的聊天。有些应酬，是可以带家属的，他却从来不提要带她去，而她也根本就不想去。佳欣能感觉到他感激她对这个家庭的付出，她也以他为骄傲，但是，他们却越过越成了两个世界的人。

不带手机的佳欣，工作的间隙空闲下来，思绪也越来越活跃了。她开始注意观察那些行色匆匆的人来。她就那样安静地坐在办公室，忙完事的间歇，手托着腮，看着过往的人发愣，或是盯着出纳理账单，出纳有时跟她搭话，她就笑一下。偶尔她也提了水杯，到宣传部的大办公室去接水，顺便各个隔断瞅一眼。宣传部的大办公室还包含理论办、网信办，好几个股室，多是年轻人，用的是带隔断的办公桌，互不干扰，又很热闹。发现失语之初，佳欣故意做出一副忙碌的样子，尽量不走动，不与人接触，生怕别人发现她不能说话的秘密。但现在她不怕了，她大摇大摆地出入各个办公室，好事者般凑往热闹的地方，她就等着盼着人们发现她的秘密。她凑过去，不说话，只安静地听，人家将话题抛向她，她就笑一笑，或是做个应景的表情。她听得很认真，似乎人家的每一句话都超有意思，藏着玄机，需要仔细咂摸。她把咂磨人家的闲话当成排遣无聊的乐子，观察他们的言行，猜测他们的心思，她发觉这也是件很有趣的事。比如她发现网信办的小梁落落寡合，发现办公室的小叶总是眉眼含笑，晚上她回到家便跟小梁和小叶在网上聊天，问小梁是不是有什么心事或遭遇了什么困难，问小叶是不是正在恋爱，她说她都看出来了，她像个温和的大姐姐般对他们循循善诱。

她那样走着听着过了几日，她再出现的时候，同事们说到一半的话突地就停了，在路上见了她也故意不露痕迹地避开。接着，领导就把她喊去了办公室。

走进领导办公室，佳欣有种抑制不住的情绪，说不上是紧张还是兴奋，但她的心跳突突的，如怀揣一只小兔子就要蹦出来般。她想领导一定是发现了她不能说话的事，或是有人将她不能说话的事报给了领导，她不能说话的秘密终于就要大白于天下了。

领导办公室外间是接待室，接待室弯进去是领导的办公桌，中间隔了半堵墙，领导坐在办公桌前可以看见门口的情况，从门口处却望不到里面。见佳欣敲门，领导随即起身，示意佳欣坐沙发上，一边给佳欣倒水，一边夸赞佳欣的衣品，还问她衣服都在哪买。

佳欣的领导也是女的，和佳欣年纪相仿，留着干练的短发，瘦高个，样子精明，与佳欣完全是两类不同的女人。她和林峰都是县里的常委，行事风火，训起人来毫不留情面，单位里的人几乎被她训了个遍。有几次大型接待活动，佳欣就曾被她当着客人的面批得颜面无存。当然，领导也并非一味地凶巴巴，平日里也还是挺和气的，但即便是有意地亲和，那也是一种居高临下的姿态。比如端茶倒水的生活小事，她是习惯下级为她服务的。她开口闭口谈都是工作上的事，连一起看会儿风景，聊的都是环境卫生、文明提升之类的话题，似乎工作外的一切事都不足挂齿。佳欣没想到这次领导会待她这般亲切，把她当姐妹一般，这让佳欣有些不知所措，她不知道领导是真不知道她失声，还是故意用这些问题来试探她。

佳欣不能回答领导的问题，连忙抢过水杯放桌上，然后又给领导倒上一杯，随后坐下来，谦卑地笑着。领导又问："林副县长去杭州出差了吧，去多久啊？"佳欣先是比了个 OK 的手势，然后将食指伸直，轻轻弯成一个"7"字。她一边比动作，一边配了个略微调皮的笑。领导被弄得莫名其妙。佳欣知道，这个问题她不回答，领导其实也是清楚的，只不过人家既然问了，她总得作出点回应。领导似乎是作了些忍耐，又说："你真有趣，难怪我们林副县长对你始终那么痴迷。杭州是个好地方，这阵子不忙，其实你可以休年假一起去的。"佳欣连连摆手。领导说："那有什么不行，作为同事，我们又像姐妹样的，我可要提醒你一句，男人还是看紧点的好。"说完，她意味深长地看着佳欣。

这下轮到佳欣莫名其妙了。林峰总在外面忙碌，很少归家，但佳欣从未猜疑，一心做着他背后的贤妻良母，这之前，佳欣也从未听到过什么闲言碎语。现在，领导不问她失声的事，却这般郑重地警告她，难道是她真的知道些什么？

领导的话看似不痛不痒，落在佳欣的心上却如落水的石头，激起了圈圈涟漪。佳欣起身，径直往里间走去。领导赶紧追着，似乎怕她偷看什么秘密般。佳欣从领导办公桌上找了一支笔和一张纸，写道：抱歉，田部长，我失声了，不能说话，你是不是知道些什么事啊？

失声？田部长打量着佳欣，满是疑惑的神色。

## 5

佳欣终于将掩藏已久的秘密说出来了，而且是跟单位领导说的，她有种如释重负的感觉。当时佳欣知道解释不清，好在领导也没有多问。回到家，她赶紧用微信给田部长发了一长串信息，报告自己失声的过程和情况。但直到第二天早晨，田部长才回了一条简短的消息：呵呵，这样啊，那你怎么不去治疗呢？

是啊，既然有病，为什么不去治疗。大概谁知道了都会有这样的疑问吧。其实，佳欣何曾不想去医院治疗。发现失声之初，她就想知道她这种失声的现象是不是病，虽然没伴有任何疼痛，但她担心万一是隐藏着什么癌细胞才导致这种奇怪的症状。她发现自己失声的第二天就悄悄去医院做了检查。只不过她没有告诉医生她失声的事，她不想还没查明原因，就被当成病人看待。她先是做了常规性的体检，去取体检报告时，医生说，一切正常，只是血脂略微偏高，颈椎有些轻微形变。医生还特意作了解释，说这是现代人的通病，久对电脑、缺乏锻炼所致。佳欣的心算是落下了些。

但是后来，声音迟迟没有恢复，佳欣又着急了。她自己在网上查阅了一些相关资料，随时随地都可连接网络的智能手机让佳欣感觉自己也博学了起来。她每天茶余饭后，一有空闲，就会捧着手机阅读朋友圈转发的那些心灵鸡汤，图片、视频、文字，文学的、科学的、常识性的，铺天盖地，应有尽有，既打发了寂寞无聊的时光，又充实了自身的知识。她感觉还从来没有哪个时候的阅读量如此的大如此的广。更重要的是，带着手机，就是带着一个知识库，你想了解什么，都可以在网上查询，不用转来转去求助别人，也不用再害怕被人嘲笑无知与浅薄。佳欣曾为此大发感慨，说智能手机是最好的良师益友，是最忠实贴心的情人，是最乖巧省事的孩子。

佳欣在网上阅读了许多关于失声和失语方面的资料，又看了好些实例视频。她将自己的症状与能查阅到的什么失音症、失语症、缄默症、声带萎缩、声带麻痹等等一一进行比对，她觉得她的症状与互联网上描述的所有病征都不一样。那些病征要么是脑部语言中枢神经受损，要么是控制发音的相关器官受损所致，往往带着并发症，或多或少能发出咿咿哦哦的声音。佳欣除了失音，书写和表达都未受到影响。虽然她的记忆和思维已不如从前敏锐，但生过孩子的女人不都有些健忘的么，何况她原本就不是聪敏之人。她也不是开不了口，吐不了字词，她仍旧可以张嘴说话，只不过是像被调了静音的剧目。

佳欣最先猜想，她很可能是控制发音的某个器官受到了损害。她想起在学校教书那会，经常被粉笔灰呛到，呛了粉笔灰说话多一点就会"咔咔"地咳个不停。刚站到讲台之初的老师，大多不太会用嗓音，学生们又闹，如果每天扯着嗓子喊来喊去，声带很容易受损，好些老师就因为教书教多了，坏了嗓音，最后话都讲不出。佳欣她们学校就有现成的一例。有个男老师，原先是教语文的，据说课讲得很好，也挺有才华，写得一手好字。但他嗓音出了问题，不得不调去搞后勤了。佳欣见过那位男老师，人很高，脖子也很长，一说话，脖子上的两根筋暴出来，仿佛被谁故意用手往两头拉扯似的，好不容易扯出一个音来，两根筋一松，又断了，只好又用力拉扯，这样一拉一扯，那些音也就高低不平，断断续续，让听的人十分担忧和着急。佳欣经常咳嗽之后，很害怕有一天也会变成那个样子，当她听老公说文联有编制，想把她调过去时，她就欣然答应了，全然忘了她最初的理想就是做一名优秀的人民教师。还好，离开学校后，她的气息就慢慢恢复了正常，说话久了也不会再咳嗽。

佳欣觉得，如果是发音的器官受到损害，声音的消失总该有个过程，这个过程可能有长有短，但绝不会像她这样，仿佛被风吹走般突然就消失不见，察都不察觉。这么久以来，她都没感觉喉咙疼痛，嘴巴也张合自如，而且体检时拍过胸片，没有异常。佳欣又在一些医疗网站上咨询了一些专家，据专家分析，也觉得她的失音可能不是器质性病变所引发，也许是心理问题，不过隔山隔水，他们也不好作出判断，建议她到权威一点的医院进行检查治疗。

就在佳欣认为不得不去医院检查治疗的时候，她在互联网搜到了一个实例，跟她的情况特别相似。报道说有个女孩，曾是她们那个县的高考文科状元，到了大学后，有天夜晚跟寝室的姐妹们闲聊，她中途去上了趟厕所，回来想再加入讨论，结果张开嘴巴，声音却没了，仿佛她的声音被谁偷了似的。除了声音，女孩也没有其他病征，依旧能够通过表情、手势和书写进行沟通交流。女孩将情况发信息告诉父母，她父母带着她四处求医，跑了多家医院，接受各种检查，最终排除器质性病变的原因。后来认为是心理问题，对她进行了多番的心理测试，但也没能给出合理的解释以及具体的医治办法。他们在漫漫寻医之路上饱尝痛苦与折磨，就在他们越来越手足无措，看不到希望之时，女孩失音两百多天后，毫无征兆地，声音突然间又自行恢复了。而女孩声音突然失去又突然回来，究竟是什么原因，至今仍是个谜。

佳欣想，天下无奇不有，看来自己还真不是一个特例。既然有活生生的实例摆在那，她又何须四处寻医，白花钱和精力不说，让亲朋好友都将她当成严重的病人，用异样的眼光看着她，她就觉得受不了。而整天在医院里进进出出，试吃着各种药物，恐怕没病也会被整成个病人。佳欣想她不如就这样不声不响地生活，也许在还没有任何人发现的情况下，她的声音就自己恢复了。

然而，当她抛开手机，一个人在大街上漫无目的地行走，看着穿梭的人群时，当她一个人躺在床上，对着天花板发呆的时候，她又忍

失语者

不住想，会不会是她心理出了问题，要么，就是她的生活出了问题。

在亲朋好友的印象中，佳欣是个性情极好的人，她外表温柔，内心坚强，遇什么事总能朝好的一面去想。孩子还小，婆婆病瘫在床那会，她一边背着孩子，一边大包小包地提。一边背着孩子，一边炒菜做饭。喂完了孩子喂婆婆，洗完了孩子洗婆婆，没一下空闲。婆婆久病卧床，脾气暴躁，动不动摔东掼西、指桑骂槐、怨这怨那，佳欣一概忍着，笑脸以对。姐妹们常替她抱不平，说你傻不傻呀，一个人管崽已经够辛苦的了，他还拿个瘫痪的娘拖累你，他不还有哥兄老弟的么，他自己不能尽孝，凭什么让你去替他尽孝呀，凭什么他过得那么潇洒，却要你一个人独自受这份苦。每每这个时候，佳欣都只是笑笑，仍旧不停歇地忙碌着手头上的活。那说的人就恨铁不成钢地骂一句："真是皇帝不急太监急！"那个时候，佳欣总是想，所有的苦难很快就会过去的，一切都会越来越好。佳欣就是抱着这样的信念一路走来。果然，婆婆安息了，老公进城了，孩子也长大了，现在，一切都越来越好，她的心理却反而出了问题了吗？

当生活的负担一个一个卸掉之后，佳欣曾有好一阵子无所适从。但她很快就调整心态，进入了另一种状态。每天照例忙碌着，或者算不上忙碌，但不曾空闲，手机让她的生活一刻都不曾空闲。她每天过得都很充实，与之说话的人多了，了解到的杂闻趣事多了，交际变得宽广，天南地北，各行各业；消息变得灵通，上天入地，寻常巷陌；视野变得开阔，海角天涯，一马平川。但是，当佳欣窥视自己的内心，却分明有一种轻飘飘的感觉，好像一片羽毛，飘呀飘呀着不了地；又像一池被搅浑了的水，混混沌沌混混沌沌什么也看不清。

## 6

现在，佳欣失声的秘密终于大白于天下了，人们会怎样看她呢？整个办公楼会不会已将此事传得沸沸扬扬？第二天去上班，一路上佳欣就想着这个问题。她有些忐忑，如果大家都将她当成病人，她该如何是好。她忽然觉得这似乎并不是一个正确的举措，她有些埋怨昨天的一时冲动，为什么非得让人知道自己失声呢，反正无从治疗，让人知道了，不是徒然给自己增加麻烦么。可是，那个问题，她的老公林峰，会与别的女人有染吗？

佳欣小心谨慎地走进行政大院，东张西望，又轻手轻脚地上楼，生怕惊动什么似的。事实上，并没有人主动跟她搭讪问话，也没有人交头接耳。宣传部的人照例各忙各的，一切如常。但佳欣的心绪却不稳了，她不时翻出手机，看QQ，看微信，如果别人知道她失声，应该会在QQ、微信上给予反馈，但是没有。除工作群里上传的文件、链接，一句闲聊都没有。她想问一问出纳，出纳埋头做事，很认真的样子，不像往常那样有一搭没一搭地跟她"摆门子"。难道田部长没有将她失语的事说给同事们？谢天谢地，佳欣双手合十，这样最好，既将压在心头的石块卸下了，又可以安静地过着日子，而且若遇到什么事，也能得到领导的理解，与领导心照不宣。

但中午，老公的信息就来了，劈头就是一句："你搞什么名堂？"

佳欣一看就来气，但她还是只发了一个疑问的表情符号过去。

"好好的装什么哑巴，你到底想干什么！"

佳欣不知道田部长跟林峰是怎样聊的这个问题，她满肚子疑问，满肚子委屈，想从头一一说起，手机按键又按不快，一条信息还没打完，林峰的话又跳出来了："我不指望你有什么追求，也不指望你有多大的进步，我只希望你别拖我后腿，别给我惹麻烦！"

佳欣十分气恼，只好将未完成的信息删掉，长话简说，迅速发了一条："我给你惹什么麻烦了？"

"马上就到大换届的时候了，各种各样的谣言四起，有人传我可能会升任县长，有人说我会调州委任职，有人想巴着我，也有人希望我倒霉，这个时候，水浑浊得很，我们必须沉着冷静，否则会摊上大事。"

可是，这跟她的失声有什么关联？佳欣不知林峰葫芦里卖的什么药，急急地问了一句，"你在外面是不是有人了？"

"你这女人怎么就不长点脑子,是要气死我吗,亏有人说你还那么心机地装哑巴。"

"我心机地装哑巴?你也觉得我在装哑巴么?我多久没出过声音了,你就没发觉吗?"

此刻的佳欣就像一枚易燃的爆竹,恨不能打个电话过去,痛快地吵上一架,把憋在心里的许久未曾说出的话噼里啪啦统统倒出来。然而,她失声了,她只能选择在手机键盘上慢慢地敲打,磨砺着她的心智。

林峰回说他真没发觉,他说我们每天都有联系,都在说话,怎么就失声了呢。我一天那么忙,需要想的事那么多,你要有什么不满有什么情绪只管朝我发,整那些神神叨叨的幺蛾子做什么。气得佳欣直接不想说话,真想把手机给扔了。

后来,田部长又找过佳欣一回,先是问单位的一些资金使用情况。佳欣在微信里回说她会尽快做一份报告呈给领导。在佳欣看来,田部长根本没必要找她面谈,反正她又不能说话,一个讲话,一个却在手机上回复,这多别扭呀。佳欣起身欲走,田部长却示意她坐下,还给她沏了一杯茶,说:"今年县里新出的上好白茶,尝尝,很润喉的。"接着,田部长说:"是不是跟我们林副县长闹矛盾了,脸色不太好呢。"佳欣笑了一下,摇摇头。田部长说:"失声可不是件小事,等林副县长回来,要他带你出去好好做做检查。"佳欣在手机上敲了句:"谢谢领导关心。"田部长说,他们这些九品芝麻官,头衔不大,忙起来却像台停不下来的机器根本顾不了家,要佳欣作为家属多多体谅。田部长说着说着,眼眶竟有了红意,佳欣很意外,都不知道做什么动作和表情才恰当,只呆呆地听着。田部长像唠家常一样跟佳欣聊起了婚姻。田部长说她和她前夫离婚,别人都以为是她太强势,不懂得做一个女人,现在她才算是真正悟出来了。她说:"婚姻的本质其实就是一场合作,只要是合作,就存在资源匹配的问题。你飞得快了,你就会把对方甩掉;你飞得慢了,你就会被对方甩掉。有的夫妻一辈子吵吵闹闹,婚姻却是稳固的,而一些夫妻相敬如宾,却和和气气地把婚离了,这就是是否处于同一水平线上的原因。"她还说这也是她和她前夫离婚的根本原因。

佳欣不知道田部长为什么要跟她聊这些，那个从来只谈工作的女人，为什么会把她最私下最柔弱的一面剖给佳欣看呢。佳欣想破脑袋也不明白田部长用意何在，她像是在关心，又像是在警告，像是在示弱，但又分明把自己说得很强。她的意思分明是说她飞得快了，她前夫跟不上，所以离了。那谁是那个与她同步的人，林峰么？

佳欣的心仿佛被黄蜂蜇了一下，一阵刺痛。她摆了摆头，极力否定着自己的想法，不可能，不可能的。

佳欣的痛苦开始了。她翻来覆去，睡眠竟跑得远远的，连手机上的那些心灵鸡汤也安慰不了她。她想，等林峰回来，得好好跟他谈一谈了。

林峰学习回来，照例是在外面吃过晚饭喝了酒才回到家。进屋看到佳欣呆坐在床头，他问了句："真的失声了？"佳欣上上下下地看他，像打量新见面的人似的，不语。林峰甩了外套，一边说："谁敢让我林峰的女人失身啊，一边扑向佳欣。"佳欣顿时被林峰满身的酒气罩了起来，不能说话，她甚至发觉，此刻她根本就不想说话了。

第二天是周末，林峰却早早走了。佳欣想，一个副县长，真的忙到跟老婆聊会天的时间都没有吗？还是因为他们不在同一水平线上，真的连见面都变得困难？佳欣摸出手机，给林峰发了条信息："你也不信我真的失声吗？"大概到了中午，林峰才回复她。林峰说："就算我信，别人会信吗，现在别人都说你是我安排的耳目，你的眼睛就像两颗定时炸弹，你越不说话，人家就越害怕，你事后越解释，也只会将自己描得越黑。"佳欣说："我不管别人，我只想知道你什么态度，难道你不担心、不着急、不打算带我出去检查、治疗？"林峰说："这段时间，我还真没空带你出去。我要是在这个关键的时段缺席，我们的整个人命运都有可能被颠覆。"佳欣有些伤心了，她没想到林峰会回得这么直接。她想，就算不能陪她去，也该多些曲意的抚慰吧，这不是他为人夫应尽的责任吗？她觉得林峰越来越不可捉摸，似乎离她越来越远了。虽然林峰后来建议她邀个姐妹或是找个亲戚陪着去，佳欣也早就做惯了包容、理解的角色，但这次她拒绝了。她对林峰说，除非你陪我去。她想，不就是不能说话吗，反正这么久都过来了，我还真就把这个哑巴给你装彻底了，想把我支走，我就偏要天天在你们眼皮子底下，看你们是怎么成的好事。

　　林峰忙着，佳欣也如常地去上班。田部长见到她，主动招呼道："哟，我们的林副县长没带你去看病吗？这可要不得，工作再忙，也比不上家人的身体重要吧？"当佳欣将田部长和林峰联系到一起后，再见到田部长，就硬生生地有了一种厌恶的情绪。听田部长这样说，佳欣不争气的眼泪都要掉下来了，她微微抬了抬头，将眼泪忍回去，又低下来，才对田部长笑了笑。田部长又说："我给你休假了，你回家休息吧，带病工作可不好。"佳欣愣了一下，有些听不懂田部长的话。虽然佳欣曾经很渴望休假，希望有长长的假期去陪伴儿子，有假期出去旅游，但她想休假的时候，领导却不准，总说正忙着，等一等，现在她没有要请假的打算，田部长却给她休假了。佳欣回到办公室，赶紧给田部长发信息，说她的声音说不定哪天就会自动恢复，就算不恢复，她现在这个状态也不影响工作，完全不影响，用不着请假。田部长却说，她已经从财政局找了临时接替她工作的会计，都谈好了。语气不容更改。到现在，佳欣才明白，田部长这是在赶她走呢。可是，凭什么呀，以权压人吗？她是国家正式职工，单位领导也不能说不让她上班就不让她上班嘛。佳欣想，就算林峰与她合谋，他们也不能这般挤兑人。她决心强硬起来，不吃她们那一套，照常上班，她又不犯事，仅仅是暂时性地失声，她就不信她还能将她开除了。

7

　　一天，佳欣和老公林峰吃完饭后靠在沙发上看电视。他们一个坐一头，林峰把脚搭在茶几上，双手反扣着后脑，靠着一堆枕头，很享受的样子。佳欣则蹲着脚，歪在沙发的扶手上玩手机。电视播放的是本地频道，今天县里开了什么会，哪位领导又下乡调研之类，屏幕上时不时闪过林副县长的身影，林峰看得津津有味。佳欣却不感兴趣。她在腾讯网站浏览"新证据曝光，某某或已被证实离婚""从这几个部位，可以看出你一生运势"之类的推荐要闻。佳欣也知道这类新闻大多不可信，纯属胡编乱造夺人眼球，但她却觉得轻松有趣，看着看着就上瘾了。

难得的相处时光，他们就那样一言不语地坐着。其实，谈恋爱的时候，他们也喜欢一言不语地静坐。不过，那时他们多是坐在草地上。那时的他们还没有一间属于自己的房子，更没有一张属于自己的沙发。他们坐在绿色的草地上，坐在树林间，坐在开满花朵的荒坡上，他搂着她，她靠着他。他们默默地数着远处的牛羊，默默地看着天上的月亮，默默地听着虫鸣，听着彼此的心跳。那份安静里弥漫着甜甜的味道，弥漫着他们对未来生活的憧憬。那时他们憧憬着未来的生活是什么样子，佳欣心里其实并不清楚。佳欣只知道，她要跳出农门，过一份衣食无忧的生活，然后与相爱的人生一个可爱的孩子，一家人和和美美，幸幸福福。这是她当时能想到的最好的生活，她相信那样的生活一定很美好，一定甜甜的。如今，生活果然如她所愿了，但却又与她最初的想象大不相同，这是为什么呢？如果当时她就预测到她将来过的会是现在这样一份生活，她还会觉得甜吗？佳欣这样问自己。她想，大概会的，因为心怀憧憬，怀揣奋斗的目标，本身就很甜美。许多时候，大概不是那未来的梦想有多美，而是那做梦的过程本身就是美的。

那么，现在的安静是什么味道呢。佳欣想着这个问题，但她想不出该用什么样的词来形容。也许是没了味道，像寡淡的白开水。可是，这不就是她曾经想要的生活吗，这不就是她追求着的生活吗，这不就是她勤劳、包容、隐忍才换来的生活吗，如此安宁、稳定，为何她却忽然觉得没了滋味？大概是不做梦了，佳欣想。可是，这个年龄了，她还能怀着怎样的梦想呢？

新闻播完，插了一会广告，不知怎么地就进入了一档百姓关注的栏目。以前好像没这个栏目，也许是有资料时就弄一下。电视台反正就那几个人，精力有限水平有限，只能抓到什么料就烹煮什么菜，没个稳定性。

这档节目却做得挺好，可以看出编者是花了心思策划过的，连佳欣也被吸引过来。节目先是从一个女人的角度，讲述一个叫作归柳的村庄成为空壳村的过程。那个村本来就不大，有的家举家外出务工，有的家挣了钱就到镇上和城里买房，而那个女人，则以出嫁的方式离开了村庄。接着镜头转换到医院照在一个老人身上，老人头上挽一个髻，身着黑色侗布便装，朴素，但还算整洁。老人周边的环境很嘈杂，许多人围着她，叽叽喳喳，但老人却始终紧闭口唇，十分安静。编者介绍说这个老人是近几年来平日里唯一留守归柳村的人，也就是之前那个女子的母亲。然后，记者向医生询问老人的病情。原来这个老人得了失语症，开不了口说话。

听到这，佳欣心里一惊，又一个不能开口说话的人？佳欣认真地往下看。

女人说："归柳村偏僻、边远，交通不便，我母亲一个人住在那里，常年见不到几个人。我想将她接来跟我住，她又犟得很，非要给我哥嫂看屋，我哥嫂在外面打工，都有几年没回来过了。我给她买了电话她也不会用，教了很多次，勉强会接，电用完了也不会充，我去看她一回才帮她充一回……唉，应该是太久不说话，就忘了话怎么说了。"

接着，医生对老人的病情作了解释。当然不是县医院的医生，是某大医院的医生，声音是从一个座机电话里传来的。那个声音说，老人的这种情况应该属于声带钝化，算是声带萎缩的一种，但又不同于一般意义上的老化与萎缩。目前没有太多研究，我们也还没找到有效的治疗办法。但究其原因，这种疾病主要是环境因素造成，因而治疗也就只能寄希望于改变患者的生活环境，辅助身体调理和心理开导，能不能好要看运气，原有环境改变后，也许能很快恢复，也许永远也恢复不了。

林峰边看边发感慨，他说现在这样的空壳村很多，不止归柳，这是城市化进程的一个必然趋势，怪只怪县里没有工业、产业带动，动作太慢，过程被拉长了，暴露的问题也就特别多。说完，他偏过头来看佳欣，似乎等着她搭腔。佳欣只看了他一眼，没有吭声，然后埋头在手机上搜索"声带钝化"。百度搜不到这个词。换了几个搜索器，也没搜到。声带钝化？这是什么概念，难不成像那砍柴的刀，久不用，生了锈，钝了，用不成了，需要在磨刀石上磨一磨，有的能磨好，有的锈得太严重，就腐了，化了？

节目在一曲思乡的歌曲中闪过一组山村、留守老人和留守儿童的图片后结束，没有任何说明，显得有些突兀。大概是编者不知如何结语，也或许故意这样留白以惹人思绪。佳欣看得呆呆的，林峰也思忖着，忽然他猛拍大腿，弹跳起来，兴奋地说，总算找到解决办法了。佳欣莫名地看着他，他说，这老太太的情况，跟你有几分相似呢。佳欣的心暖了一下，期待他说出那个解决的办法。

林峰靠近佳欣，拉住佳欣的手，还在那手背上亲了亲。他说，老婆，这次你可要好好帮帮我。

原来，林峰是想让佳欣帮着他演一幕剧。

林峰让电视台的工作员带着佳欣去走访那位失语的老太太。他把佳欣扮成一位慈善的志愿者，佳欣为帮助老太太恢复声音，先是亲自体验不能说话的窘境，然后又将老太太接到家里照顾，闲暇之余，她挽着老太太的臂弯，在小区、在广场、在街市、在郊外，指着那些花草树木，那些建筑雕塑，那些琳琅满目的商品，那些过往的人群，交谈着，虽然听不见声音，但她们似乎侃得津津有味。

这是一档跟踪报道的节目，副县长林峰也在节目里代表县政府进行表态。镜头里，他整洁得体的着装，干净利落的平头，端正的五官，以及至今没有发福的肚子使他看上去显得很真诚，很干练。他精神抖擞，一副斗志昂扬的姿态。他说，归柳村这样的空壳现象已经引起县委、县政府高度重视，县委、县政府正在努力从几个方面解决这一问题：一是加快城镇化建设，扩大易地移民搬迁工程，尽快将不宜居住

失语者

的偏远、零散的村寨进行整村搬迁；二是进一步将精准扶贫工作做细做实，动员社会各团体、企、事业部门开展全民扶贫运动，因地制宜，因人制宜，通过产业＋农户＋合作社等多种模式，确保每村每寨每一户贫困户都能得到切实有效的帮助。他表示由于某些历史原因，我们县目前的整体建设相对落后，但他对我们县今后的建设与发展充满信心。他相信，只要用好生态环境和民族文化这两个宝贝，我们县就一定能后发赶超。当然，加快建设的过程也会出现一些问题，出现问题并不可怕，只要我们拥有战胜困难的信心和勇气。

8

经过精心策划的节目就是不一样。佳欣失声的秘密不仅公之于众，而且有了合理的、任何人都不便质疑的解释。此外，她还上了电视，以一个慈善者的面目很是风光了一把，许多朋友纷纷为她点赞，有的还联系她，想跟她一起做慈善，去关心那些留守的老人和儿童，做一点有意义的事。

她做的事有意义吗？佳欣看着电视里的自己，怎么也高兴不起来。她知道他是在利用她。每想到这，她就有种说不清的烦躁。有时她想，她是他的妻子，她不帮他还有谁帮他呢。有时她又想，就算为了他心中的抱负，他怎么可以完全忽略她的感受，利用她特殊的病状去达成目的呢。她是病人——虽然她不愿意承认她的失声是一种病——但她需要他的关心，需要一个丈夫给予的安全与温暖。当时，她发信息说："要我帮你也行，你先如实回答我一个问题，你和田部长什么关系？"他回说："只要你帮了我，很快你就知道我和她什么关系了。"那么，她做这一切，是在帮他，还是为着某种交易？他们之间只剩下合作与交易了吗？婚姻果真只是一场合作？如果以后没有了交易又该怎么办？

大换届的工作终于落下了帷幕。让佳欣想不到的是，换届前，纪委、审计、铸廉，以及检察院几部门联合对全县各部门进行了一次财务大检查，而且追查至五年以前。佳欣做了三年的账，有些账目做得也不完全符合规矩，但平时经常审查，没什么大问题，稍稍解释也就过了。而另两年，错漏和不清楚的账目很多，不是佳欣经手，佳欣本身又不很懂行，查账的人问起，佳欣无从解释，查账的人便越查越深入，竟牵出一些问题来。或许是因为这个原因，田部长被革了职，调去县委统战部退居二线。相反，林峰又升职了，调到州委任宣传部部长去了。让佳欣更为难看和惊讶的是，她的声音也悄无声息地回来了，这一切诡异得就好像所有的事情，都出于她自己的策划。

声音回来那天，联合组的来她们单位查账，来得很突然，事先谁也没有得到一丁点消息。田部长出差，在家的几个领导都慌了神。佳欣和出纳让出自己的办公平台，在一边候着，联合组的要看什么，佳欣就翻出来给他们看。佳欣也很慌张，联合组的几个同事，她一个都不认识，她怕联合组的问起话来，她迟迟不答如何是好。分管领导向田部长汇报了情况，田部长也担心这个，正打算找人来替换佳欣。联合组的查看报表，时不时提出一些问题，分管领导本想解释说佳欣失语，让联合组的等一等熟悉业务的同志到来。可佳欣一紧张，"咳咳"两声，声音竟出来了。当时，她自己都傻了眼。除联合组的同志不觉得奇怪，部里的同事都怪异地看着她。她想，跳到黄河都洗不清了。

联合组的查账，偏又查出了问题。部里的同事再看她，就跟看日本间谍一样，而田部长的目光，更是如闪电一般，每一眼都灼得她几乎弹跳起来。

林峰任免职文件下来的那天，嘉欣没有等林峰回家，也没有给林峰留下任何信息，只身去了归柳村。她想去那里好好住上一阵子，真心实意地去陪老人说话、干活。她想，也许她的陪伴不一定能够治愈老人，但她需要远离当下的境域，远离网络，她需要山野来将她的心灵治愈……

（原载《四川文学》2018年第9期）

# 梯田流云

## 1

杨佳决心要到月亮山去学唱古歌。他的这一想法，遭到妻子姜芹强烈反对。姜芹说："真是疯得越来越离谱了。"杨佳也觉得离谱。一是他根本就不会讲当地的语言，二是他完全听不懂那些古歌唱的是什么，三是当地都没有人愿意再学的古歌，他却跑去做人家的传人，这也太荒唐了，连他自己都不敢相信。

这些年，杨佳醉心于摄影，已经引起姜芹极大不满。他却不管这些，依旧是文艺群里的活跃分子，四处溜达拍图。他不是兼职记者，在单位里也没有负责宣传工作，他对摄影的追求纯粹出于个人爱好。他觉得每一场拍摄就是一段人生旅程。当镜头对着某个场景、某处风光、某个事物，他的眼睛透过那枚细小的窗口，凝聚、发散、抓捕，仿佛生命与生命的对峙，又仿佛心灵与心灵的交流，他与镜头那端的世界对话，寻找着读懂它们的角度和方式。而这个寻找的过程，也是他的灵魂获得提升的过程。他爱着镜头下的那个世界，他想要将那个世界的丰富多彩，哪怕是不幸与苦难，都以一种唯美的方式呈现给世人，激发世人对美的孜孜不倦地追寻。

然而，梦想是美好的，现实却很骨感。一旦爱上摄影，烧钱就如同烧纸。买设备、跑旅途，都是高消费。对于工薪阶层而言，摄影无疑是一项奢侈的爱好。因此，姜芹极力反对杨佳的这一爱好。姜芹说："你喜欢什么不好，偏偏好摄影，除了'最色'这样一个难听的诨号你倒给这个家添了什么？"每每这个时候，杨佳就嘀咕一句："不懂艺术。"杨佳说得很轻，本打算自语，姜芹却耳尖得很，立马接过话茬："是，我不懂艺术，我粗俗，我就知道柴米油盐酱醋茶，但也没见你朝饮露水晚西风啊，还不是天天吃饭、穿衣、蹲厕所？"杨佳就不敢再开口，做了错事一样任凭姜芹数落。

杨佳的作品偶尔被一些报刊录用，获得一些小奖，这激发了他更大的热情，相机也由最初的中端、高端到专业，长焦、广角、定焦，一个镜头一个镜头地添置，几年下来，竟花了不下十万元。十万元，小城里买套三居室付首付还有余的，买辆车也是很风光的了，而杨佳一家至今仍住在五十多平方米的职工宿舍里。有地方住，钱攒得差不多再买房本也是个好打算。但每次刚刚攒起来一点，就被杨佳挪去买设备了，这叫姜芹怎么不生气呢。这个不务实的男人，说什么置办好设备，买房买车分分钟的事，分明是弃老婆孩子的幸福于不顾，只想着自己追求快活。姜芹想，今年说什么也要把房子定下来，再也不能由着杨佳的性子胡闹了。有了这个想法，姜芹便时常在杨佳耳朵边唠叨，杨佳那颗一心追求艺术美的心便有如上了紧箍咒一般，他不能再天马行空地想拍什么就拍什么，也该想想办法让他的设备和技术产生一些经济效益了。

恰在这时，摄影群里登出了一条重磅消息，县里年底将举办一场摄影大赛，是某一资金雄厚的集团联合县委宣传部下的文。

其实，大赛时常有之，市里、县里、某乡镇、某部门为了宣传都会举办一些摄影赛，主办方往往以比赛或参展的方式，给予三五千或一两百的奖金或稿酬，将需要的图片大量网罗到自己的图库里去。这条消息之所以堪称重磅，是因为奖金之丰厚和奖项之多都是群友们空前未见的。摄影大赛年初公布、年底截稿，给出了足足一年的创作时间，设了山水风光、人文纪实和艺术创作三个类别，总设特等奖一个，奖金十万元，每个类别分别设一二三等奖及优秀奖若干，一二三等奖和优秀奖奖金分别是二万到一千不等。最不济的优秀奖也比以往那些比赛的一等奖还高，而且每类奖项每人可投一至五幅。只有一条，参赛作品必为未在任何场合使用过的原创新作。当然，也惯例地附着"获奖作品收入主办方图库，以后使用均不再另付稿酬""本次大赛解释权归大赛组委会"之类的说明。

这么多年，终于等来了一场货真价实的比赛。十万元，中个奖就能买房了，这是多么大的诱惑啊。杨佳看到这条消息，心里禁不住欣喜万分。他悄悄盘算着，什么样的题材本地人占据优势，什么样的主题才能让评委们不得不将大奖颁给他。冥思苦想了几日，一天出门，看到正在耕作的农人，他的脑里如同天际忽然划过一道流星般，闪出了一个令人兴奋的构想。

那个让杨佳兴奋的构想，就是拍摄月亮山梯田四季图。

月亮山是一个群山体系，山中星星般散居着许多村寨。由于山高坡陡，鲜有平地，稻田都是依山而开，随山势地形的变化而变化。那里的稻田不以亩算，而是数丘，一条田埂围着的算是一丘。大多数田都是只能种一两行禾的"带子丘"，有"青蛙一跳三块田"的说法，最小者仅有斗笠大。这种梯田往往一坡就有成百上千丘，一丘最长的可达两三百米，最短的不足一米。一丘丘的稻田，就像绕着大山的一条条腰带，又细又长，因而形成阶梯一样拾级而上的大片梯田。每一片梯田都千姿百态，成为摄影者们的钟爱。

杨佳以前也拍过月亮山梯田，很多人都拍过，但拍的基本上都是稻谷黄的时节。金色稻浪的图片给人极强的视野冲击，让外界窥见了月亮山惊艳的美，引来了许多人的脚步。但是，人们都是在稻谷黄的时节一窝蜂地涌来，又一窝蜂地离散，很少有人停留。没有停留就没有故事。杨佳觉得一幅好的图片是应该带给人故事的，他想要拍摄一组系列图片，来讲述月亮山梯田的故事。

一个早春的周末，天气阴沉，杨佳计划去月亮山走一走，他邀约几个摄友，没有人愿意跟他去。他们说，这个天气去爬月亮山，要光没光，要影没影，不是白费力气吗？杨佳也明白这个道理，但他不想放弃难得的空闲。他想，要拍出月亮山梯田最美的图片，就应该了解不同状态下的月亮山梯田，了解那些发生在梯田里的故事。

到达月亮山小镇后就只能徒步了。杨佳爬了几个山头就气喘吁吁，虽然山里的天气还很阴冷，但他明显感觉到汗水已经浸湿了贴身的衣衫。杨佳先是去了雾弄山那片大家公认的最美最壮观的梯田。那片梯田其实不是一片，是好几座山，那些山连绵起伏，没有明显的分割，仿佛环山的飘带被风吹起的褶皱。稻谷黄时，一眼望去，满目金灿灿的，犹如一张色彩鲜艳的条纹地毯。这个时节，杨佳自然看不到那样的美景，但他无论如何都想不到会是眼前这番景象。草木枯黄，虽有一些小草冒出了早春的绿意，但好些地方如果不是刻意寻找去年留下的禾蔸，根本看不出是田块，更像死了树苗的荒芜林带。

杨佳想起关于月亮山的几个笑话。一个是说刚分田到户那年，一农夫戴着斗笠去数他的责任田。走到田边时累得满头大汗，就把斗笠随处一甩，站在田埂上数丘数。明明分到三十三丘田，数来数去，硬是少了一丘。他不相信，就一屁股坐下来慢慢数，结果又少了一丘。他想真是见鬼了，就把斗笠戴上，站起来数，结果真是三十三丘。如此循环几次，他才恍然大悟，原来是丢的斗笠盖着一丘田，坐着的时候屁股又遮住了一丘田。另一个笑话说的是几个无聊的男人在一起比谁厉害，一个说他可以尿到厕所的半壁之上，一个说他可以尿一丈远，月亮山的男人说，你们这些算鸡巴本事，我站在田埂上撒尿，每次都能射翻十几丘田。每听这些段子，现场的人总忍不住哈哈大笑。杨佳也笑，但心里却总涌起一股子悲凉。现在，这股悲凉在实景的映衬下，似乎更深了些。

杨佳在山路上行走，偶尔看到耕作的农人，也不时传来鸟鸣一样的歌声：

梯田流云

三月里（耶）——

天气好（哎）——

一对蚱蜢跳得高（哩）——

布谷布谷声声叫（哎——）声声叫，

大家快播种哎——

季节已来到——

已来到（哟——哟嗬咿耶耶耶哟）——

布谷，布谷，布谷，布谷——

布谷，布谷，布谷，布谷——

……

  这歌声像一道快活的光，杨佳心里明亮起来，朝着声音寻去。唱歌的是一个女人和她的两个孩子。女人个头不高，手脚壮大，一边挥舞榔头捶着田埂，一边断断续续地哼着歌，耳朵上的两只丝线吊坠随着主人身体的起伏一荡一荡地，肥硕的奶子也跟着有节奏地跳动。她的两个孩子也在田间忙活，一个挖荠菜，一个捉虫子玩。杨佳将镜头对准了这一家三口，拍了几张远景，想凑近拍几张特写。女人因为热，敞了衣襟，满脸羞红地别过身去扣衣服。杨佳只好先拍孩子的特写，一边拍一边跟女人聊天。

  "大嫂，你一个人捶田埂呀，我阿哥怎么不跟你一起来？"

  "他要出门找钱啊，不像你们快活哦兄弟。"

  "田埂这么长，怎么捶得过来？"

  "老鼠打洞的地方补一补，其他也顾不上了。"

  聊了一会儿，杨佳说让我试试。他抢过女人的榔头，帮女人捶起田埂来。熟络了，他再给女人拍照，女人脸上扬着笑，自然地随他拍。

  女人说，"我看那些照相的，个个抢着挤着都去拍雾弄梯田，不晓得龟背坡才是最美的呢。"

  杨佳就要女人给他指路。去龟背坡的路很不好走，弯弯拐拐、坑坑洼洼，从雾弄梯田的公路分道出来，经由那细小的毛路串上串下，需要徒步一个多小时。然而，杨隹见到龟背坡时却被震住了，觉得再多走几小时的路也毫不冤枉。

龟背坡是两座形似乌龟的山坡，两边的山都比它们高，就好像两只巨大的乌龟并排着爬在两山的谷底。奇的是两山梯田都开到了高于龟背山的半坡处，且全是线条一样顺着的纹路。而两座龟背山也都是梯田，块状的，不规则的，一圈一圈的，恰似乌龟背上的纹路，两种纹路相互交织，那顺着的纹路仿佛乌龟扒开的海水，将两只乌龟衬托得活灵活现。

杨隹是在田土尚且荒芜的时节初见龟背山，那种强烈的立体感和逼真的形态已经让他震撼不已，想着这些田若是犁耙好、灌了水后，在镜头下闪着波光，该是怎样生动的画面；禾苗青青的时节，两只乌龟着上绿装，这一古老的物种又该焕发怎样的勃勃生机；而稻谷金黄，两龟与周边的山合为一色却又自成形态，又该带来怎样的视野冲击。最重要的，这是一片尚未开化的摄影处女地。如今媒介传播发达，那些稍有些名气的梯田，各个角度均已为大众所熟知，拍得再美怕也难比这新奇的观感更具诱惑力。这样想着，杨隹激动得眼泪都差点流出来了，他立马决定以龟背坡作为他创作的中心，他一定要拍出龟背坡最美的图片。

有了这个想法，杨隹仿佛看到大奖正在向他招手，仿佛看到妻子姜芹笑靥如花，与他一起牵着孩子的手迈进宽敞而又明亮的新居。他将这个令人兴奋的发现告诉妻子姜芹，意外地获得了姜芹的支持。此后，杨隹一有空就往龟背坡跑，先是找角度、定据点。他爬遍了周围的山山岭岭，还特意买了一把蒯刀将遮挡视线的杂木草丛割除，终于确定几个他满意的拍摄角度，定下据点，就等着捕捉龟背坡的各种形态了。他想要尽可能拍出龟背坡每一个动人的景象。

然而，谷雨时节过了，许多田已经犁耙酿起了水，而龟背坡酿水的田却还很少。杨隹连跑几个周末，也没有拍到他想要的景象。经打听，才得知，因龟背坡离公路远，路又不好走，今年大概没有多少人家会去种那些田了。杨隹遗憾得很，他走村入户打听那些没有酿水的田是哪些人家的，想去做一做动员工作。

梯田流云

## 2

　　杨佳来到虎头岭独家村时，王炳根正坐在家门口的枋楞上抽旱烟。

　　来之前，杨佳打听到龟背坡的田主要是王炳根家的，为确保游说成功，他向人们详细了解王炳根家的情况。问起王炳根，有人说那是一奇人，有人说那是一怪人，也有人说那就是一傻子。

　　原来王炳根是打过越战的，他退伍回乡也就二十来岁。那年月，凡是参军服役回到地方上都能安排一份工作。他和几个黔东南籍的士兵被分配到雷山兵工厂，成了一名光荣的工人。王炳根的父亲是地方上的"维颡"，他从小跟着父亲学习经文，认得不少字，到部队后又勤奋好学，懂得一些文化知识，到了厂里很受领导器重，出板报、搞宣传经常让他帮忙。

　　"如果他当初坚持，说不定后来能成为一名国家干部。"

　　这话不假。杨佳所在的这个小县城，可以说上一代官员百分之八十是当兵出身，这与那个年代小城读书的人少有关。没有知识文化，当兵是跳出农门最好的出路，哪家都希望能出个兵哥哥，一旦被选上，那可是比考上大学还荣耀的事。且不说身戴大红花、乡亲们夹道相送的气度有多雄壮，"军属之家"的红字匾额挂上门楣，不管这个家以前什么境况，从此一家老小的腰板就挺直了，说话也亮堂了，村里有什么好事都会首先考虑他家，柴火也会每家每户自觉送到他家门口去。服完兵役，政府会安排工作，不用花钱读书就当上公家的人，拥有一只摔不破的"铁饭碗"。王炳根不仅当了兵，还成了打越战的英雄，这荣耀足够他享一辈子的。他所在的工厂后来停产，他的那些战友纷纷转业，不是当了乡镇书记，就是成了某个局的局长，那些大字不识一个没能转业的，也得了一笔下岗补贴，做生意成了老板。只有王炳根主动放弃"铁饭碗"不要，早早辞职回家种田，一点好处没捞着。

　　分田到户之前，王炳根的父亲给王炳根写信，说马上分田到户了，按人头分，你不回来，你以及你的子孙就再也没有田地了。没有田地，人靠什么立足，你能保证将来子子孙孙都能成为居民，捧上国家的"铁饭碗"吗？没有"铁饭碗"又没有土地，就只能去帮工做佣人，只能浪迹天涯，居无定所。我们祖辈盼了多少年的土地，这些年跟着集体开荒开了多少田地，你就不想有一份属于你吗？你不为自己想，也该为子孙后代想一想，没有土地，我们百年之后，你们连故乡都不再有。这样的信，他父亲写了很多，一封比一封急。王炳根就动摇了。

"你说天底下有他那样笨的人么，放着好好的工资不领，却愿意回家开荒种田，而且还是在这陡坡陡岭的月亮山区。"

杨佳听得很有趣，也听得很放心。他想这个王炳根一定是个极热爱土地的人，热爱土地，他的劝说工作就好开展。他清楚他们的特点，不到万不得已绝不会看着土地荒芜，只要有口气在，他们就会拼尽全力将勤劳的汗水洒遍每一寸土地。他的父辈也是那样。他曾想让父母将老家的山林和房子卖掉，跟他到城里买大房子住。他记得他是轻言轻语地试探着跟父亲商量，没承想父亲一听脸顿时气歪了，火桶样的脾气瞬间爆发，又是摔碗又是砸门，骂他败家子、大逆不道，不回家起大屋光耀门楣也就罢了，竟然算计起祖辈的老房子，你们就活得这般没出息么！吓得杨佳后来再也不敢开口。两个年逾七十的老人至今仍独自在老家耕田种地，不时给他和姜芹捎些大米、菜油之类的农产品来。杨佳想让他们在城里住上一两晚，却是断然不肯的，不是要看田水，打理菜园子，就是放心不下家里的猪牛鸡。孩子还小那会，他们需要老人来帮忙带孩子，可孩子奶奶只待了一星期，就仿佛城里处处布着埋伏般坐卧不安，最后哭着闹着要回乡下去，孩子也只好给她带回乡下去养着。杨佳和姜芹两个都有公职的人，硬生生让自己的独生子成了农村里的留守儿童，直到孩子可以上幼儿园后，姜芹才赶紧去接了来。杨佳为此很生父母的气，他不太理解父母的行为，他上学读书时，父母总在他耳边唠叨："展劲读，读出点出息来，不要像我们样一辈子只晓得'啃泥巴'。"可现在分明不用"啃泥巴"了，他们却还是捧着那些泥巴不愿意放手。

杨佳想，田土撂荒，无非是缺人手，他可以动员王炳根丢荒别处的田而把龟背坡的田种起来，实在不行，他甚至做好了由他出钱请人无偿耕种那些田的准备，只要王炳根点头同意。

王炳根不会不同意，杨佳踌躇满志地想。但也有人说让王炳根动摇的不是土地，而是他父亲的"维颡"身份。

"维颡"是什么？杨佳不懂当地语言，第一次听到这个词，完全丈二和尚摸不着头脑。后经一番了解，才大致明白"维颡"大概相当于地方上的司仪官，但又不仅限于此，反正算不得正经职业，不像木匠、石匠那样天天有活干，可以靠一门手艺养活一个家。但"维颡"在农村又是必不可少的，人出生，需要"维颡"看八字、算命数；人有了莫名其妙的病痛，遭遇了天灾人祸，需要"维颡"改关煞、架福桥；人死了，到了另一个世界，需要"维颡"念经引渡，去往天堂；而立屋婚嫁，也离不开"维颡"的祭祀祈福。据说"维颡"是联通阴阳两界的人，但又与一般意义上的算命先生不同。要成为"维颡"不仅要懂得一定的天文、风水和礼法知识，还要会念经文，会唱古歌，传承古制。在过去没几人读书修学的年代，"维颡"是极其受人尊敬的，许多时候同时是寨老，是款首。

"维颡"传男不传女，像为着某种使命，只做善事，不收取酬劳，顶多接收一点主人家随意的谢物，平日里仍旧靠着耕田种地养家糊口。

然而，随着时代变迁，乡风民俗的改变，"维颡"这种职业已逐渐衰落，很多地方已经销声匿迹。孩子出生上医院，有了病痛看医生，死后也不再请"维颡"引渡，有钱的人家会请表演团唱唱跳跳，热闹一番，仿佛死亡不再是件庄重而悲伤的事，只要活着的人高兴开心就好。需要"维颡"的地方少了，人们对"维颡"也就少了起码的尊重与敬畏，无名无利无需求，谁还会去做什么专职的"维颡"呢。

这种景况，到部队接受过现代文明观念的王炳根，竟是为继承"维颡"之职而放弃"铁饭碗"？杨佳不太相信。

以前的月亮山可不是这样。介绍的人说。在月亮山区，可以说过去人的生老病死都离不开"维颡"。月亮山区一山连着一山，一山比一山庞大幽深，交通极为不便。在政府修通乡公路以前，月亮山区就如同一座与世隔绝的孤岛,山里的人每次出行,需要走上一两天才能到达渡口,然后乘坐一艘铁板船,来到河对面,才有通往县城的班车,才能与外面的世界连接起来。那条环绕月亮山的河水面太宽了,通往月亮山的桥一直没能架起来。桥架不起来,山里的路也就修不起来。二十世纪七十年代,人们靠着人力,一锄一钎挖了一条扁担宽的马路,连通主要的几个村寨,正式通车是二十一世纪之后的事了。因此,月亮山的"维颡"不只是"维颡",还是郎中,更是这个地区历史文化的传承者。

据说王炳根的父亲给王炳根写了很多的信,王炳根也没有回来。最后,他父亲写信告诉他说他大哥连生三个女儿,不能成为"维颡"的接班人,"维颡"之职只能传给他,他若不回去,不仅会成为他们家族的罪人,还有可能会成为整个村庄,甚至月亮山区的罪人。王炳根终于背上铺盖,走了半个月,才回到月亮山区的家。

王炳根到家的第二天,他父亲就在堂屋中间搭起社台,传位于他。"维颡"原本是要成家立业,儿女双全之后才能承位,承位后跟着师父习经文、记古歌,辨识草药,师父出行,便给师父做助手,只有师父病卧在床或是仙逝了,徒弟才成为真正的"维颡",方可独自出行。王炳根的父亲像要套牵王炳根般,王炳根还未结婚就让他拜了师。那天,他家里挤满了人,那些人一个个伸长脖子想要往屋里挤,却在王炳根进屋后如同被关上笼门的鸭子般被挡在了门外,王炳根的大哥也一同被挡在了屋外。

约莫一个小时,王炳根和他父亲从那间屋子走出来,王炳根不再是一个普通的庄稼汉了,他成了月亮山区最年轻的"维颡"。他聪明、记忆力好,又见过世面,有可能还将是月亮山区历代最出色的"维颡",人们看他的眼神充满了敬仰。

王炳根也确实是个优秀的"维颡",他念起经来,可不像别的"维颡"那样,以为没人能听懂,就胡乱地发出"咿咿哟哟"的声音蒙骗众人。王炳根非常用心,他背得整本整本的经书,不用翻看,也能要快就快、要慢就慢、吐字清晰地念上一两小时。他卜卦、用药、

梯田流云

143

看风水也比其他"维颡"灵验，他记的古歌更是无人能及。王炳根在月亮山区曾经名噪一时，遗憾的是现在的人不太需要这一套了，加上村里有村委班子主事，连寨老都很少有人提及了，村委班子都换成了年轻人。王炳根越是到了老年，反而越加地落寞了，这段时间，他四处物色传人，却只招来人们的白眼和孩子们的怨怼。

听完人们对王炳根的讲述，杨佳有些感伤，也有几分担忧，他不知道自己能否说动王炳根。

3

杨佳由一个孩子领着，来到王炳根家所住的山坡。王炳根一家独自住在离大寨几里远的虎头岭的坡顶上。王炳根本是云岭村人，云岭村有两百来户，是月亮山区最大的村庄。据说田地调整分配那年，王炳根是村里的生产队队长，他怕远坡的那份田地没有人愿意要，就留给自己。后来为方便种田，也为了弥补对大哥一家的亏欠，便举家搬迁到那个坡头，将一个烂牛棚改造成了独家村，而把祖屋和宅基地留给了大哥。为此，他的孩子们一直怨怼他。大儿子成家后搬回寨上顶了大伯的股份，当是过继给了大伯父，三儿子有工作在城里买了房，二儿子虽跟父母同住，但打结婚后，也几乎都是在外面打工，很少在家。二儿子有两个小孩，大的男孩十多岁，跟着他三叔在城里读书，就剩四五岁的女娃跟着两个老人守那个家。

到达坡顶，杨佳感觉这坡头似乎与天齐平，近处没有比这更高的山了，只有远处有些突兀的山峰才显得略比它高。这个地方视野开阔，远眺群山巍峨、气势恢宏，近看绿野人家、清幽宁静。因头天下过大雨，草木湿润，此时经阳光照射，烟雾升腾，新绿逼眼，梯田如带，几间屋瓦错落的木房静静卧于空旷处，如同雨后刚长出来的蘑菇，整个画面如仙似幻。杨佳很兴奋，来不及架上三脚架，手托相机便连连拍片。拍了一阵，他才注意到一个老人正坐在木屋门口的枋楞上"吧嗒吧嗒"地抽旱烟，烟雾一圈圈扩散，漫上老人的脸。老人皱着眉，额头上的纹路也就显得更有力道,犹如眼前一圈圈的梯田,似装着满腹的心事。

杨佳拍了几张老人的特写。老人任由他拍,不为所动。老人看上去精瘦硬朗,是个长年干体力活的农人,但面部又显得儒雅,目光深邃,与一般老农不同,颇有几分先生的气度。杨佳想,此人应该就是王炳根了。他跟老人打招呼,本想说些客套话,比如赞赞他们的生活环境有多好,空气有多清新之类,但王炳根一副蔫蔫耷耷的样子,他到口的话就成了:

"老伯,坡头这片田都是你家的?"

"是啊,分家后,我家的田就剩两个地方,这一片和龟背坡那有一片。"

"龟背坡那片还种吗?"

"你看这片我都还没犁耙完呢,想是想种,但人老不中用喽。"

"可以请人种嘛。"

"请哪个哟,那荒坡荒岭的,自己的崽女都不愿意种,全往外面跑了,还请得动哪个去种呀。"

杨佳原本想好的一个说辞,是想劝王炳根荒掉别的田,以便腾出精力去种龟背坡的田,现在看来是行不通了。龟背坡离这实在太远了,又都是不好走的羊肠小道,就两个老人带个孩子在家,看王炳根精神似乎也不太好,单种屋边的这些田怕都困难。如果劝他丢荒屋边的田去种龟背坡,那也太不近情理。但杨佳又想,花钱未必请不到人种,他们不请人种是因为觉得不值,如果有不相干的人出钱,也许就不一样了。

杨佳不想直接表露自己的目的,就与王炳根聊着别的。王炳根显得有些高兴,也不问杨佳是来做什么的,只管吩咐老婆子杀鸡割韭菜。这让杨佳很不好意思,再三推迟。王炳根却非要留他吃饭。王炳根说,我这独门独户的,平时也少有人来往,你就陪我喝几盅吧。

王炳根搬出两张凳子在晒谷坪照得到太阳的地方邀杨佳坐下来。他看杨佳扛着照相机,就觉得是远方来的文化人,他像很久没遇着人说话一样,将憋在心里的话一股脑全倒给杨佳听。

他们从眼前的梯田聊起,聊到年轻人大批外出和田园的荒芜。王炳根说春节后，他的家就散了，先是三儿子初几就回城里上班，接着是大儿子一家举家外出，最后走的是老二，老二本来是要留下来的，但还是走了。那天，王炳根坐在大门的枋楞上，一双脚斜着横在门口处，二儿子家祥却一大步跨过去，连基本的礼仪都不讲了。王炳根又说我传你"维颡"，家祥嗤笑一声，说现在谁还稀罕那个，然后挎着大包小包，头也不回地消失在屋山头。真的是拦也拦不住，留也留不成。

王炳根说春节结束后，年轻人都出走了，没有人再请他去喝酒，家里也没有人陪他喝酒，鞭炮声不再响起，芦笙跳月的欢呼也消匿了，整个月亮山空寂下来，没了人烟一般。王炳根感叹他老了，确实老了，过完年，他就觉得自己的身体仿佛散尽的春节一样被掏空了，身子轻飘飘的，做什么都没有劲。就像一栋老房子，太旧了，没人愿意住了，没人住之后，又更加迅速地老旧和颓败下去。王炳根觉得他就像这样的老房子，觉得自己的身体正在迅速地颓败。春雷响了，春雨滴答滴答地下了，布谷鸟也越催越急了，面对层层叠叠的梯田，王炳根却再没有往年的勃勃雄心，有一种被遗弃的感觉。

他在山坡上走，路过一个牛棚是空的，又一个牛棚是空的，再一个牛棚还是空的，王炳根这种被遗弃的感觉就更加强烈了。王炳根说那些牛棚空空荡荡，东倒西歪，破败不堪，四周长满了杂草，周围的田地也呈现着荒芜。而以前的牛棚可不只是牛棚，还是另一个家，王炳根现在的家不就是以前的牛棚改造来的么。这连绵起伏的罗汉群山，没有一块宽敞平坦的土地，田地散布于大山间，离村寨远而又远，有成片梯田的地方，人们就会竖一个牛棚，备上锅碗瓢盆，丢一卷铺盖，垫上些稻草，就可当作农忙时节难得回家的临时住所。

如今，这些牛棚被遗弃了，那些历经几代人才开垦出来的梯田被遗弃了，王炳根和他那破败的老房子也被孩子们遗弃了，整个村庄都快要被遗弃了。

王炳根被这种遗弃感击打着，内心就生出一种焦虑。他到大寨去，一家一户地串门。他到小学的学堂里去，看孩子们读书打闹。他想寻回一点心中的热闹，可是，每从一户人家出来，他那种被遗弃的感觉就又增加几分。

"如果田地都荒了，挣再多的钱又去哪里买粮食，你说这世道难道还能变到不吃粮食光吃钞票？"

杨佳不知道如何作答。他有些想笑，现在只听说有粮食积压卖不出去的，没听说有钱买不到粮食的。他觉得王炳根有些思想老旧，似乎还停留在那些吃不上饭的饥荒年月里。但王炳根所说的荒芜与遗弃，这段时间他在月亮山区行走也深有同感，王炳根脸色严肃，布满忧伤，他便笑不出来，只好不时地"嗯哼"两声，算是应答。

没一会儿，鸡炖好了，王炳根拿出自家酿的百草药酒，喝了两口，气氛渐渐活泛了。杨佳再次把话题引到月亮山越荒越多的梯田上，他希望能跟王炳根好好聊一聊龟背坡。喝了酒的王炳根感慨道："他兄弟啊，你不晓得，土地是我的命根子，看到那些一片片荒掉的田土，我心痛得啊就像刀绞一样。但有什么法子，年轻人一拨拨往外跑，谁都嫌在家种田累。剩下我们这些老骨头，一年不如一年中用，虽有这个心，但没这个能力了，只能干着急啊。你就看我这个家吧，哪还像家呀。我和你伯妈这把岁数了，却越活越冷清。剩个妮子陪着我们，她奶忙里忙外，我们也不会逗孩子玩，这孩子快五岁了，话也不会讲几句。唉，不光那些田土荒了，我的这个家也要荒喽，'维颡'无人提起，也没人愿意学，我的那些经书荒了，连我的心都荒了啊。你看吧，只怕要不了多久，整个村子都要荒了呢。"

王炳根的语气感染着杨佳。杨佳本来雄心勃勃，一心想要拿到县里举办摄影赛的那个特等奖，可他来到虎头岭后，却老是陷在王炳根的荒芜感里，他想他的构想会不会搞错了方向？如果拍不到震撼人心的大图，别说大奖，可能辛苦劳累一年，连个小奖都捞不到。如果这样，不仅他的妻子姜芹饶不了他，他在文艺群里的颜面也过不去呀。杨佳想了又想，觉得龟背坡壮美的画面一定要拍成，龟背坡梯田或许将成为他月亮山系列的支点，是龙的眼睛，是锦上的花，用当下一个流行的词，叫亮点，没有这个亮点，他月亮山所有的作品都可能沦为三流的平庸之作。

杨佳不甘心就这样放弃龟背坡,也不愿继续在王炳根的荒芜感里沦陷。他说,"大伯,你看能不能农忙的时候,由我出点钱请人帮忙,别荒掉龟背坡的那些田?"

王炳根眯着眼睛盯着杨佳,似乎是想要看得清楚些,没承想有两滴眼泪却被挤出了眼角。他拉过杨佳的手,用力地握了握,像是在调整哽咽的喉咙。许久,他才说,"他兄弟,难得你对土地有这份痴心,难得啊,现在的年轻人,谁还会在意这些。也只有我们这些老骨头看不得田地荒,总觉得那荒掉的田地就是丢掉的一堆堆粮食,就是祖祖辈辈的心血和汗水。我也实在是不得已啊。其实,那些田荒了倒也不足惜,现在我心里梗着一件更紧迫的事,这件事才真正让我寝食不安,连种屋边这些田都没心思呢。"

杨佳无心关注王炳根梗在心里的是什么事,梗在他心里的事已经让他寝食难安了,他得先想法解开自己心里的疙瘩。杨佳将自己想拍摄龟背坡梯田去参赛的事说了出来,并一再强调他愿意花这个钱,到时收的粮食他一粒不要。

王炳根知道杨佳误会了,他紧握着杨佳的手,等不及杨佳把话说完就打断他。他说:"这不是钱不钱的问题,就算是你出钱,我在这山里也请不到人,如果能请到人,就不会有那么多的田土荒掉了。"

杨佳听王炳根这样说很是失望,连着喝了几口闷酒。王炳根也想着自己的心事,酒碗端端停停。醉意朦胧时,王炳根说:"兄弟,你可听过月亮山区的古歌?"杨佳便将那天听秋妹唱的歌哼了两句。王炳根又激动起来,连连击掌,说:"你会唱,太好了!太好了!不过那是最简单的曲调,你姑且听我唱一支?"

杨佳点点头。王炳根伸长脖子,将声音扯了出来:

(哪呃嘞)看天上星星三万,

看人间(哟)七万,

星辰三万颗(哩)看不明,

七万颗(喽)也看不均匀(耶伙耶哟耶)。

（哟嗬咿耶哟嗬耶耶哟咿哦耶耶哟嗬耶耶哟）！

（哪呃）月亮在那银河里面，
十三晚上亮到屋檐，
十五圆又亮，
月亮光铺满人间。
二十几（哩）成个钩（哩），
弯弯像牛角，
三十晚后又升（嗬）上来（耶耶耶耶）。
（哟嗬咿耶哟嗬耶耶哟咿哦耶耶哟嗬耶耶哟）！

  杨佳听不懂王炳根唱的是什么，只觉得那嗓音苍老绵延，如泣如诉，透过那曲曲拐拐的古老韵律，杨佳仿佛看到一群衣衫褴褛的男女，扶着老人，牵着小孩，跋山涉水，溯流而上，最后落脚月亮山，披荆斩棘、开荒造田、搭棚立屋，安居下来，然后繁衍生息，看着月亮升起又降落，看着岁月变迁，时光老去。
  一曲唱罢，杨佳看到王炳根眼里溢着泪水，他的眼泪也莫名地流了下来。

4

  从虎头岭回来，杨佳很是沮丧。这些天，他一直犹豫着要不要放弃最初的构想。也许，他应该去拍一些喜庆的场面，哪里过节、哪里有活动就往哪里跑，不仅可以免费享受嘉宾待遇，还可混个脸熟、蹭热度。可是，这样的摄影有什么意义？搞摄影之初，杨佳就给自己定下原则，人人都能拍的图他不拍，仅仅只有新闻价值的图他不拍。摄友们羡慕他总是遇到好时机能捕捉到那些精妙的瞬间，其实，他的哪张美图不是靠他勤奋、耐心与执着才拍成的。但这次。唉！这次关联的实在是太大了。可是，可是，特等奖与后面的奖项拉着那么大的距

梯田流云

离，为的是什么？欲获大奖，不下点苦功哪能轻易到手。

　　杨隹这样摇摆了几日，又兴奋起来。他回想这段时间行走月亮山的种种见闻，王炳根仿佛月亮山区一本厚厚的故事书。杨隹想，这不是老天为他打开的一扇窗吗，这不正是他要搜寻的故事吗，他可以一边拍摄一边记录，尤其是那些即将消逝的东西，会让他拍的片子具有更深远的意义。这样想着，杨隹又闪出了新的想法。他要走遍月亮山的大小村寨，一边用镜头记录，一边用文字叙述，然后做成一个系列，用图片讲述王炳根的故事，讲述梯田与乡村的衰落与演变，做出一部史无前例的纪录片来。如果这样强大而有意义的作品都不能斩获大奖，大概也没什么作品能够获得那个奖项了吧。不过，他觉得要让纪录片有亮点，还是得让龟背坡亮起来。

　　杨隹又去拜访龟背坡的其他田主了。他一家一家上门去，那些田主不是无人在家，就是没劳力耕种，有劳力的丘把田在那也不愿意去种。这是杨隹早就想到的，他也并不指望能够说服他们别撂荒那些田，他只是想去确认、知会一声，他们不种，他决定从镇上请人去种。他粗略预算了一下，单请人犁耙、栽秧，不施肥不管理不收割，费用应该不会太多。反正田土只要不荒，不影响入镜的效果就成，而一旦拿了大奖，这点花费又算得了什么。

　　杨隹再次来到龟背坡，确定他需要请人耕种的田块。可是，眼前看到的景象却让他惊呆了，不仅王炳根家的田，几乎是龟背坡所有荒芜的田块居然全都酿起了水，粼粼地闪着波光。杨隹心里塞满了疑问，但他顾不了那么多，趁着即将落坡的夕阳，拍了几张波光掩映、新绿闪耀的美图。一边收拾相机一边细想，是谁种了这些田呢？难道是有人将这些荒田承包下来了？不可能。这些梯田成本高产量低，谁会那么不长眼来受这个累。杨隹推算着，除了王炳根，他实在想不出还有谁会种这些田。可王炳根分明没精力种这些田啊，本就打算不种的，不可能仅因为杨隹说要拍照，他就把所有的荒田都种起来吧，当时杨隹说由杨隹出钱请人种，他也没答应啊。

　　杨隹带着满心的疑问前往王炳根家。到王炳根家时，天已经黑了，王炳根正撵牛进圈，满腿的污泥还没清洗。他老伴韦老英也才进家，两头猪在屋后嗷嗷地叫。见杨佳来，王炳根又让老伴去杀鸡，杨佳赶忙制止，拿出在镇上买的一挂肉。王炳根洗了腿上的污泥，就过来拉着杨佳的手，像见到久盼的亲人般，咧着嘴憨憨地笑，说："你可来了，可盼到你来了。"

杨佳不知道这期间发生了什么，但听到王炳根这样说，他便确信龟背坡的田定是王炳根种起来无疑。他于是说出龟背坡荒田酿水的事，问王炳根这是为何。王炳根没有否认也没有回答，而是领着他进了一个小房间。房间没有床铺，板壁上打了钉子架着几排木板，上面堆满了书，靠窗的地方摆着一张长宽桌，桌子一端摆放着一副笔架，挂着几支毛笔。另一端则被一只木箱子占去。箱子看上去年代久远，老旧厚重，但箱面光滑平整，在灯光下泛着丝丝金色的光，箱子边沿刻着一些不易察觉的花纹，一把铜锁扣静静地闭合着。整个箱子精致严谨，让人不自觉生出一份对远古的珍重。

王炳根轻轻打开箱子，介绍说箱子是祖上传下来的，传了多少代他也不清楚。箱子里放着王炳根出门扮"维颡"的行装，一顶和帽，一件绸锦团花长袍，几本手抄书和一块缠着红布的石头。王炳根取下红布，将石头搬了出来。石头呈椭圆形，下端大上端小，像一颗大型的鹅蛋，圆润精致，透着青幽幽的天然的石头光泽，虽然很光滑，但却没有刻意雕琢的痕迹，仿佛浑然天成。更奇的是石头上端有一个像一只眼睛一样的孔，那个孔同样圆润，没有雕琢的痕迹。杨佳以为这块石头是上好的玉石，他仔细看了看，却是坚硬而没有韧度的青冈石。杨佳迷惑了，他盯着那个圆孔，想不通那个圆孔是怎样凿成的，石头那么厚，如果用锥子锥，不够力锥不通，一用力还不都碎了么。除非水滴石穿，然后细细打磨，如果真是这样，那得费多少功夫啊。

王炳根说："这是他家的卜石，几乎每个初见这块石头的人都是杨佳这副表情。"王炳根说："世上有很多神奇的事，不是我们人力能够想象的。现代的人很聪明，电视电话创造了很多新奇的东西。但现代的人也越来越愚笨，往往舍本逐末，比如我那几个孩子，他们没一个

梯田流云

151

人能够看到这块石头的光泽，没一个人能够看到它的神性。老三不屑一顾，老二也不稀罕，就连老大也讥笑它。"

　　王炳根的话让杨佳听得一头雾水。他掏出相机，问王炳根可不可以将这石头拍下来，王炳根点点头。杨佳拍完石头，他又翻出那些磨得边都烂掉的少数民族文字的书示意杨佳拍。杨佳对着那些古老的书页"啪啪啪"地拍照。王炳根看到自己收藏的书一页页全被装进摄影家的相机里，心里便有几分激动，不停地拿那些困扰着他的问题问杨佳。

　　"他兄弟，你说我的这些书还有用吗？"

　　"有用，当然有，这些都是祖先传下来的财富。"

　　"他兄弟，这些书还有传下去的价值？"

　　"太有了，这是文化遗产，是我们应该重视和保护的珍贵遗产。"

　　"可是我的几个崽都不肯接班，村里也没有年轻人愿意传承了，都说这是迷信，是过时的害人的东西。我几时害过人嘛。"

　　"那是他们不懂，有些问题，应该辩证地看待，以后他们会渐渐懂得的。"

　　"我就怕他们懂时，我已经不在人世了。"

　　"巫术是古代文明的'外衣'，许多优秀而伟大的古老文明往往都与巫术混杂在一起，假如我们看不起巫术，那么，我们可能也见不到古老文明的理性之光。"这是大学时，毕业论文导师给杨佳讲过的话。当时，负责指导他毕业论文的老师得知他来自神秘的月亮山区，就强烈建议他写一写家乡的民俗文化，他说他并不生长于月亮山区腹地，也不会讲那里的民族语言，又嫌田野调查太烦琐，最后选了能够在图书馆查查资料就能完成的选题，导师对他是既失望又遗憾。现在，时机就摆在他面前，他是否要跟王炳根将话题深入下去呢？他是个怕惹麻烦的人，自然是觉得事情越简单越好。可看到眼前这个已年近七十岁的老人，身体看上去虽然硬朗，精神状态却不太好，杨佳心里深感忧戚，他在心里挣扎了好一会儿，才说："下次我给您带些构皮纸来，您老尽量记下你所记得的歌词和故事，为这些经书作些注解，可好？"

"你带构皮纸来自然好,只是我文化水平不高,很多意思说得出,却写不出。"

杨佳想,那就用录音笔,虽然录下来他也听不懂那些古语,不过作为资料的保存是很有必要的,他想以后总有人能听懂。

拍好照片,韦老英的饭做好了,满上酒碗,他们继续边喝边聊。杨佳心里充满感激,他表示王炳根种那么多田实在太辛苦,他愿意一有空就跑月亮山区帮忙干农活,他说他小时候就是个干农活的好手,现在虽然少干了,但他经常爬山,有的是体力。

王炳根却放下碗筷,抓过杨佳的手,捏了又捏,像要试探那手的力道,又像握着一份唯恐突然消失的希望。他说:"他兄弟,你信缘么,世间事都讲究个机缘,你说是不?"

杨佳不明就里,莫名地看着王炳根。

王炳根说:"我正愁苦,你就来到了我跟前,这不正是天意吗?你做我徒弟,我就是拼上老命也把龟背坡的那些田给你种出来。"

听王炳根这样说,杨佳简直傻了眼。他没想到王炳根拼着老命种下龟背坡的那些田,竟是要收他为徒。他不是月亮山区的人,也不懂得月亮山区的民族语言,他听说"维颡"的传人是很讲究的,王炳根有那么多后代,这月亮山区有成千上万适合做传人的人,王炳根怎么会看中他一个外乡人?这也太说不过去了。

王炳根看到杨佳木木的表情,急得眼泪都溢了出来。他在杨佳的手背上抚了抚,说:"他兄弟,你莫多心,我不是要拿这个跟你做交易,我实在是没法子啊,就算是我恳求你,你莫拒绝我,行么?"

杨佳不知道如何作答,只感觉浑身不自在,他慢慢将手从王炳根的手里抽出来,沉默着。

王炳根脸上布满忧伤,他猛喝了几口酒,开始喃喃讲述他连遭拒绝的历程。

5

王炳根说他本不打算将"维颡"之职传给二儿子,他的理想人选是他的三儿子家瑞。家瑞记性好，肯学习，他本打算培养家瑞做他的接班人。但家瑞一直埋头读书，对他奉若珍宝的那些经书和学识不屑一顾。每当他给家瑞灌输经文知识的时候，家瑞就把脸埋进自己的书本里，两手捂住耳，王炳根试图将他的手掰开，他就大吼起来，说他迷信，说都什么年代了，还去信奉那些老古董，他不但不学，还说要努力学习科学知识来破除他的那些迷信。王家瑞果然初中、高中、大学，一路顺顺畅畅地跳出农门，在城里谋到了一份体面的工作。三儿子虽然没有回来打倒他这个迷信头子，但要传给三儿子显然是不可能了。王炳根就想着将衣钵传给二儿子。可是，没有一技之长、老实本分的老二家祥也宁愿远走他乡，对他的珍贵的经书、神奇的卜石，以及他在这个村庄至高无上的"维颡"地位不屑一顾。

王炳根说老二家祥也不愿接他的班后，他的心就有些慌张了，他打电话给老大家福，说他以前不传位于他，是时机还不成熟，现在他是快入土的人了，希望家福能回家来接过他的衣钵。家福说，十多年前我想学你不让，现在鸡蛋臭了、寡了、没人要了，你就想硬塞到我碗里来，哪有你这样当爹的，你不臊我可觉得恶心。他没想到家福会说出这样的话来，这话让他难过了好一阵子。

接着他又诉说近来的遭遇。他说王炳先家的孙子要出生了，王炳先老早就跟他约定，让他给他的孙子排八字，做祈福的仪式。但几个月过去，他都没有接到王炳先的消息。一打听，才知道孩子是在县城的医院生的，月子也是在城里坐的，王炳先老两口也跟着到城里抱孙子去了。

韦老鸟生病，差人来喊王炳根，王炳根将卜石请出来，一起去了韦老鸟家，还未开始看病，卜石就被韦老鸟家的儿子一把扔下田坎，王炳根也被赶了出来。王炳根和他那块神奇的石头从来没有遭受过这样的屈辱。王炳根气得脸膛发紫："你你你你——"指着那年轻人的鼻子却一个字也骂不出来。

这些事发生之后，王炳根沮丧到了极点。他觉得人们对他的不敬就是对神灵的不敬，就是对祖先的不敬，对过往历史的不敬。这么多年来，虽然他掌握的咒语和草药不是特别的厉害，但即便华佗在世，也不可能医好所有的病痛吧。他凭着自己的热心，上山采药，求神祈福，救治了多少人，又免费帮助了多少贫困的家庭。就算不是所有的病都能治好，他也应该享有最起码的尊重。王炳根想不通现在的年轻人到底怎么了，到学堂到外面的花花世界都学了些什么知识，怎么一个个都钻到牛屁眼去了么。

王炳根在家里闷了几天，为着一种使命感，他又拿着他的经书到学堂里去给孩子们上课。但学校里唯一的老师不让他进教室。那位老师说："现在就六个学生了，你还要来抢我的学生吗？"王炳根靠在窗外听孩子们读了一会书，孩子们说的全是普通话，那位老师也根本不会说他们的民族语，王炳根失望地离开了。

王炳根去找村长。村长是村里留下来的为数不多的年轻人。他早年高考落榜就到外面打工，几年后攒了些钱回到村里，承包了一片荒废的梯田种板栗，说是要带头搞经济作物示范种植，是个不错的小伙子，颇有当年王炳根的风范。

王炳根来到村长家，村长正要出门。其实王炳根来找过村长好几回了，但都没遇着。王炳根怕耽误村长要事，正准备回，村长却将他招呼进屋，让妻子架上锅子，打来自酿的百草药酒，陪王炳根坐下来，边吃边聊。王炳根端起酒碗就开始不住地夸赞村长，说村长年轻有为，有思想，有干劲，敢担当，不像其他年轻人，只晓得往外面跑，留下老弱妇孺守家，就图自个快活。村长不停地翻着手机看时间，他说："伯，你就把我当作自家的孩子，那些让人害羞的话就别说了，有哪样事你直说吧。"王炳根闷着头，连喝几碗酒下肚，终于打开胸襟，将自己近期的种种担忧和盘托出。他说："讲了这么多，我就一个目的，我实在是找不到人了，想来想去，还是你最合适，你就做我们村'维颡'的接班人吧。你是一村之长，你得有点担当意识，我们不能让祖先传承下来的经验就这样消失啊。"说完，王炳根被皱纹挤成缝隙一样的老眼竟凝出两颗浑浊的泪来。

见王炳根这样，村长也沉重起来。他不说话，只端着酒碗喝酒，大概是在思考王炳根所讲的事，也或许在组织婉言回绝的话。

梯田流云

155

静默了一阵子后，村长说："伯，我现在还有事情要忙，你看，乡里还有人等着我谈事情呢，你容我考虑考虑，过几日再答复你。"

王炳根连连说："应该的，应该的。"便满心欢喜地告辞回家。

回到家的王炳根高兴得就像得了奖励的孩子，不等韦老英催促，他就去喂牛了，还对着他的牛唱起古歌来。

    望山坡（哟嚋咿耶——哟嚋耶耶哟），
    青青的小草（哟）绿绿的禾，
    时光一转（哩）——弯镰割；
    （哟嚋咿耶——哟嚋耶耶哟——！）

    过竹林（哟嚋咿耶哟嚋耶耶哟咿哦——），
    短短的笋子——（哟）——毛毛的衣，
    风雨一袭（哩）层层剥；
    （哟嚋咿耶——哟嚋耶耶哟咿哦耶耶哟嚋——！）

    层层的梯田（哟）——白白的云，
    稻穗泛黄——（哩）弯了背，
    稻穗泛黄弯了背（哟）——
    弯了背——

他一边唱歌，一边又扛上他的犁耙，撵着他的老黄牛开始打水田了。他想村长不忙的时候，他就到他家去教他唱古歌，教他读那些八卦一样排列着的象形文字。以前拜师学艺，徒弟每天都得帮师傅干许多的活，师傅才会教一些，现在却是他主动上门去求着徒弟跟他学。不过他想，得村长那样一个聪明伶俐之人做继承人，他就是死也瞑目了。

然而，尽管王炳根做好了屈尊上门的准备，村长还是拒绝了他。

村长说他现在太忙了，没空去顾及其他的事，他要忙村里的基础设施建设，要忙着带头搞示范种植。他说当下得先把经济抓上去，人民群众的生活富裕了才是最紧要的，经济上不去，其他一切都是空谈。村长还劝慰王炳根，说时代在变，风俗习惯自然也跟着变，那些所谓的民族文化值得传承的自然会随着时代的脚步传承下去，而那些逐渐消失的东西是被时代淘汰掉的，又何必强行挽留。

王炳根没想到村长会说出这样的话来。这段时间他总是一开口就招来拒绝，只有村长和颜悦色地待他，只有村长说了要考虑考虑。他本以为村长是答应了他的，只等着拣他有空的时候，挑个良辰吉日就拜师传位。他满怀着希望，却遭到了更沉重的打击。虽然村长很礼貌，语气很缓和，王炳根却有如重重摔下田坎的感觉。

没收到徒弟，王炳根还有一层隐秘的忧愁。他当"维颡"的几十年里，给多少逝去的人念经超渡。走得安详的、不安详的，死者以及家属都会在他抑扬顿挫的念经的古调里获得安抚。如今，月亮山区有人去世，照例是要请王炳根去做法事的，似乎也只有这项传统的习俗还没有遭到年轻人的反对。也许是死者为大，年轻的孩子们不想拂老人的意，所以就一直遵从着这个古礼吧。可是，收不到徒弟，王炳根若去世，谁又来给他走一走这个古礼呢？遵行了上千年的古礼，一个古礼的施行者，最后自己走时，却未能行这一古礼，这不是天大的笑话么。王炳根认真、严谨、积极、热情地生活了一辈子，他可不想最后成为月亮山区的笑柄。

思想了多日，王炳根更加郁郁寡欢，整日端坐于门口，拿根烟杆，"吧嗒吧嗒"地看着烟圈浓了又散，散了又浓，就盼着有个人能突然到访，让他一吐心中的不快。他甚至想，如果有人能主动上他的门来，不管是男是女，不管年老年少，只要来人愿意，他也就不管那些规则，决定慷慨传位。他正这样想着，杨隹就出现了，这简直是天意。然而真要传位给杨隹，他却是有很多顾虑的，毕竟杨隹不是月亮山区的，他摸不准杨隹的态度，怕遭杨隹拒绝，所以第一次他就没有开口。后来杨隹走了，他越来越怕像很多地方的"维颡"一样，他的那些东西也只能默默地跟着他埋进土里，最终消失。一想到这层，他就急得如同热锅上的蚂蚁，像要抓住救命稻草般急切地想要抓住杨隹。他去种

梯田流云

157

龟背坡的田，不仅种自己的，还将那些空着的田全部种起来，为的就是让杨佳开不了回绝的口。

杨佳听王炳根絮絮叨叨讲着他的那些事，这期间王炳根又唱了好些古歌，杨佳仍旧一曲都没听懂，但他总觉得苍老的声音配上古老的曲调，那音韵仿佛涵盖了一个民族久远的历史般意蕴深厚，他被震撼着，听到动情处，眼里竟盈了泪水。

杨佳并非觉得王炳根的东西毫无价值，但感动归感动，真要拜师他心里却是发怵的。他对王炳根口里的"维颡"不是很了解，总觉得对于他的公职身份会是一种伤害。他担心万一被人知道他成了"维颡"的传人，单位会因此将他除名，那就太得不偿失了。可是，王炳根荒着屋边的田不种，却将龟背坡的田种起来，不仅种自己的，还将别人的荒田也一并种了，这份情义他又如何拂得下去，他如何狠得下心去摧毁一个老人最后的希望？

杨佳想了想，终于说："我可以跟你学经书、唱古歌，但不拜师，行吗？"

王炳根的手抖了起来，眼里透着失望。他颤巍巍地说："不拜师，心不诚。心若不诚，则无灵性。"

这话让杨佳羞愧难当，脸一下子红到了脖子根，还好有酒作掩饰。他不敢直视王炳根盈着泪水的目光，但他一下子读出了这个老人的孤独、落寞和期盼。此情此景，他再也说不出拒绝的话，想不出拒绝的词，哪怕他不是月亮山区的人，哪怕他根本听不懂那些经文古歌的曲调，哪怕他是有着公职身份的人，他也不管了。他点了头。他想他是有点冲动了，也许月亮山区的百草药酒起了催化作用，但他愿意为他此刻的决定作出最大的努力。

王炳根摆起社台，像当年他父亲收纳他为徒那样，他终于也收了徒弟。

## 6

后来的日子，杨佳只要一有时间，就往王炳根家跑，学习古书经文，学唱古歌曲调，和王炳根一起下田干活。周末、五一、国庆、年假，几乎所有的业余时间都泡在了月亮山里，而他也没有失望，每次归来，都是满满的收获。

王炳根更是卖力。他每天天没亮就出门干活，晚上总是点着火把进家。杨佳来时，他就洗净手脚，唱古歌，传经文，有时也带着杨佳下田干活，上山识药。他常常累得吃了饭喝了酒，泥土巴沙地倒床就睡，第二天醒来浑身僵硬，但他照例天没亮就起床，脸上挂着笑忙出忙进。村里的人不晓得他收了杨佳为徒，都羡慕他捡了个那么好的干儿子。尤其是那些孤寡在家的老人，每看到山里有外地人进来，他们就会特别热情，也希望能像王炳根那样，与某个素不相识的外地人结下深厚的情谊。

一年下来，王炳根黑了、瘦了、老了，但也觉得对祖先他终于可以有所交代。杨佳也黑了、瘦了，但他显得精神更好，干劲更足。这一年，杨佳虽然没学会唱多少古歌，也背不下来那些经书，不过王炳根能感觉到他越学越爱，不仅为王炳根做了录音保存，将各种资料分类记录，他还说要配上他的图片和文字，连同王炳根这个最后的"维颡"一并进行宣传。王炳根倒并不是想出名，有人看重，有人觉得这东西有价值，他就满心欢喜。在他们辛劳的付出下，龟背坡这一年呈现出了从未有过的最美的四季，而杨佳也越发明白他记录这一切的非凡意义。

终于离大奖揭晓的时间越来越近了。

所有提交了作品的摄影师们都热切地期盼着。

杨佳将他这一年在月亮山拍到的作品进行整理，分成三个系列分别投了山水风光、人文纪实、艺术创作三类奖项。又做了一个综合的册子，配上美好的文字报送上去。当文艺群的同伴们看到他拍摄的龟背坡梯田图集时，一个个惊讶得眼珠子都要掉出来，纷纷发表赞叹和感慨。看到大家的赞誉，杨佳心里挺美的。他也很满意那些图。晨曦、黄昏、彩虹、雾澜，水波粼粼、绿禾茵茵、金谷灿灿，以及梯田收割后的空旷、苍凉，他都拍到了，还有山间那些可遇不可求的动人的生活场景，以王炳根为主线的人物特写，以及蜻蜓、松鼠、菌群、红叶、花朵

梯田流云

这些微小的生物也在他的镜头下栩栩如生，宁静空灵，无不彰显着生命的美好。这一年，他付出了许多，也收获了许多。他想若能获奖，也算是对迁就了他一年的妻子有所交代了，也不枉他为此付出的执着与艰辛。

可是，截稿时间过去好几个月，主办方一点动静都没有。心急的摄友们上门去问，最初说是年底工作太忙，后来又说是县财政困难，资金紧张，申请的项目款迟迟没有到位。工作人员答复时还宽慰大家说，时间早晚的问题，你们就耐心等着吧，党委政府联合下的文，认欠不认骗，你们放心好了。大家说，奖金晚一点没关系，但作品应该先评审出来呀。

摄影师们差不多是凝神静气等了半年之后，大概是出于多方面的压力，主办方终于将摄影大赛获奖的名单公布出来了。只是公布的结果大大出人意料，让人紧攥着拳头的手几乎都抽了筋。也不知他们是如何进行评审的，首先是特等奖空缺，其二是一二三等奖的获得者多是机关部门的要员，其三是文末附着一条说明，声称县财政资金紧缺，征文时公布的奖金暂时折半兑现，日后项目款全部到位再一一补齐。

这一结果公布出来之后，许多人怨气冲天，但更多的人仅是嘿嘿一笑，仿佛一切心知肚明。

杨佳所有的作品都获了奖，也就是说他所有的图片都得到了认可，都将被收入县里的图片库，但他的辛苦付出却没有得到应有的回报。他尽心尽力做的那一份奔着特等奖去的月亮山农耕纪实图集，收纳了上百张照片，上万的文字说明，结果只被当成一组作品获了个人文纪实类的三等奖，其余的都只得了优秀奖，奖金又打了对半的折扣，加起来还抵不上他这一年跑月亮山所花去的路费。

结果与期望大相径庭，杨佳一时无法接受。他和妻子姜芹一开始就寄予着极为现实的梦想，奔波一年作品出来之后，他又有着笃定的信心。这一年多时间里，包括作品交上去之后的等待，他虽然表面平和，但内心倾注的力量实在是太大了。就像拔河时他拼尽了全力，还未分出胜负那一头却忽然松了手，将他弄得人仰马翻，不仅没有胜出，还显得极为狼狈，十分尴尬。而且，姜芹要是知道了，还不晓得会怎么样呢。杨佳越想越生气。他带着一个文艺青年的单纯与正气，约了几个同样义愤填膺的摄友，一起到主办方那去质问领导。

他拍了领导的桌子，说："你们也太欺负人了，把我们摄影人当狗吗？！丢了根骨头让我们争着看谁表现好，大家拼尽全力，却说谁都不够格啃那骨头。没有骨头你们一开始直说啊，弄什么特等奖哄人！然后又廉价收购我们的劳动成果，真当我们都是傻子吗？！"

那领导倒是挺大度的，杨佳拍了他的桌子他也依旧笑吟吟的，不管杨佳他们如何吵嚷，他始终一副静心聆听、和蔼可亲的表情，还让工作员给杨佳他们沏茶。杨佳他们各自一股脑地发了通牢骚，见那领导始终和颜悦色，竟都哑了口，不知道再说些什么，反倒不好意思起来，只得埋头喝茶。

等杨佳们都安静下来之后，领导开口说话了。他说："你们有什么不满，有什么意见或建议都可以跟我们提出来，我们是非常欢迎的。只是你们所说的欺骗、廉价，这也是不存在的。摄影这东西本就没有一个特定的标准，谁能说谁的好谁的不好，谁的有价值谁的没意义吗？我相信一幅作品面前，每个人都各有各的尺度，正所谓一千个读者有一千个哈姆雷特嘛。既然没有统一的标准，我们自然是按照我们的需要来选评。至于奖金对半发放，是因为赞助这次活动的某集团公司因经营不善，已自顾不暇，没能力兑现承诺了，是领导看大家辛苦，才从百难之中挤出点资金来安抚大家，还希望大家能够理解、支持和体谅，先发一半，另一半也不是不发，等县里财政宽裕些就会补给大家。"

关于某集团公司的事，杨佳他们是有所耳闻的，好像是财务方面被查出了什么问题。但瘦死的骆驼比马大，这点钱于他们而言算得上什么，谁知是不是哪个干部为中饱私囊故意整出来的馊主意？

领导说，"你们不信我也没办法，事情就是这样，你们请回吧。"说完便让工作人员把他们请出去。

几个年轻人心里憋火得很，有人说："特等奖和其他奖金相差那么大，我看你们一开始就是策划好了想赖账的。"

"就是，什么集团撤资，我看纯粹是哄鬼。"有人叨咕着。

梯田流云

161

"我看一开始就是陷阱，赤裸裸的骗子行为。又想网罗好图，又舍不得花钱，简直是当了婊子还想立牌坊！"

杨佳气愤至极，有点口不择言。领导脸上有了愠色，提醒他们注意文艺家身份，说话文明。这让几个血气方刚的年轻人更加来气。他们说："别跟我们提什么文艺家身份，也别跟我们说什么文明。你们把我们当文艺家了吗，你们把我们当叫花当傻子呢，你们先骗取我们的劳动成果，过后就来哭穷，还那么理直气壮，这就是文明？你们今天这吃饭，明天那嗨歌，随手一挥就几千上万，说什么接待也是生产力，办个大赛却徇私舞弊、克扣奖金，这就是文明？你们无视他人的付出，只会坐在办公室里放响屁，这就是文明？"

他们越说越来气，几乎就要指着那位领导的鼻子骂起娘来。那位领导脸上的笑容终于挂不住了，红一阵白一阵。但是，他还是尽量缓和语气，说："不就几张图嘛，你们都是有单位有脸面的人，为几张图这样闹，至于吗？"

杨佳一听，几乎咆哮起来。他吼道："几张图？你倒说得轻巧，你知道这些图是怎么拍来的吗？有单位有脸面？你语气和缓却暗藏杀机，分明是你们做了错事，却还想威胁我们，我们可不吃这一套！"

杨佳他们仿佛多年积蓄的怨气借这个出口全部爆发出来一样，又好像是他们几个无意识就充当了炮灰的角色。结果双方都是话越说越离谱，架越吵越热闹。最后，他们说那侮辱人的奖金不要了，这个骗人的赛事不参加了，要求主办方将他们传来的图片立刻、马上全部清除，不，是全部粉碎。主办方不肯动手，他们就自己动。结果推搡之中，有水杯从桌上掉下来，"啪"地摔碎了，电脑也在抢夺之中被扯了线，变了形。于是，有人报了警，最终以打砸闹事的罪名将杨佳几个刑拘起来，关进了县公安局的看守所。

## 7

就在杨佳被关进看守所时，王炳根也出事了。

龟背坡的谷子收进仓之后，王炳根累得浑身散架，到了立冬之日，就躺在床上一病不起。接到王炳根病重的消息，家祥和水芬回来了，家福一家也回来了，家瑞也请了假回家看望。他们要送王炳根上医院，王炳根执意不肯，说没什么病，就是累的，躺躺就好。他这辈子就没进过医院，平时有点小病小痛，都是用的土法子或山上的草药，他也是这样给村里人看病的，自己一点小懒病就上医院，成什么体统。孩子们照顾了数日，免不了数落王炳根，说他纯粹是自讨累受，又没几个人在家，种那么多粮食，几年都吃不完，山里交通又不好，卖也卖不出去，光留着发霉，这是何苦嘛，不为自己考虑，也该为孩子们想一想吧，现在谁的压力都大，出趟门多不容易。王炳根别过脸去，不愿意听他们的唠叨。骂他们不孝吧，他们听说他生病，就立马赶回来。但是，他们谁又能理解他的苦衷、正视他的焦虑？养了这些崽像没养一样，倒不如一个萍水相逢的徒弟贴心。

韦老英在一边抹着眼泪。虽然她不懂得汉话，听不懂王炳根与杨佳的交谈，但这一年里她明白王炳根为何如此拼命，她不曾劝过王炳根，她知道她劝不住，她只懂得做好自己的本分。这一辈子，她都只懂得做好自己的本分。虽然几个孩子都是她一手带大的，按理应该跟她很贴心。但孩子们长大后，出去了，见了别的世界，回来说的话不一样了，而她至今还从未踏出过这绵延的罗汉群山，她都不知道如何跟他们交谈，她想如果王炳根比她先走一步，她以后的日子要怎么过呢。韦老英越想越伤心，嘤嘤地哭着。

王炳根在床上躺着，一日比一日消瘦，状况越来越不好，常常腹痛得彻夜难眠、食不下咽。他想将徒弟杨佳叫来，让他来念念经、唱唱歌，心情好了，身体说不定就会好起来。他的几个儿子却不同意，不让他给杨佳打电话，还强行将他送到了镇上的医院，又送去了县城的医院，后来还送到了省城的医院。从孩子们的神情上看，他的病似乎很严重，但孩子们不告诉他是什么病，也不让他回家，每天都是不停歇地检查、输液，与各种仪器和药水打交道。这对于王炳根来说是致命的打击。他信奉阴阳两世、生死轮回、无疾而终。他一生都在用草药和经文帮助身边的人驱赶病痛，若尽了心力也驱赶不了，那是今生的世缘已尽，生命即将开启下一个轮回，而他们要做的就是安心、坦然地等待。只有走得安详，了无遗憾，下一个生命的轮回才不会有太多的痛苦，来生才能过得幸福、和满。

王炳根闹着要回家。他想把徒弟杨佳叫来，他还有许多的歌没有录下来，还有许多的故事没有说给杨佳听，还有好几本经书还没交杨佳读通。他知道他的时间不多了，他必须在他生命的最后关头完成这个使命。可是，他的孩子们打着为着他好的旗号，不让他有任何想法，要求他配合医生，安心把病治好，为此，要他们花多少钱都在所不惜。王炳根动弹不得，他的诉求孩子们又不理会，在省城的医院一日日干耗着，虚度着他最后的光阴。他一日比一日焦躁，病情也一日比一日严重，最后，说不出话，视力模糊，食不下咽。他的孩子们极力抢救，但还是回天无力，只得又将他拉回月亮山区。回到县城，王炳根就不行了。他痛苦地挣扎着，呼呼地出气，眼睛很用劲地想要瞅着他的孩子们，但目光空泛，似乎怎么用力也凝聚不起来。他又试着把手抬起来，刚抬离一点点就掉落下去，又试图抬起，却仿佛那竹枝一样的手有千斤重般再也抽不起来。此刻的王炳根，疼痛使他的面部扭曲、眼窝深陷，看上去颇有些狰狞，好像黑白无常已经勒着他的脖子，他却有不甘心的事迟迟不肯闭眼，连围观的人也觉得痛苦不堪。家祥凑过去哭问，你放不下的是什么呢爹？王炳根扭动起来，伸了伸脖子，喉结蠕动了两下，声音却没出来。家祥说，是我娘么，我们会照顾好她的。王炳根的头微微地摆了摆。那是妮妮？娘以后跟老三在城里住，妮妮我和水芬带出去跟着我们，你就放心吧。王炳根又微微地摆了摆头。韦老英用他们的民族语说，老头子，你是不是想交代孩子们给你请"维颡"操持后事？王炳根终于点了点头，长长地顺了一口气，面部表情渐渐舒缓了，甚至还有了微微的笑意。王炳根就这样走了，给他的孩子们抛出一个球，就去了另一个世界。

这个球是必须接的。王炳根死于归家的途中，死前又被病痛折磨，这已经够可怜了，何况他又是一个信奉了一世神灵的"维颡"，怎么能让他的魂魄飘于半道归不了家呢。王家的子孙就算再不孝，再文明，也得按世俗完成王炳根这个临终的遗愿。

王家瑞只好进城来寻杨佳，可杨佳却偏偏被关进了看守所。王家瑞找相关部门了解了情况，希望有关方能通融通融，毕竟死者为大，人死了，天气也渐渐热了，等不起。但公安局的人说，等不起就别等，这事是能求情的吗，如果事事都网开一面，闹事者只会更加得寸进尺。王家瑞灰溜溜地回到云岭，让大家另想办法。可是，整个月亮山区，王炳根就是最后的"维颡"，杨佳虽然是个外乡人，只跟王炳根学了一年，也许还学不到什么皮毛，但他毕竟是王炳根摆过仪式，拜过香火的唯一传人，除了杨佳，还能有谁？王炳根的族人，尤其是那些上了点年纪的，听到王家瑞的叙说，都愤慨得不得了，他们又组织了一批人前往县里，决定先求情，若实在求不下，就来蛮的，他们认为"规定是死的，人是活的"，只要犯的不是大错，总有办法将人给要出来，连在县城生活和工作的王家瑞也劝说不了。

平日里的月亮山区，总是空荡荡的让人徒生寂寞。然而，一旦有事，比如丧葬这样的大事，月亮山区里的人，就如同地里翻出的土豆，一堆堆，一窝窝，多到你都不敢相信。加之好事者的围观，一个简单的事件突然就变得壮观了。有关方感觉到了压力，却不明就里。

终于，月亮山区的人说，我们不是来闹事的，我们只想要一个人，就是借一天也行。

要谁？

要我们的"维颡"。

就这样，杨佳再次成了小城里的新闻人物，与他有关的事又一次闹得沸沸扬扬。杨佳从看守所出来，接过王炳根留下的那件袍服，却反而坦然了。虽然他从未想过要成为真正的"维颡"，从未喊过王炳根一声师傅，甚至都没学会什么。但此刻，他虔诚地穿上了一个"维颡"应有的行装，轻轻地翻开王炳根留下的手抄本，像王炳根那样虔诚地诵念起来。

梯田流云

东方有秽,净水洒净;
南方有秽,净水洒净;
西方有秽,净水洒净;
北方有秽,净水洒净;
中央有秽,净水洒净。
扫天天净,扫地地净,
洒人人净,洒鬼鬼净;
吾奉太上老君,急急如令。
……
今朝早来,金鸡未啼,
牛犬未叫,豺狼未动,
虎未行,我师先行;
化神来早,我师来早;
脚踏白头,前有朱雀,后有玄武;
闲水净水,闲时不来,也了度水;
度到度,堂光明……

开始他的声音有些生硬,像背条文,但很快他就渐渐找到感觉,也如王炳根般抑扬顿挫起来。他一边唱念,一边就有了哭腔。他想,这是老天给他的惩罚啊!活该没拿大奖,活该被欺骗,谁让他一开始就动机不纯,要不是他利欲熏心,就不会落入那个富丽堂皇的陷阱,也就不会连累王炳根老人。这是老天要给他的一个教训,这是他做下的孽啊!如今,他只有在这抑扬顿挫的经文的古调里才能获得些许舒缓的抚慰。他从没留意这些经文竟是那般好,仿佛一滴一滴的雨露,正从一片空蒙之境缓缓掉落,每一滴都发出一声幽远的脆响,水滴涟漪处,混沌渐开,丝丝流云漫过层层梯田,世界慢慢清朗明晰起来。

# 女人树香

## 1

男人鼾声响了一阵，树香就蹑手蹑脚地爬起来。她想收拾几件换洗的衣物，又怕把男人给惊动了。她想再吻一吻儿子，儿子被男人的手压着，她不敢去掀那只手。要在以往，她肯定会掀开。掀开那只手，男人就是醒了，也只会随手给她一耳光，或是一脚将她踢下床。

不要造次，什么东西都别拿，爬起来就出门。

她想起春桃的叮嘱，看着儿子熟睡的小可爱模样，别过脸去抹眼泪。

你离开了，待他长大，说不定你们还有相认的一天。你要是被打死了，阴阳两隔，那才真是永远无缘再见。

别犹豫，狠狠心就过去了，啊。

狠狠心。狠狠心。我似乎能感觉到树香在心里这般默念着，她任凭眼泪流淌，趁着月光轻手轻脚地走向门边。门"吱呀"一声，吓了她一跳。男人若醒来，就说去解手。她这样安抚自己，心跳稍微缓和了些。走过后阳沟，来到屋山头，一

个陌生女人果然在那等着她了。

月光好得很，像撒了一地的碎银子。

要是能捡起来，该多好啊。

每遇到月光明亮的夜晚，树香总这样想。捡起来，缝一套盛装，在出嫁的时候穿，也许她的命就不会这样苦了。可惜月光不是银子，可惜她的父母早亡，跟着哥嫂，能够长大成人，就很不错了。她盼着能嫁个好郎君，有自己的家，靠自己的双手把生活过得火热。

她不知道哥嫂要把她嫁给谁。她只知反抗不得，一切听天由命。她很早就开始积攒碎布、丝线，出嫁前，为自己绣了一条百布拼接的花罗裙。

有人说，这姑娘真是手巧啊，如果缝上吊珠或羽毛，那真是最美的罗裙了。谁说不是呢，可惜了，有银饰相配才称得上盛装，没有银饰，不过就是叫花子的补疤衣。

嫂子牵着她走向郎家时，她听到有人这样议论。"叫花子的补疤衣——"那人的尾音拖得长长的，落在树香心里，顿时便升起一种不祥之感，她后悔怎么不挑选一些好看的鸡毛鸭毛缝上去。

别人缝的都是又长又轻的鸟羽，我哪好意思去捡鸡毛鸭毛来缝，其实后来缝鸡毛鸭毛的大有人在，只怪那时太年轻，十七八岁，脸面薄得像纸。讲到这里时，树香如是说。

她家穷，郎家更穷。跟父母哥兄分家后，就一个火塘架着个鼎罐，一张床一铺卷儿。然而树香欢喜。丈夫虽有耳疾，要大声大气地说话才能听见，但他身强力壮，人也勤快，他们分了自己的山，自己的田，自己的地，要不了几年，还了债务，相信日子就能越过越甜润。可是，日子还没给她多少盼头，厄运就来了。男人去拖木头挣钱，因为耳背，听不见喊，被一棵不按原定方向倒下的大树给压得脑浆开了花，死状惨烈，又是夏天，没怎么交涉便就地火化了。主家说倒霉得很，要知道他有耳疾断不会请他，只肯赔了很少的钱，刚够还他们结婚欠下的债务。

葬了男人，她就成了闻名十里八方克夫的"扫把星"，被公婆赶出了家门。无路可去的树香回到哥嫂家，她原来的房间已腾给两个侄儿住。她在堂屋打地铺滚了一阵子，就跟着一个说媒的女人来到了第二任丈夫的家。

第二任丈夫倒是没什么残疾，不过从小好吃懒做，因而老大了也娶不上媳妇。他父母要他出去打工，好拐个媳妇回家。他说出去打工就是去给人家当佣人做奴隶，放着自在日子不过，谁要去受那份罪。父母喊他去干活，他又说活这东西越做越多，少做一点又不会死人，我想做时自然会去做。父母劝不了他去打工，又喊不动他做农活，开始还为他娶媳妇的事心急如焚，四处东访西问，张罗了几年都没张罗成。后来过了适婚年龄，眼看娶媳妇的事变得越来越难，老两口怒其不争，心灰意冷，索性眼不见心不烦，将老屋丢给他，都住到大儿子新屋带孙崽去了。没有了父母的管束，他更是每日睡到日晒三竿，肚子饿了才起床到村子周边转悠，看到谁家地里黄瓜、茄子正好，就顺两个回家。家门口的草长得没脚了，也懒得弯腰拔一拔。

树香来了，没有怨言。她先是拔了门口的杂草，然后就扛着锄头下地。男人跟在她后头，看着她窈窕的身段，很是得意。他们出双入对，将荒下的活一点点捡拾起来，那幢位于村庄高处的老房子又如常地升起了袅袅炊烟，重新沾染了人间的烟火气。

这一切让村里其他光棍眼红得紧。

有人说，简直是鲜花插在牛粪上，想不到懒人吉安竟然还有这等福分。

他那叫久等得贤妻，懒人自有懒人福，唉，谁叫咱没这福分呢！

也有人说风凉话：知道她为什么会嫁给吉安吗，我听说她是"扫把星"，刚出嫁几天就把第一个丈夫给克死了。

是了是了，我也听说，那男人身强力壮的，好端端就突然横死，那死得叫一个惨。

别看她长得秀气，低眉顺眼的，这种女人最是克夫。送你你敢要吗？

……

这些话入了吉安耳朵，吉安就渐渐变了。他先是以怕被克死为由，

女人树香

169

再也不肯出门干活。后来他又听说只要他足够强势，能把女人训得服服帖帖的，就是再厉害的"扫把星"也克不了他。打那以后，吉安就开始迷上了殴打老婆。

打牌手气差，心情不好，回家打老婆；听到别人讲他闲话，又不敢跟人家理论，回家打老婆；老婆出门干活回来晚了，边打边骂，说天黑都不晓得回家，是不是想在外面勾引野男人。村里修建自来水，凡参与投工投劳的家庭，就可把水接到家里去。树香一同去挖沟，挖到一半被吉安知道，跑到现场将树香打了一顿，又逼着树香将挖好的沟填埋掉。有人看不下去，劝他，说自来水是多大的实惠呀，怎么不接？他说接了自来水，那还要老婆做什么，娶老婆不就是娶来挑水洗衣煮饭服侍咱的吗。没酒喝了要打，喝醉酒了也要打，就连吃菜吃到了辣的辣椒，也会一耳光朝老婆甩去，说种的辣椒那么辣，是想害死我呀。反正他有的是理由打你，你若跟他争吵，跟他对干，他就往死里打。他们的第一个孩子就被他打得流产了，第二个孩子是公公婆婆轮流到家里守着才平安来到这个世上的。孩子出生没多久，公婆相继去世，吉安殴打树香就打得更欢了。

村里的女人同情树香，劝树香离了算了。树香看着地里自己种出来的庄稼，摇摇头。离了，她又能去哪呢。她没上过学，大字不识一个，汉话也讲不利索，在这里挨着，好歹有一份可供她劳作的田土，有一个可供她躲雨的屋檐。也有人劝吉安，说你这样打老婆，就不怕把老婆打跑了？吉安得意得很，他说打了这么多年不是没跑么，以前没孩子都没跑，现在孩子就是她的紧箍咒，打死她都不会跑的。

树香身上旧伤未愈又添新伤，就没一个时候是好的。但她仍旧任劳任怨，耕田种地，抚养孩子。孩子长到五岁，树香感觉身体越来越吃劲，人也渐渐懒了，便丢荒了一些远坡的田土。树香一懒，他们家的生活就变得窘迫起来，有时甚至吃了上顿没下顿。不够吃的，树香让吉安想办法。吉安就唆使他们五岁的孩子去偷。从不反抗的树香为此跟吉安大闹了一场，被吉安两手举起像扔石头一样从堂屋扔下屋坎。树香在床上躺了七天。不能动弹的日子，树香有了死的想法。

都想过死了,怎么就不晓得逃呀。

寨上的春桃说她娘家有个房族兄弟,因为腿部残疾一直没娶上媳妇,他有三个姐姐都已经出嫁,家里田地多,父母在寨上开着一间小卖部,不愁吃不愁穿,你若愿意,我们就约定月圆之夜,让他姐姐来把你领去。

树香跟着陌生女人在水一样的月光里走着,心里有种湿漉漉的感觉。她们没有进寨,怕人看见,而是从吉安家的屋后头直接翻坡,绕道而行。从高高的山岭下来,她们身上的衣裳都被露水打湿了,冷风吹来,凉飕飕的。她们将去往邻县一个叫作宁寨的地方,还得赶一天一夜的路程,而等待树香的又会是什么样的命运呢,树香依旧茫然无知。

## 2

前往宁寨的那天,我的心也湿漉漉的。母亲多病,孩子还小,我本不太情愿,但想到能够再一次深入乡村,以工作的名义抛开家庭的烦琐、孩子的缠绕,以独立的个体前去体验生活,我内心深处又有些抑制不住的向往。只是刚到宁寨,我就遇到了一个棘手的问题。

今年是黎城脱贫攻坚的大考之年,首先要解决的问题便是消除"视觉贫困"。而我负责的网格里,还存在着一栋被鉴定为 C 级的危房,房子朽烂的程度简直无法用语言描述。那本是一栋五排三间的干栏式建筑,占地颇宽,初建之时,应该很气派。而现在框架虽在,但边上两间以及堂屋以后部分都只剩下歪歪斜斜的空架子了,屋顶有几处残留着些瓦片和一些要掉不掉的椽子、檩条,主柱、方楞全都霉黑腐烂,有的柱底已经完全腐烂悬空,真担心哪个酒鬼不看路,莽莽撞撞地冲上去,就把房子给撞倒了;或是一阵风吹来,就将那些瓦片、木板给吹落,砸伤过路的行人。

这么烂的房子看得人心里纠结,我问怎么不直接拆了。有人会说拆不得啊,你没见中间有一间两层是装得好好的么,拆了,里面的光棍汉怎么办?

住人的那间板壁还保留着较新的颜色，应该是近年修整过。如果只上传照片，不来实地查看，这房子倒是不错的。但这木楼是卯榫结构，两边的框架不能像裁剪照片一样剔掉，它们就像一群醉酒的汉子，相互拉扯，一个倒了，其他的都会跟着倾倒。

我查了光棍汉的信息，五十六岁，未婚，三级肢体残疾。我去走访过几回，都是铁将军把门，只从门缝里隐约看到冰箱、洗衣机、煤气灶等置于厨房的用具。现代家具挺全，这个光棍汉的日子过得不算邋遢，为何房子烂到这种地步却不整顿？村里的人丢给我一句谚语，说是"共屋屋漏，共牛牛瘦"。我不解何意，多方了解才知道这栋房子是光棍汉的老父亲留给他们六兄弟的共同财产。光棍汉是老幺，其他几兄弟早就各迁他处，有的枝叶都开散到重孙辈了。因为父辈大多都已去世，侄儿辈们关于屋基的归属一直商谈不妥，谁也不肯相让，就弄成了今天这种局面。

这大概不单是我网格最严重的问题，也是全村最棘手的一个问题了。我拟了一个书面报告，向镇政府请求解决的办法。镇领导亦表示无可奈何。因为这一户二〇一五年已经实施过危改，不能再重复享受危政政策。老旧房整治是先建后补，每户资金不能超过五千，咨询他是否要申报，他说反正他一分钱都拿不出，所以年初申报的老旧住房整治的指标，也没有他。之前帮扶他的干部已经调走，如今这个问题抛给了我，我又该怎么办呢？不管怎样，先与户主见上面再说。我得知道他是拿不出钱，还是有钱不肯拿出来。我多次打他电话都没打通，邻居说他在高弄茶场做事，山上没有信号，一般晚上十点才回到家，第二天早上六点多又出门了。我一个女生，不好在深夜贸然造访一个光棍汉，便把电话留在他家门上，要他哪天休息就到村委会来。

在等待他到来的日子里，我先走访其他几户共房户，同时，向人们抛出一个疑问。我说，他既常年在茶场做事，怎么会没有一点积蓄呢？被问的人讪笑起来，说："这就要看'小老板'生意是怎么做的了。"他因为腿部残疾，干不了活，在茶场负责值守和计工时，像个小包工头，因而被村里人戏称为"小老板"。

"'小老板'还做什么生意？"

"自然是亏本生意。"

"明知亏本还做？"

"那你去问'小老板'啊。"

回答的人笑，周边的人也跟着哄笑，想再问，却没人肯说了，弄得我莫名其妙。

共房的其他几户都已迁居到寨子的不同角落，开辟了新的屋基，都住了几十年或十几年了。经交流，他们对共有的那点屋基并不抱什么希望，只要有谁补一点钱，出让不成问题，或是说话好听一些，赠送也是可能的。问题之所以一直解决不下，主要是因为他们的这个满叔不争气，做下了让他们在村里人面前抬不起头的事，他们才不屑帮他。

我想问究竟什么事，又怕触到他们的伤痛，他们既无人肯说，我也就只能避而不谈。

在求告县脱贫攻坚住房保障部和我所在的单位，都没有更好的解决办法后，我终于想到了一个计策。我拟了几个方案：一是"小老板"住到镇上的养老院去，旧房由村委拆除，而他的山林田产则收归村集体所有；二是共房的其他几户有义务将毁烂的部分拆除，否则出现安全事故将由他们承担，"小老板"住的部分则申报老旧房整治指标用柱头支撑起来；三是如果柱头支撑不了，必须重建，"小老板"没有继承人，哪个侄儿帮他把房子建起来，将来他百年之后，他的房产和山林田土即由谁来继承。村干们很支持我的方案，以村委会的名誉将相关人等召集到村委会来商谈。那晚，我也终于见到了一直让我吃闭门羹的传说中的"小老板"。

他似乎刚在河里洗了脚，卷着裤管，头上戴着一只探照灯式的电筒，一颠一簸地朝村委会走来。格子有领的T恤招在裤腰里，皮带有些松垮，但他毕竟系着皮带，不像许多村民只是用了一根裤绳。头发稀疏，又有些长，不过显然刚用梳子蘸水梳过，都比较规整地贴在脑袋上。他见了人，就咧嘴笑起来，脸上、额上荡起深沟似的皱纹，眼睛也眯成一条缝。

女人树香

173

嗯，人看起来挺精神也挺乐观，不是那种愁苦深重的可怜相。

我把手伸出去，说，你就是万年海吧？我是新来的驻村干部，负责你家所在的片区。他将手在衣服上擦了擦，不好意思地笑着跟我相握。

会议进行得不太顺利。他们家族间因为一些事情争吵起来。

"什么血浓于水，你不是骨头硬吗，去养人家一屋子的崽女，自己却过得跟个叫花子样！"

"钱花光，人家一家又团聚了，你捞了什么好？"

"现在想起我们这些侄儿来啦，当初劝你，怎就一个字不听？"

……

从杂乱的争吵中，我大约听懂了事情的根源，也解开了这些天绕着我的谜团。原来这些年他虽然没结婚，却跟寨上另一个男人共妻共了好些年。女人公开地跟他同吃住，同劳动，却没有跟原来的丈夫离婚。不仅没离，那女人的丈夫还带着两个孩子天天到他家一同吃饭，到了晚上，女人留宿他家，她丈夫就带着孩子回自己家住。

这件事情超出了我的想象，我不知道如何调解。人员本来就很晚才召集齐，空争论了半宿，也没得出个结论，太晚了，只好让大家先散，改天再议。

躺在床上，我久久难眠。听说过偷情的，也听说过两个女人以姐妹相称共侍一夫的，但真没听说两个男人共一个妻子，还能常年在同一张桌子上吃饭。我暗想，那个女人的丈夫该是怎样没有骨气、涎皮赖脸的人，才能做到这一步？那个女人又该是有多不要脸，才能无视村里人的冷眼与笑话？这个事件不禁勾起了我的好奇，我有点想去访访那家人了。那家人在二网格，是跟我同时被派来任网格员的同事杨浩的帮扶户。他听我说起这个事情后很平静，对我的疑惑也没有发表看法，只淡淡地说，你想去走访好呀，晚饭后我带你去。

那是两间两层的小房子，进门处有一张长条凳，几个十来岁的孩子在看电视。往里，有一个火坑，一个男人正蹲在边上架着锅炒菜。火光将屋子映得红红的，虽然天气渐热，不再需要烤火，但这画面看上去充满了人间烟火味，挺温馨的。

我环顾了一下四周，两间房门用那种老式的门扣锁着，板壁间贴满了奖状，奖状都是一个叫作吴美欢的女学生的。另一面是孩子们正在看着的三十多寸的液晶彩电，紧挨着电视机旁立着一台看上去很新的美的冰箱。这两件家具总算让这间古旧的小房子看上去有了点现代的气息。屋子虽小，不过收拾得挺干净，没有一般农户家的乱堆乱放。男人看上去瘦瘦小小的，穿一件旧的白衬衫，看着还算清爽，只是他背上驮着一个很大的包，躬得很。

我问他，今晚煮什么菜，他说就磕钵辣椒，等孩子他妈从坡上割韭菜来煮汤。辣椒炒好了，他起身去拿擂辣钵。只是，他起身和蹲着差别并不大，他的两条腿完全是扭曲的，大小也不一样，有一只脚似乎完全使不上劲。背上又驮着个大包，直不了身，只能半蹲着，靠身子一摇一摆慢慢挪动。他的形象让我想起卡西莫多，但又比卡西莫多瘦小太多，缺乏力量。

我有些难过了，掂量着有些话该不该问。杨浩却仿佛视若无睹，像走访一般贫困户似的跟他攀谈起来。问他买得米了没，买了多少。原来上次杨浩到他家，他家快断粮了，杨浩就把身上的钱都掏给了他，要他拿去买米。他说买了三十斤，村上已经通知他县里把救济粮分下来了，过几天就能领。我插话问他每年粮食缺口量大不大。他说领了救济粮也就不怎么缺了，有时亲戚会送一点，偶尔又买一点。杨浩接着问他身体怎么变成这样的？他说十二岁的时候得脑膜炎，医治不及时就成这样了。

"上过学没？"

"生病前读到五年级，生病后就没再去学校。"

"家里的活都是你老婆在做吗？你能做什么？"

"都靠我老婆，我只会煮饭和管管孩子。"

"平时有些什么消遣打发时间？"

"看电视啊，以前也爱去看别人打牌下棋。"

"光看你不打吗？"

"我偶尔也打点。"

"那你老婆有没有骂你？"

"她不爱骂人，只不过不给我钱去打。"

他有些不好意思地笑起来。

我们有一搭没一搭地闲聊着，快到八点了，女人还没有回来。其他的孩子都已各自回家，他家的孩子可能饿了，自己舀了一碗饭，拈了些辣椒到碗里就准备吃。我实在看不下去，让孩子等一等，跑到街上买了一板鸡蛋和一挂肉。街上灯火通明。这个二〇一六年才修建了通村公路的山寨，以前仿若世外桃源一般地存在，这些年却迅速拔起了不少砖房，小学就建在村子里，有三百来个学生，很是热闹，因而街上的商铺琳琅满目，什么都有卖的，跟小镇一样。

鸡蛋和肉买来了，男人马上煮了四个荷包蛋，让孩子先吃，他要等孩子他妈回来了再吃。那孩子十岁，在村里读三年级，他开始拈了两个鸡蛋到碗里，想了想，又放了一个回去，然后就着一个鸡蛋吃了两碗饭。又过了一会儿，女人还是没回来，男人又切下一点肉来煮，说孩子他妈辛苦得很，煮点肉等她，让她高兴高兴。

快九点了。我是想等见了他女人再回去的，但坐得太久了，又是第一次上人家家，有点不好意思，准备起身告辞。刚离座，他女人就回来了。女人边取下斗笠，解了瓢篓，边招呼我们再坐一坐。她个子单薄，瘦削得有些让人担忧，下半身全湿透了。这个女人，我是见过的，她在山上跟村里的合作社种植天麻，我之前参与项目验收时在坡上跟施工队的一起吃过饭。整个中午，她参与我们一起洗菜、摆碗、吃饭、收拾碗筷，没听她说过话，但我记得她。她将头发绾在脑后，瘦瘦的，黑黑的，五官却长得好，秀气耐看，穿着破旧，却不邋遢。我当时多看了她几眼，以为她是不会说客话而不爱开口，也就没有跟她聊天。

早上下了些小雨，山上草木深，她那湿裤子肯定沤了一天了，我们让她赶紧换了衣服吃饭，便不再逗留，告辞出来。走下她家屋坎，她又拿着一抱草叶追出来。她说她在山上采了些老鸹果叶，泡茶很好喝的。我想礼尚往来，她既这般热情，就接过了她送来的那一抱中药名为"透骨香"的天然好茶叶。

## 3

来到第三任丈夫家的那天，树香捂在被子里哭了一夜。一路上，她就在想，他残疾，不就是腿脚不太方便吗，是走路一跛一跛地干不了重活，还是需要拄着拐杖才能挪步？她想，大不了将来门外的活都由她来干，他把家料理好就成了。她完全想不到他居然那么瘦小，背上还驮着个大大的包，整个人完全是贴在地上的。可是，这又能怨谁呢？怪只怪她自己来之前没问清楚。这就是命，这就是她树香的命啊！

哭了一夜，想了一夜，树香第二天就下地干活了。她让婆婆带她去认他们家的地，他们家的田，还有他们家的山。认完之后，她就把她当成这些土地的主人了。她没日没夜地在山上劳作，用疲惫麻痹自己，以忘掉过往的种种，忘掉躺在她身边之人的容貌，忘掉命运对她的不公。

公公和婆婆都已年近七十，说是经营一家店面，其实是住在街边的本家兄弟看他们老的老、残的残，干不了农活，借了一间屋子给他们摆卖点日常生活用品。那时，宁寨还没通公路，距镇上三十华里，货物是月寨的女婿挑来的。公公守店，男人记账。那时人们生活都不富裕，需求少，宁寨街上也不只他一家店面，只当解了两个闲人的无聊，赚点油盐钱。婆婆侍弄菜园子，养一头猪。树香则像这家的顶梁柱似的，拿牛下田，挑粪上山，烧坡植树，夜里抢田水。公婆和男人对她都十分满意，邻居们也很是夸赞，但树香的日子并不好过。当她单独在哪一片坡哪一片岭时，总冷不丁冒出一个人影来吓她一跳。那些人影对她挤眉弄眼，朝她邪笑。

"妹子，你这朵鲜花怎么就插在那坨牛粪上了，真可惜呀，哥都替你心疼。"

"妹子，来，让哥抱一下嘛。"

"别躲呀，那个小矮矬哪能满足你，要不来尝尝哥的味道，包你尝了再舍不得丢。"

……

树香怕得要死，这些腌臜话她又不能说给人听，只能尽量埋头做事，低头不理。然而，随着时日的推进，一些人越来越得寸进尺，而她除了躲，除了跑，便只能哑巴吃黄连。这样的事，她能向谁诉说呢。回到家还得装作什么事也没发生，以免这个脆弱而敏感的家庭起疑。可她千防万防，也总有疏漏的时候。

那天，她和东林家媳妇美桃约着去归几岭种豆。两家的地相隔不远，两个女人一边挖地、培垄，一边话着家常。美桃是春桃的妹妹，知道树香的过往，现又跟树香是邻居也是亲戚。她很同情树香的遭遇，平日对树香也比较关照。树香来到宁寨，无亲无故，美桃主动亲近，她也就跟美桃结成了姊妹。

这是树香的幸福时光，她喜欢这样的时刻。她曾向美桃打听那些调戏过她的男人，她甚至想把自己的烦恼通通向美桃倾倒出来，只是好几次话到嘴边她又给咽回去了。不过，以一个女人的敏感，她想美桃肯定是有所察觉的，所以去哪里，她一邀美桃，美桃总是爽快地答应她。她打心里感激着美桃待她的好。

美桃家的地块小，很快就种好了，她想去德贯冲看看苞谷和辣椒。树香环顾四周，整个山岭一览无余，除了她俩，一个鬼影都没有，只有初夏的风轻轻地吹，一些小小的虫鸣衬着周遭的寂静。树香说，你先去吧，我种完这点就回家。

谁知美桃刚从岭脚消失，三喜那个"二溜子"就不知从哪个草棚子给钻出来了。

三喜说："树香，我来帮你。"

说着就要抢过树香的锄头。树香将锄头拐过一边，说不要。三喜就势一扑，将树香抱住，嘴里边叽咕着边凑向树香的脸要啃树香。

"树香妹子，你长得可真好看，我都想死你了。"

树香挣扎着，要用锄头挖他。三喜力道大得很，树香根本动弹不得，他们滚到了地上。

要不要大声呼救呢？这个山岭无遮无拦的，大声喊，美桃肯定能听见，那她的名声也就败了。人活一张脸，树活一张皮。她的日子已经过成这般,再败了名声,她还有何脸面在这世上抬头做人?忍气吞声依了这个痞子?有一必有二,以后他纠缠不休又怎么办?树香一边挣扎,一边思考着,最后,她决定以死逼迫三喜放弃。

"你若强逼我,我就死给你看!你也知道,我命苦,贱命一条,我讲到做到!"

树香咬牙切齿地拿眼睛剜着三喜。三喜被树香发怒而绝望的眼神吓住了,慢慢松开了她。

树香正要一骨碌爬起来时,美桃就在岭下喊了起来:"你们,你们,你们干什么?"

美桃一边喊,一边往岭上跑。

三喜"哧溜"一下就跑得不见了踪影。

树香爬起来,满身的土,衣服被扯开了,头发乱糟糟的。她想扑到美桃怀里大哭一场,美桃却嫌恶地避开了。

美桃说:"树香,你就这样受不得寂寞啊,你才嫁过来多久?我才离开这一小会儿,就跟男人偷上了。偷就偷,还回回拿我当什么'挡箭牌'。有本事偷腥,别没脸承受啊!"

树香那天不知道自己是如何回到家的。回到家后,她被公公关起门来揍了一顿。树香心灰意冷,她想,这就是她的命吧,不管她如何挣扎,不管她逃到哪里,都是绝境,老天这是要逼她去死啊。可是,她做错了什么,老天爷为什么要这样待她?树香想,等夜深人静,大家都睡着后,她就喝一罐农药下去,双眼一闭,两腿一伸,从此就与这世间再无任何瓜葛吧。

然而,那个被愧疚折磨一生的婆婆寸步不离地守着她,把她又给暖化了。婆婆一把鼻涕一把泪地讲述了他儿子显良小时候的乖巧、聪明,讲述那场可怕的病魔是如何将一个可爱的孩子揉捏成今天这副样子,诉说她当时作为一个母亲的无知与无助,以及后来漫长岁月里的愧疚与悔恨,又讲述显良一直以来对生活如何的自卑与灰心,以及自从娶了她之后,显良慢慢发生着的变化。

婆婆说:"树香啊,我的好儿媳,是我们家对不起你,你就当可怜一个犯错的母亲的怜子之心,好吗?算我求你了,妈给你下跪。"

说着,婆婆"嗵"的一声就跪在了她的床前,婆婆哭得伤心,身体支撑不起,就歪下去了。树香从来只有被人看贱的,哪里受过这样的大礼,她不顾疼痛,不顾自己的哀伤,赶紧爬起来,也跪下去,扶住婆婆,跟婆婆抱作一团,哭作一团。

哭了一阵,婆婆为她揩了眼泪。婆婆说,不管日子多艰难,我们都要向前看,咱好好过日子,行不?以后你去哪,要是害怕,就让妈陪着,妈拄着拐杖也跟你去。等你给我们显良生了一男半女,也就不会再遭闲话了。以后要真遇到待你好的,你想跟他好就跟他好,我们不拦你。妈只求你,你就是跟了别人,也别丢下显良爷崽不管,行不?就算他们是妈托付给你的包袱。

树香从小没有母亲,来到这个家,婆婆给了她从未享受过的母爱,不看别的,光看婆婆的面,她也是舍不得丢下他们的。树香将头埋进老太太的怀里,嘤嘤地哭着,乖乖地点了点头。

从那以后,每晚,婆婆就守在门外听他的儿子行事,等儿子行完事了才去另一个屋子睡觉。没多久,树香真就怀上了。她生了个女儿,一家人高兴得不得了,婆婆早养了许多鸡,一天一只用颤巍巍的老手杀了炖给树香吃。月子出来,树香白胖了许多,脸上也渐渐有了笑容。树香看着怀里的婴孩,这个小姑娘生得健康、讨喜,她满心欢喜。她想,她又有了盼头了,就像太阳躲在云层里,又慢慢地探出来,照到了她家的屋檐。

4

从吴显良家出来,我心情异常沉重,并为之前自己的种种猜测感到羞愧。不可否认,走访他们一家,我刚开始是有些猎奇的心理的。在都市桃色新闻泛滥的年月,以为那不过是一桩新奇的乡村版的桃色事件,而现实却如一根鱼刺突然卡到我的喉咙里,让我浑身不自在。

宁寨就像一条搁在山谷里的船,两边青山高耸,一条公路自下而上，将寨子分为两半。还记得初入宁寨时，一路上烟雨迷蒙，四周的山腾着阵阵白雾，暗绿铺底，新绿翻涌，仿佛一幅幅浓墨重彩的山水画。新修的水泥路随着一条溪流在大山峡谷间蜿蜒盘旋，时而两山倾轧而来，有一夫当关万夫莫开之气势，时而瀑布哗然，田野阡陌。山谷两边浓密的阔叶林一蓬蓬一簇簇，大球大球的映山蓝掩映其间，盎然恣肆。我被这些蓬勃的生命感动着，一度以为是误入了现代的桃花源。

然而，到宁寨转一圈下来，我很快便意识到，人居环境的纯美，往往是以物质生活的贫穷与落后为代价的。在宁寨，不同程度残疾的人特别多，而这些残疾并不是先天性的，他们往往是生了重病得不到及时医治，或是摔伤后不够重视，只胡乱用些草药让伤口强行愈合而留下的后遗症。吴显良如此。万年海也如此。还有许多的人，因为贫穷、闭塞，他们成了被时代、被命运捉弄的人。

扶贫任务深重，我们不得不将一个又一个摊在面前的困难逐一破解，思考着，如何尽自己最大的力量，去解除他们的困境，去帮助他们获取长效发展的动力。

还是先从万年海家的拆旧工作说起吧。

随着脱贫攻坚工作的推进，全县拆旧工作如火如荼地进行着，每天都要晒图、上报进度，镇里也组建了督查队，要求限定期限完成整改。作为宁寨脱贫攻坚驻村工作队的指挥长，我既要考虑全村的工作进度，更不能让自己负责的网格拖后腿。经过反复统计、宣传、动员，大部分村民已自行将自家的废弃猪牛圈、旱厕等拆除，剩余因缺乏劳力无法拆除，或抱着侥幸心理不愿拆除的部分，我们组织由驻村干部和村组干部组成的拆旧工作组，以排山倒海的气势大干了几天，在督查日期临近之时，终于基本完成了任务。现在，只有万年海家的 C 级危房仍旧保持着原样了。

这个难题，究竟该如何破解？

这期间，我多次找过万年海，问他今后的打算。万年海表示，其一，他不会离开宁寨；其二，毁烂部分与他无关；其三，他现在是真没钱，他住的部分有些漏雨，等茶场老板开了工资，他只需将瓦片和檩条更换，房子仍旧可以继续居住。而其他的几户共房户虽同意将毁烂部分拆除，只是拆了之后，万年海的房子还立不立得住，他们不管。

都是各顾各，达不成协商的办法。我只好又一次向镇政府求助，或者说施压。镇领导终于答应尽快会议研究给出解决方案。我知道，说是尽快，但若不逼一逼，又不知拖到猴年马月。我决定借着拆旧的这股风，乘胜追击，先把毁烂部分拆掉。如果万年海住的部分实在立不住，也必须得拆，那我就只好先个人垫资了。

我做好了忍痛割肉的打算，跟几户共房户和万年海商定拆房的日期，同时让万年海做好搬家的准备。那日，天公不作美，人员聚齐的时候就开始下起了淅淅沥沥的小雨。我本想改天，他们却觉得难得丢下活路聚集，戴了斗笠、披了胶布就爬到房梁上去了。万年海只戴了一顶斗笠，也爬到屋顶上去，他的几个侄儿在拆房，他就捡下那些完好的瓦片和檩条去补自己的房顶。看他小心翼翼地在房顶上慢慢挪移，我就替他捏着一把汗。我让人把他叫下来，他却不肯，还不时回头朝我笑笑，挥一挥手，意思是让我别担心。

地上的烂木料越堆越高，雨依旧"吧嗒吧嗒"地下着。万年海颤颤巍巍地揭下一行瓦片，拿着锤子敲敲打打，又颤颤巍巍地一瓦一瓦补上。腰部以上的衣服湿透了，贴在他身上，显得他又瘦又小。不知怎的，我竟感觉有那么几分悲壮，眼里都涌出了泪水。可我立刻想到了我自身的职责，万一出现安全事故，事情就非同小可了。

我马上跟联系宁寨的镇领导打电话，向他汇报眼下的情况。他说镇指挥中心正在会议研究全镇突出问题的解决办法。我便在微信上将这边的情况通过视频和图片实时传递给他。房子拆到只剩下主柱的时候，万年海的几个侄儿停下来，说是不敢往下拆了，再拆，满叔的房子就跟着倒了。我问他们先用柱子将万年海的房子撑起来行不行，他们说那得打桩，四周都用柱子撑一圈。四周撑一圈，不更直接表明这房子是危房吗？还是解除不了危房的既视感，看来必须全拆了。我将图片和情况说明发出去。领导终于打来电话，说是经研究，决定从全镇老旧房整治资金中整合一万五千元给万年海拆旧重建。

我把万年海从房顶上叫下来，要他不要再补瓦了。一万五千元，买个旧房架立新屋，加上他自己的一些木料，完全够了。几个侄儿也很振奋，立刻帮他搬家，万年海立在邻居的屋檐下抽烟歇息，笑得眼睛眯成了一条缝。

活路是万年海的两个会木工的侄儿做的，资金也由他们先行垫付。拆了房子的万年海也暂时住到了侄儿家，他与侄儿们的关系仿佛突然间就变好了，融洽得很像一家人了。我每天转一圈，都要去催催进度。大约两个月时间，一栋两间两层的木房子就装好了，房架、楼板虽是旧的，但重新推磨过，新崭崭的，装上玻璃窗，贴上红对联，在屋边一棵高大的柿子树和门前小溪的映衬下，成了一道美丽的风景线。

万年海家的问题解决了。每遇到他，驻村干部们总忍不住要打趣问一句："房子搞得这样好，什么时候找个老伴暖被窝哩？"

"岂止是找老伴，我们海哥这样能干，完全还可以再生两个娃。"

这个时候，万年海就会笑得满脸褶皱，眼睛眯成一条缝，注视着远方，仿佛在憧憬着什么，也跟着玩笑道："难多哦领导哟，那么多年轻后生都寻不到媳妇，我就更不中用了，政府什么时候能拉一车救济的媳妇来就好了。"

大家伙就跟着哄笑。

这边笑得开心，吴显良那边两口子却闹上了。其实杨浩也给吴显良争取了老旧房整治的指标，为他家瓦屋捡了漏，做了修补，又在房屋边上装了一间厨房和洗澡房。灶不能包含在老旧房整治的项目内，我个人出资一千五给他们打了一个三孔的节柴灶。条件改善了，吴显良却依旧患得患失，总担心树香有一天会离开他离开那个家。杨浩上他们家去的时候，常常听到两口子在争吵。

"村里搞卫生比赛，我们不能丢了杨主任的脸，家里窄是窄了点，只要收拾得干净整洁，杨主任讲了，一样可以拿奖的。"

"我们家什么状况你不晓得么，去争那个脸面搞哪样？"

"可以争为哪样不争，又不是什么丢脸的事。"

"丢脸的事你做得还少？你就是样样都想跟人家比，烧火塘坑的家庭，却偏要借钱买什么冰箱。"

"我跟人家比，我有什么可以跟人家比的？你现在嫌我丢脸了，嫌我丢脸你自己咋个不硬气点？"

"我晓得你跟了我你不甘心，你巴不得我早点死，好带着两个孩子去跟了人家。"

"你讲话要有良心，我为这个家累死累活，只怕比你死得还早。"

树香伤心地哭起来，吴显良默默地吸着没有过滤嘴的烟。杨浩走进去，看到树香面前堆着一大堆破旧的衣物，看样子她是准备整理出来拿去烧掉。杨浩像突然闯进屋，不晓得他们在争吵似的，翻了翻那些衣物，说，这是哪个年代的存货了，早就该烧了嘛。树香就抹了眼泪，抱着那些衣物出门去了。

吴显良说，那些都是他姐姐们以前整理来送给他的，现在用不上，不代表以后用不上。万一哪天脱了贫，政府再也不管不问，他能依傍的还不是他的这些老亲老戚。

杨浩问："你的姐姐们多久来看你一回？"

吴显良说："她们老了，有的走不动了，有的要看孙崽，几年没来过了。"

"那你觉得还能依傍她们什么？"

吴显良默不作声，脸上布满愁容。

## 5

宁寨处于山窝，没通公路之前，去往哪里都靠脚力，极少有人进来，也很少有人出去。外面的世界发生着翻天覆地的变化，宁寨却依然静悄悄地过着刀耕火种般的生活。树香生了孩子，一家子日子虽然艰难，却也平静地一天天地往前挪移。

可是，好景不长。先是多病的婆婆积劳成疾，去世了。婆婆病倒前，常对树香念叨，要她等间隔期满了，再给老吴家生个儿子。婆婆说，有儿才有后，不要让他们老吴家在我们这两代尽了气数啊。婆婆要走的时候，已经不能说话，她紧紧地拉着树香的手，眼睛睁了闭，闭了睁，似乎想努力向树香传达什么。别人不懂，树香又怎会不明白呢。

而接下来的两年，一些外出打工的年轻人不甘寂寞，回乡来号召村里修路。没有挖掘机，没有铲车，除炸药是政府提供，其他全靠村民自己投工投劳。按片区分了任务，每家每天必须出一个劳力上工，出不了劳力的出钱也行。树香家没钱，劳力也只有她一个。除了农忙时节，她天天出工，无人替换一下。好在农事还有公公帮衬，才不至于让家里断了口粮。然而，一条人工开挖的毛路修好后，公公和显良却失业了。有了路，一些人家买了拖拉机或是马车，拖柴、运货、拉粮食就方便了许多。从镇上运往村里的物品越来越丰富，显良他们靠脚力的小店自然就被淘汰了，堂伯家也把门店收了回去，改成了一个大店铺。

失业后的公公没多久便倒床不起，咽了气。家里没有了老人的帮衬，所有的担子都落在了树香肩头，日子变得愈加艰难了，还要不要再生一个孩子呢？丈夫显良又变得不那么爱说话了，他总是担忧树香哪一天出了门，就再也不回来似的，树香去哪个坡头忙活，他就带着女儿去归来的路口守候。夜里躺下，树香总是想起婆婆临终前的那个眼神，总感觉婆婆在天上看着她呢，眼睛闭上了，也要拼命睁开来看着她。她咬咬牙，想，生吧，不管日子有多难，一匹草叶自有一滴露水养活，现在年成这样好，生下来总不至于饿死。像为着某种使命，女儿五岁时，树香去取了环，他们随后又生了个儿子。

孩子们渐渐长大，种田只能解决口腹问题。可孩子们不仅要吃饭，还要穿衣、上学，尤其他们的女儿是个争气的好孩子，学习成绩一直都很好，从进校的第一年，年年拿奖状。树香想供她读高中、上大学，跳出农门，将来做一个体面的人，再也不要像她这般命苦。

除了家里的活，树香便想着打些零工，哪里有挣钱的活，她都跟着去做。高弄山有老板来投资栽茶，从挖垄、栽茶到薅茶，从这个坡头开荒到那个坡头，只要她没有累得躺下起不来，她就会每天披星戴月地出工。

村里很多人都到茶场打零工，一伙一伙的，好像回到了集体抢工分的年代。虽然辛苦，但人多凑在一块，却也自有乐趣。先是休息时相互打趣、笑声不断，渐渐混熟后，就不断有歌声飘起来了。

  姊妹们哪姊妹们，来到世间苦得很
  来到世间苦得很哟，再苦再累也要把歌学
  我想邀你们唱一唱，我们也来闹花坪
  我们也来花园闹，唱点山歌得开心
  你们莫要哄我不会唱，我晓得你们都是唱歌精

  我的姊妹啊我的亲，你说的话句句合我心
  因为平时各忙各哦，才没得时间把那歌来学
  现在忙中偷点闲嘞，我们都来闹呀闹花坪
  现在苦中作点乐呀，谢谢那姊妹好歌声
  感谢姊妹来邀请啰，只怕我口齿拙笨唱不成
  我粗言糙语接一句，歌声不好害羞人
  姊妹们有歌多唱点，多唱那几首闹山坡

  先是女人们试探性地唱，然后便越唱越热闹，男人也掺和进来，情歌对唱就更有趣了。别看万年海脚跛人丑，唱山歌却是个好手。唱着唱着，他竟成了主角。

  他唱："灯盏无油挂壁头，我郎无妻到处游；今日来到花园里，唱首山歌逗一逗；唱首山歌把妹逗，看妹抬头不抬头；牛不抬头为打架，妹不抬头为哪苑？"

  有人调戏他："跛脚老万真是狂，也敢开腔把歌唱；你就是把好歌唱尽啰，也没有哪个妹妹跟你来搭腔；你逗完这个妹妹又望那个良，望得妹妹们心里慌；老万啊老万，不承想你还是个花心郎。"

  他大方回唱："世上花好也要蝶来恋，世间娇羞也要有郎逗；蝶不恋花蝶不美，郎不多情枉来人间行；花园本是人多才热闹，瞻前顾后

就没好玩；我脚跛人丑心地善，识人识面要识心；大家都来把歌唱，听歌听声莫听音。"

树香也觉得山歌唱得好玩，她在心里默诵了些词，却不敢开口唱出来。她觉得歌声是属于那些光照下的人们的。这些年，阳光很少照耀到她，她整个人都变得灰暗了。她灰暗地躲在人们中间劳作，在别人嬉笑快活的时候，她仍旧忙着采猪菜、寻药材，每次都不会空手而归。别人成群结队回家了，她还得插进自家的地头去忙碌一番。一天，天断黑了，山野已恢复寂静，她正急忙急火地捆绑她寻到的几根野生淮山，准备回家。背后飘来了两句山歌：

　　天黑林幽妹莫怕，山高路陡你慢慢走；
　　豺狼虎豹别担心，还有跛脚哥哥在后头。

树香听出是万年海，赶紧担起挑儿头也不回地走了。

夜里，树香失眠了。她虽然不与万年海搭腔，心里却是暖暖的。这段时间，每天晚归，都有一束光在她后面亮着，那束光既不靠近她，也不远离，像一轮月亮，静静地陪伴，让她安心。她之前不知道是谁，她想可能也是一个晚归的人，或许，也同她一样，是一个苦命的人。有时，她故意慢慢吞吞地挨时间，想等那束光靠近，而那束光却好像怕惊扰到她似的，移向别处，似乎去忙着自己的事，与她无关。一两次她不当回事，时间久了，对那束光，她竟生出些许依恋来。

居然是万年海。是啊，除了万年海，还能有谁。万年海真是个好人，他还是个开朗乐观的人。树香想起白日里万年海唱的那些山歌，想起万年海总是咧着嘴笑的模样。真不知羞，都四十岁的人了。树香埋怨自己。然而埋怨归埋怨，一些念头却偏像那着了火的枞广，拍打一下，看似熄了，一静下来，火苗就又串了出来。她想到这么多年，她几乎都没享过男人的温存。第一个丈夫倒是给过她激情，让她品尝了做女人的好，可没几天，那好就变成了厄运。第二个丈夫总是粗暴地待她，让她长期处于恐惧之中。到了这里，显良是对她好的，得了好吃的自己不吃，哪怕从孩子们嘴里抠下来也要给她留一分。可是显良的好，唉，怎么说呢，他的好是那么无力。对，显良的好就是一种无力的感觉，像他的身体，像他的……除了为生养孩子，他们努力地在一起，其余日子，都是分开睡的。而在她面前，显良也总像个做错事的孩子样，低声下气的，做什么事都怕把她惹恼似的小心翼翼。那哪是她男人，分明是个孩子啊。这些年，她当家长当得太累也太委屈了，身体疲累了没有个肩膀靠一靠，心里的苦闷也从不知向谁去诉说。她多想有个港湾让她歇一歇啊。

　　姑娘要到镇上去读五年级了。村里的小学只能读到四年级，五年级之后就要到镇上去读。虽然都是义务教育，不需要向学校交什么钱，但吃菜、穿衣、每周往返的路费总是要花钱的。还有姑娘渐渐大了，要买些零碎，出门怎么也得给几个钱让她带着，开销一下子加大。而找人犁耙田也越来越困难了。这些年，树香都是跟有劳力的人家换活路。但活路一年比一年不好换。这年成，条件越来越好，只要有力气，人勤快，出门就能找着挣钱的门路，谁会愿意去为别人白花力气。

　　过了清明，树香就上人屋里去说情，希望能换个活路。她先是去了堂叔家。堂叔说，我老了，不中用喽，孩子们都不让我下田了，说是要请人来犁耙。她又去找鳏夫柱头。柱头说今年请他的人特别多，他自家的田只怕都要排到立夏去了，他倒是想换，就怕错过节气，误了她家收成。树香只好又朝着美桃家去。那件事后，她跟美桃就生分了，但后来有事求到她家，美桃男人总是一声不吭就爽快答应，美桃不好说什么，两家关系又缓和了些。美桃男人帮过树香几回，树香知道美桃不高兴，不到万不得已，她不想来劳烦他们。没遇着美桃男人。美桃说他男人刚在城里寻到了一份好活计，不好请假，她们家的田都是下定金请人来犁耙的。

　　树香走向自家的耕田，沮丧得很。她想，要是有头牛，她就自己下田了。可自从公公去世后，为了不绊手绊脚，她没再养过牛。而随着山地耕田机逐渐推广后，养牛不划算，村里的人们也纷纷将牛卖了，就算是有人养牛，也是养来吃肉的，下不了田。几百户人家的村庄统共也找不出几头耕牛来，农忙时节借牛，怕是比借人还难些。可面对那些机器，她真是毫无办法啊，别说搬不动，就是有人帮忙抬了去，她也不会操作，操作不当，还容易受伤，她要受了伤，这个家就更没指望了。每到犁耙田的农耕时节，几乎都能把树香愁个半死。

唉！树香不自觉地叹息着。

　　田无水来犁无牛，无人帮衬妹心忧。
　　忧思忧虑催人老，不如唱支山歌解忧愁。

万年海从高弄山上一瘸一拐地下来，看到树香坐在田埂上叹息，嘴里哼起了山歌。

山歌正唱在树香心坎上，泪水在她眼眶里打转。只是眼下她正愁苦，又哪有心思接腔呢。

万年海在路边上站了一会儿，好像怕树香听不清他的说话声，又像为表达诚意般，从路坎上走下来，站在树香家田的另一道埂上，说："实在不行，就请人吧，你要是手头紧，我先借给你。"

万年海说完，又一颠一跛地走了。树香望着他离去的背影，说不清心里是什么感觉。她很想哭一场，是那种强撑多年，委屈终被人瞧见后，眼泪忍不住地掉落。她虽眼里流着泪，心里却又泛起一丝甜味，这还是第一次有人主动提出要借钱给她啊。借钱还钱对树香而言有如家常便饭，很多家庭只要见到树香上门，都是能避则避，避不了的提心吊胆，总怕她开口说话，说着说着就讲到借钱的事上去。这么多年，尤其公婆去世之后，几乎就没有人跟她套过近乎，一些左邻右舍和有点亲戚关系的人平日里都很少与她搭腔，生怕惹麻烦上身。她早已习惯了这世间的冷漠。如今，万年海却仿佛这冷漠的世间照向她的一缕光亮。

又一次到茶场做工的时候，他有时会留她在他值守的棚子里吃上一口热乎的饭菜，她也会为他做些缝补或打扫的女人干的活，没多久，他们很自然地生活到了一起。

树香说，我不能抛了他们爷崽来跟你，我要走了，他们就活不成了。

万年海咧着嘴笑，伸出粗壮的双手捉过树香的手用力地握了握，说："你肩上的担子我和你一起扛，反正都过了大半辈子了，能陪伴一天是一天，大不了我老了之后，做个'五保户'。"

6

吴显良家最大的开支是女儿吴美欢在县城读高中。虽然我们到宁寨驻村已经大半年，跟吴显良、树香他们一家也混得很熟了，但却一直没有见到过吴美欢。暑假，我们组织村里返乡的大学生和高中生当志愿者，让他们参与到脱贫攻坚的工作中来，在政策宣传、环境整治、家庭卫生评比等方面取得了很好的效果。吴美欢却没有回来，说是在城里找了一份临时工，挣些生活费。杨浩曾问她的联系方式，想跟她做些交流，吴显良说她没配手机。我本想将我去年淘汰下来的旧手机送她，吴显良说不是有没有手机的问题，是她根本不想用手机。

还真是个不一样的女孩。看着她满屋的奖状，我们全是由衷地钦佩与怜惜。这么勤奋好学而又自律的孩子，杨浩便时刻想着如何能够帮助她。

一次，联系帮扶的县领导带着几位企业老板到宁寨巡察，除了村委会呈报几个需要帮助解决的问题外，我们特意将其中一位企业老板带到贫困户吴显良家中，向他讲述吴美欢励志求学的故事。那老板看着吴显良家矮小、简陋的屋子贴满的奖状，又看到蹲在地上直不起身的吴显良，当即就从包里掏出五百元送给他，又一口应承他们公司可以资助吴美欢的学业。老板们离开后，许多承诺都落空了，但吴美欢的事，在我们穷追不舍地对接下，没多久竟给办成了。

那日，吴美欢穿一身洗得发白的校服出现在政教处门口，见到满座的陌生人，她拘谨地捏着衣角，不敢进来。长长的头发用一根胶圈随意地束在脑后，中等身高，有些偏瘦，肤色比较黑，整个人看上去有些黯淡，就像一颗还被托叶紧紧包裹着的花骨朵儿，只是在托叶裹不住的顶部，露出了一点惹眼的粉红，而那点粉红便是她眼里不自觉流露出来的、属于一个高中生的青春之光。

  班主任杨老师走过去拉住她，笑着说道："美欢，你遇到好心人了。这是黎城兴建公司吴总，他们了解到你的家庭情况和你的成绩后，愿意资助你直到大学毕业，你尽可以放开顾虑，努力考你想考的大学了。"

  吴美欢低着头，表情依旧拘谨，看不出有多激动或多欢喜，她朝着杨老师介绍的吴总深深鞠了一躬，嘴角动了动，似乎是说了声谢谢，音量太低，大家几乎都没听清。好在刚才她鞠的那一躬，已被扛着相机早就做好准备的兴建公司的宣传员，以及我们这些早就将手机调成拍照模式等着她出现的人抓拍了下来，还算让人满意，她没有被要求重复做那个动作。

  资助协议签订好之后，在场的人一起合了张影就散了。我和杨浩追出去叫住吴美欢，自我介绍说我们是驻宁寨的网格员，问她国庆节是否回家，如回去，可以打电话给我们，我们的车子可以顺带载她。她木愣了一会儿，在听说我们是驻宁寨的网格员后，不自觉地往后退了几步，与我们保持着距离，似乎对我们的自来熟和热情有点不知所措。杨浩将写有我们电话号码的字条递给她，她机械地接过去，又是一句让人听不清的谢谢之后，埋着头走了。

  随着国检日期的临近，我们一切的节假日均被取消。办理好资助事项，在家陪了孩子一个晚上，第二天，我们便跟着那些放假的学生浩浩荡荡地返回乡村去。直到出发前，吴美欢也没有联系过我们。我想，也许她是羞涩，不好意思给我们添麻烦，也许昨天放完学后她便有车回村里了。我能感觉出这女孩有些内向，我倒希望能够跟她成为朋友，扶贫先扶志嘛，她是那个家庭的希望，从她入手，效果肯定会更好。

  回到村委会，我立刻投入各种材料、APP 录入等紧张的工作之中。晚上，有村民邀去吃烧鱼。这段时间，是宁寨秋收放田吃烧鱼的季节，而我们网格员和"一对一"帮扶干部也正好利用这个契机，买菜或买礼物到农户家吃连心饭，几乎每天都有安排，热闹得很。晚饭后，杨浩邀我一起去吴显良家看吴美欢有没有回来，他也想找个时间，由他做东，邀我们大伙到吴显良家去跟他们吃餐"连心饭"，也让吴显良家热闹热闹。到了吴显良家，他们两口子和儿子正在厨房围桌吃饭。桌凳和碗柜，是村里为补齐短板给他们配送的。桌上摆着两个炒菜和一道汤，一荤两素，荤的是一条鱼。总之，比上次看到的景象好了太多，已经很像一个平常之家了。只是，吴美欢却不在。

见我们来，树香夫妇立刻站起来，热情地邀我们入桌，嘴里说着千恩万谢的话。我们辞谢着，说是刚吃好出来，要他们别管，继续吃饭，我们只是想过来看看吴美欢到家了没。

我们拿着凳子在一边落座之后，他们一家也重新围桌坐下。然而问到吴美欢，气氛却突然安静了，仿佛空气凝固了一样。

过了一会儿，吴显良才说："美欢只有过年才会回来。"

"暑假不回是找了临时工，几天的假也不回家看看？"

"可能是作业多，想留在学校看看书吧。"

树香没有说话，他们的儿子也只顾着吃饭。我本想多问几个问题，比如学校放假，老师同学都走光了，她一个人不怕孤单吗？放假了学校食堂不开伙，她怎么解决吃饭问题？国庆正是宁寨忙秋收的时节，怎么不喊她回来帮帮她妈妈？杨浩扯了扯我，示意我别说了，我也就不好多问，等杨浩跟他们商定好吃连心饭的日期后，我们就起身告辞了。

夜晚躺下后，我越想越觉得事有蹊跷。聊起这个事的时候，吴显良和树香的氛围怎么会是那样的呢，太不对劲了。还有，吴美欢受资助的反应也不大对劲。受了资助于她而言这是何等大的好事，在她面上怎么就没有多少体现呢？一个花季少女竟可以做到这样内敛吗？不对，听到我们是驻宁寨的网格员时，她似乎在下意识地回避，这又是什么情况，问题出在哪呢？

后来我问杨浩。杨浩说："这你还想不到吗？"

"想到什么？"

"树香和万年海为什么会分开？"

"不是说万年海的积蓄花光了，帮不了树香了吗？"

"那只不过是最无关紧要的原因。"

"你觉得还有什么原因?"

"你想,一个十几岁的女孩,每天跟着父亲和弟弟上母亲的情人家去吃饭,而且一吃就是好几年。那时弟弟还小,可能不懂什么,但她已经是一个花季少女了,你觉得这样的事会对这女孩子有什么影响?"

是啊,我虽然没经历那样的童年,但少女时期的羞涩、敏感与脆弱,我却是懂得的。如果那个女孩就是我,我有着这样的童年,又会怎么样呢?

# 7

每去茶场上工,树香回家一次比一次晚,流言就渐渐传播开来。吴显良每天下午都会带着儿子到村头去等她。她八点进屋,就八点才烧火煮饭,她九点进屋就九点才烧火煮饭。吃了饭,吴显良就到另一个屋蒙头睡下。树香打水给孩子洗漱,又打水给自己洗漱,很晚了,才躺下,疲惫不堪,搂着孩子却怎么也睡不着。她翻身,床吱呀一声,那边屋也不时传来床吱呀吱呀的响声。可是,他们谁也不说话,好像害怕一开口,什么东西就碎了,这个家就会变成一阵烟雾,突地消失,抓也抓不住。仿佛只要不说话,只要忍着,只要坚持,这个家就还能保持原样。

可是,隐忍的过程,就仿佛是在吹气球。一切似乎不动声色,其实气球已在不断变大、膨胀,不停止,不改变,持续下去,气球终有一天会膨胀到"啪"的一声突然爆破。一天,吃罢晚饭,吴显良说,这瓶"百草枯",我喝了算了,不牵绊你。树香一把夺过那瓶药,跑进自己屋子,又跑上楼,她慌乱地、疯了一样地在屋子里转来转去,碰得那些坛坛罐罐"乒铃乓啷"地响。她要把药藏起来,可是藏哪里呢?屋子的地儿实在太小了,她只好跑出屋去。无处可藏,她在屋外走来走去,最后把它们全倒在了屋坎上的菜地角。

就是这。树香曾指给我看。几年过去,周边长了些稀稀疏疏的毛草，那个地方却依旧秃秃的，像块疤痕。

树香倒完了药，回转屋，把瓶子丢进火坑，火苗嗞嗞的，窜出难闻的气味。我仿佛看见树香咯了咯嗓子，脖子也艰难地伸缩着，像被主人捏着脖子往外吐鱼的鸬鹚，仿佛那些话都是她拼了命给才挤出来的。她说："别犯傻啊，你和崽是娘托付给我的，除非我死，我是不会丢下你们不管的。"她顿了顿，接着又说："海哥是个好人，他是在帮我们啊，你就把他看作兄长，行么？只要能把日子过下去，管人家怎么嚼舌根子。"

吴显良没说话，却仿佛长期紧绷的神经终于松懈，他疲软地靠在树香的腿上，"呜呜"地哭起来，背上的包一起一落的，那么无助而又无力，像个可怜的孩子。树香慢慢伸出手去，抚了抚那个起伏不定的大包，抚不平，她就搂着，眼泪也"吧嗒吧嗒"地往下掉。

夫妻俩哭完之后，天就亮堂了。树香跟万年海一起上山，干活挣钱。不上坡的日子，她有时料理完这边屋又去料理那边屋，两头都是家，两头都顾着。开始是在这边屋煮好了饭菜才又去那边屋煮，后来嫌麻烦，终究煮到了一个锅里，显良和孩子有的是时间，就由他们跑来跑去。

那时，吴美欢在镇上读五年级，周末才回家。她每次回到家，总是要掀开锅盖，先盛上一碗饭来吃。每个周五，父亲都会在锅里给她留一口饭，留一碗酸菜汤或是一钵辣椒。如果没有饭菜，也会在锅里放上一个蒸熟的玉米棒子，烧好的红薯、土豆之类。也不知是哪一天，她回到家，再掀开锅盖，锅里空空的，只有一层铁红的锈迹，翻碗柜，也没有可吃的东西，到处是老鼠爬过留下的屎尿味。家里似乎几天没开过火了。吴美欢不知道发生了什么事，心里满是委屈。显良递给她两块钱，说饿了吧，到街上去买点吃的。

吴美欢捏着两块钱，走过一个又一个小卖部，却不知道买什么。虽然她到镇上读书快半年了，母亲每周也会给她点零用，但她得把那点有限的零用积攒起来，买一些学习用具，或是缴纳某些活动经费。她吃饭都是在学校食堂，她没有吃零食的习惯，更没有买过零食。钱对她来说十分珍贵，父亲是怎么回事，都到家了，还让她去外面买东西吃，这也太奢侈了吧。

到了吃晚饭时间，父亲领着她和弟弟到万年海家去，母亲在摆饭，很丰盛，有肉有鸡蛋，她以为是万伯伯家请客。万伯伯也是满脸笑容，和蔼可亲地给她和弟弟夹菜，她吃得很受用。吃完饭，他们还在万伯伯家看了一会儿电视。那年，她家还没有电视。

后来，总在万伯伯家吃饭，她觉出了不对劲。每从万伯伯家出来，别人看她的眼光也不一样。有人问她，你管万年海叫什么？是不是叫后爸呀？哦，不对，爸爸还在，怎么能叫后爸呢。叫大爹对不对，万年海是你大爹吧？你大爹有没有给你买新衣？你大爹每星期拿多少钱给你？她被这些问题困扰着，感觉受到了莫大的羞辱。她不愿意再到万伯伯家去了，她甚至都不想回到宁寨。

到了周末，其他同学都早早地整理好行李，同村的也早就约好了结伴而行，只待下课铃声敲响，老师喊一声下课，就飞跑出教室，去路边招手拦车。美欢不想回家，也没有心情收拾行李，放学了，她懒洋洋地在学校转悠。食堂的门紧闭，老师们也在准备着回家。老师们大多数都把家安在了城里，每到周末就会回到城里跟家人团聚。还有些老师是镇上的或者附近村落的，他们更不会在学校里多作逗留，早骑着摩托车一溜烟没了踪影。周末的校园是寂寞的，寂寞得连一口吃食都没有。她去学校门口买了两袋方便面，想回宿舍蒙头睡觉。才躺下，宿舍管理员就来叫她起床，让她回家去。她说她不想回家，管理员阿姨说那不行，周末宿舍是要锁上的，不能住在里面。她只好背着书包出来，沿着公路晃荡。她就那样晃啊晃啊，毫无目的地晃，天黑的时候，居然晃到了宁寨。是啊，不回宁寨，她又能去哪呢。回到家，空无一人，坑冷锅冷，仿佛四周都冒着冷气。她的肚子咕噜咕噜地抗议，她却不想理会，上了楼，来到自己的屋子倒头睡去。

树香来寻她，叫她去吃饭。她把身子躬得像只虾，面向着板壁，懒懒地回一声："不去。"树香说："那我去打过来给你吃。"她一骨碌爬起来，大吼道："不要！不吃！"树香吓了一跳，愣住了，细声细气地问她是不是在学校受了什么委屈。在学校能受什么委屈，在家才会受委屈！她大声吼着，哭起来，说："我的委屈都是你造成的，你造成的，你不晓得吗?!"树香看着女儿，不知道说什么好，眼泪也只是往外涌。吴美欢哭了一阵，哭累了，抱住树香说："妈，别去万伯伯家了好不好？我不读书了，以后我不花钱了，我去打工，去挣钱养家，你回来，别去万伯伯家了。"

树香揩了眼泪，抚着吴美欢的头，说："书是一定要读的，我做的一切，都是为了能够让你们姐弟好好读书，以后不准有不想读书的念头，听见没？只要能盘你读书，别人怎么戳我脊梁骨都不要紧。你一定要把书读出来，不要像妈这辈子这般命苦。我们现在苦就苦一阵子，只要你肯努力，不会永远苦下去的。你要是受不得人闲话，不想回来，周末你就去同学家、老师家，去住旅店也行。妈多苦点多累点，只要你争气。妈要你争气，知道不哇！"

吴美欢呜咽着，默不作声，脑子里却翻江倒海，一幕幕都是她在学校里的镜头。在学校，她成绩好，老师们都喜欢她，同学们也都尊重她，只有在那里，她才感觉到为人的自在与信心，她不敢想离开了学校，她将会掉入一个什么样的暗无天日的深渊里。她常常在梦里感觉到那个深渊的存在，那个深渊就像一个黑洞，打着旋涡，深不见底，嗞嗞地冒着冷气，阴森而又恐怖，仿佛她一不留神，就会被吸进去，她总是挣扎着醒来。醒来的她仍旧满心惊悸，只有看书，拼命地读书，仿佛才能透过重重迷雾，看到一丝遥远的亮光。

她没想过要真的辍学，母亲的话无疑给了她某些坚定的理由，让她又鼓足了勇气，她感觉到自己的目标更明确了，同时也感觉到自己肩上沉甸甸的压力。

## 8

扶贫大考越来越近，杨浩在计算吴显良家收入的时候，又犯难了。无论他怎么计算吴显良家的收入都没法达标。今年树香没再去茶场做工,而宁寨村级合作社的天麻项目也已接近尾声,活路不多,树香前前后后,统共出了四十多天的工,一天一百元,工资性收入也就四千多元。稻谷收千把斤,折算下来也就千把块钱。再然后就是低保,树香因为没有户口,录不进贫困户系统,享受不了低保,三个人的低保一年八千多元,总的加起来,也就一万三千多元,人均达不到县里要求的四千元以上。今年对他家的帮扶虽然挺多的,但也只是减轻了他家的一些开支,不能算到纯收入里。

树香是从邻县嫁过来的,虽然结过几次婚,但一次都没有领证,为了不让那个恶人找上门来,她和那边完全断了联系,她现在也不知道自己的户口在哪。我们在我县的公安系统上根本就没查到她的户口信息。我们又委托邻县的朋友帮忙查询,因为不清楚她户口上用的具体是哪几个字,同名同姓的人又多,无异于大海捞针。我们只好联系她老家的乡镇,在她以前待过的村逐个筛查,几经周折,最后查到她第二任丈夫的那个村,有个已被宣告死亡、注销户籍的杨树香,一九七二年生人,与她信息最为接近。我和杨浩前去对接,想帮她把户口迁到宁寨来。

好在全国都在开展脱贫攻坚工作,我们过去,直接跟驻村干部联系,靠他们帮忙,很顺利就把事情办妥了。同时还了解到他第二任丈夫吉安和那孩子的近况。吉安现在也是重点扶贫对象,靠吃低保维持生活。听驻村干部们侃,他依旧是个难缠的讨嫌的主。村里安装太阳能路灯的时候,考虑到他家位居高处,路不好走,要在他家门口安装一盏路灯。他不同意,说是用他家一家的电,好了大家,他坚决不干。工作人员解释说这路灯耗的是太阳能,不用他家的电,他不相信,说不是偷他家的电才怪。不管村干部们如何做工作,他就是死活不同意,最终没有安成。现在,他身体不好,经常生病,仰靠村干部和帮扶干部照顾。但一有人问他,国家政策好不好,帮扶干部好不好,他只会说不好,接着跟你满腹牢骚,数落他女人狠心,崽都可以不要,也不晓得死到哪里去了。据说他把树香打跑之后,人一下子变蔫了,之前盛气凌人的锐气消失殆尽,他没再去打牌,整天坐在门口东张西望,盼着树香有一天能够突然出现，孩子饿了，他就领着孩子出去蹭饭，惹得全寨的人，尤其他哥嫂对他厌恶至极。他等了五年，仍旧没有树香一点消息，一气之下就去派出所给树香申报了死亡。那孩子跟着他，过着饥一餐，饱一顿的生活，也学着他手脚不干净，既可怜又遭恨，勉强读完小学就出去打工了，有时给他父亲寄点生活费，有时一两年也不联系。前阵子村委收到广州某派出所寄来的一封信，说那孩子因盗窃罪被关进了看守所。

　　从高垴村出来，公路一路下旋，望着窗外连绵起伏的崇山峻岭，我想象着树香当年逃离时的情景，同为女人，同为母亲，我不禁为她感到无比辛酸。不知当她晓得那孩子的近况后，心里又会是一番什么滋味。我思考着回去要不要告诉她，杨浩说，最好什么也别说，只当我们没有去过高垴。回到宁寨，树香好几次拦住我，跟我聊天，甚至不惜揭开她过去的伤疤，但每要聊到那孩子的时候，又不自觉地迈过去了。好像希望我能告诉她什么，又害怕我会告诉她什么。我像什么也不知道般劝她别总想着过去，现在的两个孩子这样乖巧优秀，要把眼下的日子过好。

　　我们给树香重新上了户口后，又帮吴显良和树香把结婚证给办了，他们家低保救助也增加到了每月一千元。

　　我们将结婚证递给吴显良时，问他，这下该安心了吧？

　　他接过证书，抚了抚，"扑通"一声，就给我们跪下了。我们将他扶起来。他收好证书，脸上却是难言的苦笑。其实我们心里清楚，他的自卑与不自信已经根深蒂固，哪里是一本证书就能消除的。

　　除了针对性的扶贫，我们也考虑着如何能让他们获得长效发展的动力。第一书记先前引进了一家布绒玩具厂，村里有十多个妇女在那里做工，还有些老人将一些简单的活路领回家里去做，每天能挣十来块钱。能挣一点是一点，关键是有事情做，人才不会那么空虚和无聊。杨浩曾鼓励吴显良也去领些活儿来做，吴显良却觉得那是女人们干的活，怎么也不肯。后来，我们发现村里有藤编的传统，经过考查，去请了老师来讲课，教授他们现代藤编技巧，待他们学会技能之后，再帮他们慢慢打开市场。这正适合吴显良们这样的残疾和老弱男子，杨浩就极力鼓动吴显良去学。"腿站不起来，手是灵活的嘛，只有参与劳动，你才能慢慢自信起来。"

吴显良成了编织队中的一员。

我买了吴显良编的第一只篮子，装上干花，挂于客厅。篮子虽然丑了点，粗糙了点，但与干花配起来还蛮有艺术气息的。我拍照发了朋友圈，很多人点赞，还纷纷问我，哪里买到的纯手工藤编。

我将这些拿给吴显良看。吴显良不好意思地笑着，他说，还是你们文化人会弄，这么丑的篮子，竟被你打扮得这么好看。

我说，不是我把它打扮得好看，是因为纯手工有温度，现在人们都喜欢有温度的东西。

吴显良看着自己越编越好的作品，终于把嘴咧开，欢欢实实地笑了起来。

俗话说，叫花子都有年三十。寒假，吴美欢也许实在是无处可去，终于回来了。起初，她除了做做家务，便总是躲在自己的阁楼里，大门不出，二门不迈，以书为伴。我和杨浩常去看她，她不得不像个小主人似的招呼我们。开始是我和杨浩一唱一和地和她聊起校园生活，聊青春，聊当下的扶贫工作，她没有言语，只静静地听着，但我们知道，她的心在渐渐地松动。熟悉之后，我们便动员她参加一些志愿者活动，在我们特别忙碌的时候来帮帮忙。她撇不开情面，试着跟其他的志愿者串巷入户，没有人再提及以往的事，而我们驻村网格员似乎压根不知道以前的事，她慢慢融入到她的伙伴之中。我知道这是一个艰难的过程，但我相信终有一天，她会挺直了腰板，像山里飞出去的金凤凰，风光地回到宁寨。

吴美欢回来前，树香已跟着村里的队伍南下去砍甘蔗了。刚到宁寨时，就听村干部介绍，说宁寨人的主要收入除那些长期外出务工的之外，就是十一月至次年的四月这段农闲时间，劳动力大批量地去往广西、广东、海南砍甘蔗。他们成群结队地出去，以承包的方式揽活，一般一人能挣一两万，运气好时，干活狠的挣个四五万也不成问题。

所以，我们初入农户家做调查时，总会问一句："冬季去砍甘蔗的吗？"如果家里有人去砍甘蔗，那这个家庭的收入我们便心中有数了。今年借脱贫攻坚之风，我们联系镇劳动事务办，以组织劳力输出的方式，请了车子批量地把他们送往沿海的各大农场。

树香今年是第一次去。孩子小时她脱不开身，后来是吴显良不安心，总担心她去了就不会再回来。为了那个家，她很少走出宁寨，最多到过镇上，吴美欢在县城读书，她都还从未去过。今年他们领了证，吴显良也有了自己的事做，吴美欢回家也可以帮着做家务，她也就可以安心地迈出这个家，去往更广阔的天地，挥洒她的汗水，给她的家庭挣下更有力的保障了。

出发那天，树香早早起来，包了糯米饭和酸菜，用一根山茶油树挑起简单的行囊来跟大家会合。上车落座后，大家要她把那根山茶油树木棒扔了，她却舍不得。我从她手里接过来说，我替你保管着。她递给我，不好意思地笑了笑，最后，终于朝车窗挥了挥手，忐忑而又兴奋的心绪堆满了她的脸上。

我抚摸着手里的木棒，是一截手腕般粗的山茶油树做成的挑杠，已被打磨得溜圆光滑，却仍散发着树木本身的淡淡的清香。这种山茶油树在我们这里的山上到处都是，小时候上山砍柴遇到这种树是既喜欢又害怕。喜欢是因为大人叮嘱，说山茶油树是好柴，害怕是因为这种柴太坚硬，难得砍断。这是一种野生的山茶油树，生长在土壤特别薄的贫瘠之地，却特别坚实而有韧性，可以随着环境长得弯弯拐拐，一年四季，只要有适合的条件，就会开出小小的白色的花朵，结出一颗颗硬硬的果实，果实成熟炸裂后，可以捡来榨出最醇香而清亮的山茶油。也有长得高大少结果的，人们更喜欢砍来做刀把、锄头把、挑杠等，坚硬扎实，一辈子都用不烂。

想到这些，看着树香们远去，我忽然有种热泪盈眶的冲动。

（原载《民族文学》2021 年第 12 期）

# 山里的太阳

## 1

万千话语，就从一场火灾起笔吧。

深居大山，别的没有，就多木材，因而房屋、圈舍、家具清一色木材做的。还有，谁家屋边若不囤积一两堆柴火，定会颜面无光，要么被骂作懒婆娘，要么被取笑没个理家的女人。一排排依山而建的吊脚楼，一扎扎码得齐整的柴垛，鳞次栉比，古朴雅致。你见了，一定会大加感慨，会举着相机"啪啪"地拍个不停。每当看到破败的木屋连同周边的风景装进陌生人的相机里，乡亲们不理解，却免不了小小的骄傲。不过，有人说我们村是传统村落，要统一规划，暂时不准自建砖房的时候，许多人就冒出来反对了。"城里人住着高楼别墅，却跑来乡间指手画脚，凭什么不准我们修建砖房，真的是只许州官放火，不许百姓点灯啊！"

不管有钱没钱，在这个问题上，乡亲们都是铁了心反对的。"传统村落是个么子嘛，也没见有么好处，还这不准那不准的，我们才不要当么子传统村落。"这很好理解，在木房生活过的人都清

楚，木房虽然好看，住着也舒爽，但是，它让人提心吊胆啊。

　　山里的夜总是格外宁静。当灯光落下，黑暗罩住一切声音后，喊寨的铜锣声就会于寂静的底端爬出来，"当——当——各家各户，小心火烛——当——当——"仿佛谁把石块猛然投到平静的湖水里，涟漪一样在漆黑的旷夜里拖着绵长的颤音，落在人心处，便是一阵阵刺骨的惊觉，叫人不敢安睡。

　　奇怪的是，火灾当晚村里似乎没人听到铜锣敲响的声音。事后问杨二溜，跛脚的杨二溜弯着脸、眼睛圆睁、鼻子和嘴巴因为说话太过用力几乎扭在了一起。杨二溜手足并用，磕磕巴巴地说："我、我、我敲、敲的，每个旮旯都、都走过的，怪你们全都被、被电影迷、迷、迷、迷住了……"

　　那场大火燃烧起来的时候，人们正在甜美的睡梦里品味生活的美好。

　　呵呵，你一定会说这句话有问题，并且至少列出三条理由。你是一个勤思考好怀疑的人，我喜欢你这样，你越是刻薄越能帮助我进步。这个世界没什么好可怕的，除了冷漠。

　　你的三条理由，我想一定是这样的。第一，山民的睡眠多半是没有梦的，更何况是在抢黄收割劳累了一天后的午夜时分。是的，人们都睡得很沉，凌晨一点，正是干体力活的农村人睡眠最深的时候，不像都市里的人，夜生活才刚刚开始。村庄睡得太沉了，以至于喊救火的人在巷旮旯里喊破了嗓子，最后绝望地"哇哇"大哭，人们才在一片惊慌中次第醒来。我只记得当时我是被我的两个姐姐拉着滚下床的。母亲救火去了，父亲因为之前拖木头伤了脚下不了床。大姐在父亲的指挥下用竹筐装了半筐米，和二姐抬到屋外的晒坪上。襁褓中的涛弟"呀呀"地哭开了，大姐将涛弟吃力地背上背，二姐拉着波弟，只有我怎么叫也叫不醒。二姐说："火越来越大了，天空全变红了，我们赶紧背书包逃吧？"我被大姐二姐合力拖掉在地上，"扑通"一声吓醒过来，揉了揉眼睛，却怎么也睁不开，根本看不到二姐说的火光。我想我又没有书包，就闭着眼睛摸回床上继续睡觉。

你会说即便有梦，也不可能都甜美，更不可能是在品味美好生活。没错，贵州是中国发展相对落后的省份，更何况我那藏在大山深处不为外人所知的小村庄。那个年代，改革开放的春风只不过刚刚吹拂在沿海一带，距离我们内陆的深山老林，还隔着十万八千里。这样说吧，现在的孩子往往将摔东西当作一种游戏，而我的童年却常常因为摔破一只碗需要忍受长久的恐惧，并为此从来不敢去招惹牵牛花，因为大人说那是破碗花，谁摘了它，谁就会打破碗。有一次我跟母亲到归寅坡薅秧，我主要是去背涛弟的。我背着涛弟拿着一只缺了口的碗到溪沟头去接水喝，不小心踩到一块长了青苔的石头，脚一滑，连人带碗摔进沟里。为了不伤到背上的涛弟，我急忙侧身，尽量用手和膝盖接触地面，结果膝盖被磕破了皮，手掌也被摔碎的碗划了一道口子，鲜血直淌。我吓得大哭，涛弟也哭，母亲从田里出来，看到碎得再也用不成的碗屑，朝我吼道："哭！还好意思哭！这么大了这点小事都做不好！"我摊开滴血的手掌给母亲看，希望能博得一丝怜惜。母亲声音低了些，语气却仍旧如同不会转弯的直杠子般说道："摔伤了肉还会长出来，碗破了拿什么去买！"

现在的孩子，大概没有谁知道洗衣棒长什么样、有什么用处了，而我的一个小伙伴却因为那样一截木棍丢掉了性命。我并非信口胡诌、耸人听闻，这个事件确确实实发生在我的童年。她有一个好听的名字，叫兰珍。哦，顺便告诉你，我的乳名叫嫦珍。不过，我们侗家称呼女孩儿有个习惯，喜欢在名字前加个"妹"字以标明性别，所以我和兰珍在村里成了同名人，都被喊叫妹珍，从来没有人叫我们兰珍或嫦珍的，有时为了不混淆，也只说是杨排的妹珍还是江边寨的妹珍。就连我的弟弟妹妹都那样叫我，或者有求于我时叫我妹珍姐。唯有从外地嫁来的小叔妈呼我为珍妹儿或是珍妹妹。乍一听到这个称呼，我感觉心都酥了，欢喜得不行，顿时觉得小叔妈是我们村最漂亮最亲和的女人。

我和兰珍被人们叫成同一个名字，我是不服气的，因为我看上去比她好看也比她机灵。她又瘦又黑，眼睛大大的，下巴尖尖的，好像从没吃过饱饭，目光呆滞，表情木然，两条虫子一样的鼻涕每隔几分钟就往回吸一次，因为这个习惯，上嘴唇翘得都快贴着鼻子尖了。虽然那个时候我们也是蓬头垢面，手脚肮脏，两只袖子因擦鼻涕太过频繁而光亮无比，但与她比起来，还是要好许多倍。她做起事来也笨手笨脚的，扫的地像猫洗脸，留着一条一条的胡须，挑的水回到家里总是洒了一半，扯的猪菜也脏兮兮的，夹着很多杂草，煮的饭也常常是半生不熟。一次村里摆宴席，有个老人让兰珍帮忙递烟斗给另一位老人，兰珍问也不问，有人伸手接，她就递出去，结果弄错了，烟斗找不回来，被她母亲痛打了一顿，还成了人们取乐的笑柄。从那以后，你若再让她帮取物件，她拿来了也不会交给你，除非你明确说让她递给你或者放在哪个地方，不然她就会一直抱着一动不动。一看到兰珍呆呆的样子，人们又嘲笑起她来，还津津乐道地历数她种种可笑之处，而她在人们的嘲笑声中越发显得呆笨了。

她的母亲更是把她当作一个碍眼的东西，时常拿着扫帚追得她满街跑，整个寨子都响着她的哭喊声，就像过年杀猪。但杀猪的氛围是喜庆的，而她的哭叫声往往刺得人心颤，连我母亲在屋里听到了也要感叹，全然忘了她打骂我们时的情景。一开始，人们是同情兰珍的，还有人出面劝过兰珍妈，但刺耳的声音听得多了，也就厌烦起来，埋怨兰珍装腔作势，嗓门太大。

终于，人们再也不会听到兰珍的叫喊了，因为兰珍已随着一根洗衣棒漂走了。具体情况谁也不清楚，发现的人说是在龙塘打捞上来的，当时尸体已经膨胀得像只小猪，而与她一起漂浮在龙塘崖下的角落里的，还有她家那根光滑无比的油树柴洗衣棒。

似乎为了证实什么，也似乎为了缅怀，我特意跑到洗衣畔去，果然看到青石板上，一只篮子和几件衣物，不管河水的流淌，依旧静静地、安详地、执着地等待它们的主人归来。可是，它们的主人再也不会回来了。帮忙捡拾那些衣物的时候，我的眼泪掉下来。这一年，我六岁，兰珍七岁，我第一次接触到死亡，而兰珍却终结了她的生命。

让我不能理解的是，兰珍的母亲从山坡上回来，连滚带爬地来到兰珍的身边，看到腹部肿胀、脸色惨白、眼睛嘴巴紧紧关闭着的兰珍，不是伤心地哭泣，而是对着那小小的可怜的尸身狠狠地拍打，那股狠劲似乎要将尸体拍成粉末，似乎为以后再也不能追打兰珍而要一次性打个够。一边打还一边骂着恶毒的语言，说兰珍是这个世上最没有情义的东西，骂兰珍是半路讨债鬼，白白糟蹋了那些白花花的米饭。好在兰珍终于再也听不到，再也不会疼，再也不用恐惧、不用伤心了。我为兰珍感到一种快意，一种用彻底沉默进行的最为有力的反抗的快意。

第二天，兰珍的母亲又为一家人的生计奔忙了，她的脸上毫无表情，好像兰珍从来就不曾来过一样。可是，奶奶对我说："生养之情比天大，受点委屈挨点打骂算得了什么，等你偿还了父母的恩情，随便你。"这是我受不了母亲重男轻女的偏心，换上新衣站在崖边上想要让母亲后悔时，奶奶对我说的话。

若干年后，我也到了为人母之年，历经了世间的种种艰辛，时常看到兰珍母亲对着村边那条小河茫然而空洞的眼神，我才体会到兰珍母亲当时披头散发、近乎癫狂的那份痛楚与辛酸。

好了，扯太远了，我来说你的第三个理由，你的第三个理由一定想说就算我当时睡得香甜，那也只能代表我个人，怎么能够代表全村的人呢。其实，我之所以说人们正在甜美的睡梦里品味生活的美好，是因为那天晚上，村里放了两场电影。我已不记得放的什么片子，但永远也不会忘记放电影时的热闹与欢快，那可是比过年更让人期待的事。早上广播就通知了，说今天中秋，有人请看电影，大伙收工早一点。于是，一整天，村庄都笼罩在一种不动声色的喜庆里，人人笑逐颜开，见面时打的招呼不再是"吃了没""谷子打了多少"，而是"嘿嘿，今晚放电影""是呢，有电影"。

吃过晌午，我得到特许不用再去割谷子，而是留在家里打凉水和煮饭，并在适合的时机到街上号位子。我先挑了一挑水，时间还早，就约佩妮、水兰、杨香去河里翻鱼。这恰是翻鱼的好时节，天热、水浅，唯一不如意的是立秋后河里容易起风，泛起的水纹看不清水底的动向。不过没关系，像我们这样的小鬼头也只会盲翻。扒平一个地方，将拖把放好——拖把，你知道的吧，我朋友圈晒过的，用竹篾编的、

山里的太阳

205

口宽宽的、肚子大大的一种捕鱼工具——去河边的路上，我们会扯一把鱼草放到拖把里，拖把放平了，再压上一块石头，不让底部有缝隙，然后胡乱一气地掀一槽石头过去，好鱼捉不到，螃蟹、虾子、江虫总不会辜负我们。翻了一会儿，担心占不到看电影的好位置，我们就打道回府了。虽然没捉到什么鱼，但螃蟹虾子装了满满一饭碗，这意外的收获，母亲和姐姐回来看到一定会很高兴的。回到家，大街上已经摆了几条长凳，我们也赶紧搬凳子去占位置。然后挑水、煮饭、喂猪，给父亲换药，把一切弄好了，就在大街上守凳子，玩撒撒和捡毛头子的游戏，等母亲姐姐回来煮菜。

吃过晚饭，分了月饼，电影开始放映。除了走不动的老人，几乎家家倾巢出动。说来怕你笑话，其实我是不敢看电影的，那时我还不懂得什么叫故事，只觉得电影里的世界不是无尽的战争就是无尽的阴谋，这种与现实生活相去甚远的陌生让我恐惧，总担心刀剑会刺穿幕布，子弹会飞出来伤着自己。我佝着头，躲在别人的背后，只有听到好听的女性声音时，我才抬头瞟一眼，看这女人是否漂亮。

我不敢看电影，却喜欢放电影的这份热闹。村里人似乎没有谁不喜欢，一场电影，即便看不懂，也是可以让人们谈论好几天的，还有人会追着放映队，从这个村到那个寨，一样的片子看来看去，总也看不厌。电影散场，劳累了一天的人们带着难得的满足感回去睡觉，自然很快就进入了甜美的梦乡。

那场大火，是被几个不辞辛劳去偷毛豆和南瓜的青年发现的。

在我们村，在那个物资匮乏的年代，中秋节算得上年轻人最嗨的节日了。俗话说，"八月中秋，乱煮乱偷""八月十五着偷瓜，不准唉声不准骂"。中秋的晚上，是一个开放性的夜晚，可以公开地去偷别人家田间地头的瓜果蔬菜。说起来，这个习俗应该是为方便青年男女交往恋爱而提供的平台。

那个时候，乡村没什么娱乐消遣，青年男女相邀聚会，煮夜宵是最好的名目，而且为着吃这个天经地义的正事，谁也没有阻拦的理由。但是，在那个物资匮乏的年代，谁家也没有能力宴请那么大群的人。

再说，如果是宴请，就有了宾主之分，也就难免有拘束受缚之感。所以，这个夜宵得是额外的收获，吃起来才自在快活。这额外的收获一方面来自山上的野果野菜，河里的鱼虾螃蟹，另一方面就是偷。白天忙于活计，采野果捞鱼虾的事很少刻意为之，而到了夜晚就只能偷了，而这偷更别有一番乐趣。吃，不过是相聚的由头，那到田间地头去偷的过程，才是青年男女们期盼的事儿。

中秋之夜，圆月高悬，明亮如昼，清风送爽。青年男女们三五成群，走你家摘几瓣毛豆，我家挖几个红薯，他家砍几棵高粱，一家偷一点，这样就不会被主人发现，或是发现了也不至于生气。而青年们也都愿意多跑些地方，尽量将偷的过程拉长。一边偷一边就有人吹起了木叶，唱起了山歌：

> 月亮弯弯两头勾
> 两颗星宿挂两头
> 金钩挂在银钩上啊
> 郎心挂在妹心头
> ……
> 月亮出来亮堂堂
> 犀牛望月妹望郎
> 郎有心来妹有意呀
> 有心有意　结成双
> ……

那样的歌声一直唱到月亮西斜，唱到大人们都睡下了，唱到万籁俱寂，才一路笑笑闹闹，回到村里舂碓、烧火、煮毛豆、熬稀饭。这稀饭其实一点也不稀，将它称之为糊更恰切些，只是村里人习惯将一切稠状的食物都称之为稀饭。它是用糯米舂成面粉，以舂烂的红薯、豆根、刺梨果或者南瓜过滤为水，用文火慢慢熬制而成，熬成的稀饭还不能趁热吃，得放凉了，吃起来才既香甜爽滑而又不腻味。也有吃稀饭的高手，一碗刚出锅的稀饭，冒着滚烫的热气，沿着碗口边缘，边吹边喝，"哧溜哧溜"，几下就见了底。煮夜宵，不管偷到什么，熬稀饭都是必需的，似乎必得有这样一个漫长的熬制过程，这夜宵才显得别有意味。那时我还太小，高高兴兴地追着哥哥姐姐们出去，但通常喝不到稀饭就睡着了，能够喝到稀饭的人，大概只有那些已经拥有爱情或是正在追寻爱情的人。我想，因了这样的夜晚而结成连理，后来应该总能记得那月光下的浪漫和这稀饭的甜蜜而少了生活的纷争吧。

那天晚上，青年们还来不及熬煮他们的爱情，就被冲天的火光吓傻了。虽然发现得早，可是天干气燥，屋宇相连，村民倾全力扑救，舀干了三个水塘五丘田的水，可还是烧毁了大半个寨子、一百来户人家，以及两间教室和一座鼓楼。

第二天，我被母亲狠狠打了一顿，母亲把我推到大街上，说："你看，你看吧，如果我们家在上寨，你就被烧死了。"我抬眼望过去，才发现寨子空了一半，就好像一个丰腴的桃子，被一个讨厌的人咬掉了一大口，嚼碎后又吐出来，弄得满地狼藉。到处都是肮脏的瓦砾和焦黑的木炭，有人蓬头垢面，颓然地坐在地上，红着眼睛抹泪哭泣；有人这一堆那一团地聚首谈论；村支书、我的三伯沙哑着嗓子叫喊着各家各户清点人员，联络亲戚借住。据说有一个瘫痪在床的老人被烧死了，还说火源就是从他的屋子里燃起来的。人们议论纷纷，有人哭，有人骂，有人劝慰，有人了无生气。路面潮湿而泥泞，整个村庄混乱不堪，只有太阳照常升起来，依旧没心没肺地明晃晃地灿烂。

## 2

被烧死的人叫杨老来，是一个瘫痪在床吃"百家饭"的独居老人。至于杨老来为什么要将自己烧死，他又是如何将火点起来的，人们猜测多日，也没能得出统一结论，只是有些细节被流传了出来。

先是学校里有人说，放农忙假前，有人看到周杨木在杨老来的窗子下捡到一堆钱，周杨木给杨老来买了一盒火柴后，剩下的钱就全归他了。有人逼问周杨木，杨老来跟他说了什么，为哪样要给杨老来买火柴，得了杨老来多少钱？一开始周杨木还"叽叽咕咕"说些大家听不清的话，被他爹弟狗周狂揍一顿后，任人怎么问他也不开口了。周杨木当时是我二姐她们班的同学，他二妹周杨香后来与我是同班同学。我去过他们家，但没跟他说过话，每次见他，他总是拿根枝丫在地上画呀画呀，或是埋着头，把笔竖着握在手里，在纸上涂来涂去，每次都在同一个地方反反复复地画，根本不知他究竟画了些什么，问他，他也不作答，一副不爱理人的闷样子。

另一个细节是，中秋节那天轮到六队的石朝刚家给杨老来送饭。石朝刚一家打谷子天黑了才回到家，他家饭还没煮熟电影就放映了，他们是扛着碗到街上边看边吃的，就把给杨老来送饭这档事忘到了后脑勺。有人埋怨石朝刚女人金菊，金菊在村里是个厉害角色，她回怼说："那么老的人，少吃一餐饭算得了什么，他自己想死，怪得上我吗，又不止我一家忘记过送饭，饭送去他不也经常不吃的嘛。"

据说，在买火柴事件更早的一些时候，杨老来就流露出了寻死的愿望。他尝试过绝食，曾连着几餐不吃人们送去的饭食，后来终究扛不住饿，又吃了。他也央过人们给他下药。事一出，凤仙奶就哭天喊地的宣扬："造孽呀造孽，这是哪辈子造的孽哟，当初我要是给他一包老鼠药，就不会连累大家了哇，反正都是土埋脖子的人了，怕什么牛头马面，原想着修阴功，哪晓得是助纣为虐啊！"其实，即使凤仙奶不哭喊出来，大家也都心里清楚，杨老来没死之前，谁都盼着他死，而他求着人们赐他死亡时，又谁都害怕成为罪人，有损阴德。

如今，杨老来死了，连同一起毁灭的，还有大半个寨子，百来户人家的心血，谁是这一切的罪魁祸首呢？这事无法深究，遭殃的人也就只能自认倒霉。

火灾对于侗家人而言几乎是毁灭性的。我们侗家人特别注重家园的建设，舍不得吃，舍不得穿，指缝里抠拣出来，也要先立屋打灶，将那个家布置敞亮。俗话说"一看屋二看床三看周边四看郎"，意思是男方家来说媒，女方家都要先去男方家看过，才能决定是否点头，这

山里的太阳

是我们地方娶亲嫁女必走的程序，叫"看屋"。看屋，一看房子是单门独户还是三间大屋，是自立门户还是与兄弟合住；二看床上的棉被，看家里的摆设；三看屋外周边的环境，有没有院落，有没有齐整的柴垛，打扫得干不干净，与邻居和不和睦。看了这些，这个家庭富不富有、勤不勤快、实不实诚便都知晓了。因而看屋不单单是看房子，而是去了解一个人的底细。即便到了自由恋爱的时代，父母也总要告诫："你喜欢他，你晓得他是什么样的人，你到他屋看过了？"言下之意是必须到一个人的家去看过，才算得上真正了解他。基于这样的观念，人们把多年奋斗的积蓄全都倾注在住着的木屋里，也许要历经一代两代三代，才能将房屋及其周边打理好。那个年代，大家都没有存款，一把火烧掉的不仅仅是一栋房子，而是所有的财产，不管之前贫穷或富有，全都彻彻底底的变成了穷光蛋。

　　又一次沦为穷光蛋的弟狗周无力地瘫坐在地上，双手抱着头，脸上是一副欲哭无泪的表情。在人们的摆谈里，有人说那个时候的他就像个被彻底击败的英雄。弟狗周是我们村出了名的硬汉，每天早出晚归领着老婆孩子在山上劳作，不到天黑不回家，回家肩上必定担着东西，一扛柴、一挑草，或别的什么，不管天晴或下雨，也不管多晚多累，从来没有甩手撂脚走空路的时候。他辛苦大半辈子，终于有了一栋属于自己的房子，以及房子里逐渐丰满起来的生活物品。换言之，他终于有了自己的家，终于在这个陌生的地方站稳了脚。但是现在，所有的一切都付之一炬了，他又变回了当初的一穷二白。

　　看着焦黑凌乱的屋基，弟狗周说他当时感觉身体仿佛被抽空了一般，与乍一听到着火时的慌乱不一样，是由于绝望、心痛带来的不知道干什么、从哪里着手的迷茫。这场火灾之后，很多人都感觉到心口疼痛，好几个妇女在第二年的春天依然病歪歪地捂着心口，人们以为她们患了重病，劝其家人送去医院检查，检查结果说心脏完好无损，光白白花了钱。

　　好在弟狗周心口疼痛持续的时间不长。在借住于丈老家的日子里，他总是望着屋边的李树叹息，说别人放火，为什么我们要跟着遭殃？他想要不是那些黄了叶枯了枝的树木，他也不至于一件东西都救不出来。

弟狗周家住在学校旁边，学校又在杨老来家隔壁，而火是从杨老来家起的。弟狗周清楚地记得自己醒来的时候，屋里已经闷热无比了，他预感到大火已逼近他家，心想出去后肯定就进不来了，他该搬什么，什么才最值钱。可是他想不起来，哆哆嗦嗦连衣服都穿不利索。他老婆也是如此。当他们把衣服披上，才想起崽还没醒呢，还是救崽要紧。弟狗周薅起小子儿夹在胳肢窝下，又摸到大儿子房间用被子一卷就扛着往外跑，媳妇拉着两个睡眼惺忪的女儿几乎是连滚带爬出来的。再进去已不可能了，仿佛一"哧溜"，火就从学校经由几棵李子树点着了他的家。一家人除了抱出一床被子，什么都没有救出来。

弟狗周并不是我们村的原住民，他是哪里人、从哪里来至今无人知晓。听说他是逃难流落到了我们村庄。

不晓得你们那里是否有这种现象，我们这边六七十年代走村串寨要饭的人特别多，可以说是当时流行的一种风气。那些要饭的并非无家可归的浪荡子，而是粮食不够吃或是遭了灾难的家庭，派出老人和小孩，或者妇女，背个蓝靛布做的大口袋，在收了稻谷之后的冬季或是有年粑的春季，一个寨子一个寨子的串门讨要。只要有人上门，善良的乡亲总是会或多或少地给一点。农村是熟人社会，虽然交通不便，但人与人之间是透亮的，若不是到了绝难的境地，谁也不会厚着脸皮去讨饭。讨饭的人，无论入了谁家，都免不了要和主人攀谈一阵，告知自己是某村某户人家，家里情况如何，村里情况如何，数数自己的苦楚，掉几滴眼泪，回答些主人的问题，一来二去，远村远寨的人们也就相互熟悉了。偶尔有不了解情况的外地人，看我们鸡鸭关在屋外，牛羊养在山上，家家户户无人时也敞着门，以为是山里人疏于防范而起偷盗之心，一回得手，两回三回可能就要被乡亲们围堵追打。弟狗周就是在那个年代来到我们村庄的。

陌生的弟狗周一进入村头的门楼，就引起了村民们的注意。他衣衫破烂、蓬头垢面，肩上挎着一个瘪塌塌的布袋子，怎么看都像个叫花子。那年月叫花子虽多，但年轻的男叫花却是几乎没有的，因而他

山里的太阳

211

一出现便引起了人们的警觉。人们警觉地和他搭话，这个陌生的小伙子操着一口大家听不太懂的酸汤话，问了几句问不出所以然，但显然他不是来讨饭的，村里人便悄悄注意着他的动向，以防他有偷鸡摸狗的举动。然而弟狗周很老实，进了寨子，有人屋门口堆放着红薯，他只看了看也没有去拿，最后却在我们的花桥上饿晕过去。

杨树生救了他，热情地管吃管住，嘘寒问暖，像待自家人一样，似乎有招他为上门郎之意。杨树生家生了四个女儿，无子，能招个无牵无挂的人做上门郎倒也是件好事。弟狗周却不领情。弟狗周既没有告诉人们他从哪里来，要到哪里去，也没有说他姓甚名谁，无论你问他什么，他都只是摇头。弟狗周在杨树生家住了几天，帮杨树生家做了几天农活就搬出来了，开始了帮人打零工讨口饭吃的生活。那个时候大家都很贫穷，谁家有事都是亲戚邻里相互帮衬，从来没有出钱请工的，弟狗周的日子便极不好过，饱一餐饿一顿，今天在这个家里借住一宿，明晚又只得找个牛棚蹲一宿。尽管如此，他却再也没有要离开的意思。村里人因为不晓得他的名字，便依照习惯喊他叫弟，后来又因为他总是蓬头垢面而得名弟狗。直到生产队分给他田地，又允许他住到学校旁边那个废弃的瓦窑洞里，他才告知人们他姓周。

弟狗周被我们的村庄接纳，是因为他救了我们的花桥。天气渐暖之后，花桥成了弟狗周固定的歇脚点。某个傍晚，弟狗周对村里人说夜晚要涨洪水，而且有可能是特大洪水，我们的河道窄，花桥距河面又低，恐怕有被大水冲走的危险。人们笑话他说，那么几颗雨，翻了土的地都湿不透，哪来什么洪水，躺桥上做梦的吧。他将人们领到高处，指着遥远而迷蒙的山峦说，我们这里的雨是不大，可上游已经下了很久的暴雨了。人们说，那么远，雾蒙蒙的，谁能断定下的是大雨还是小雨。弟狗周说他是根据河水上涨的速度来判断的。略懂气象的备受尊敬的我的爷爷也说，前些天他观察日出与日落，也觉得是要下暴雨的，但具体哪个时候下，会下在哪个坡头，他拿捏不准。后来有人在河边洗衣洗菜，也明显感觉到了水位在迅速上升。大家相信了他的话，全寨立刻行动起来，用抓钩铁索将花桥紧紧地绑起来，有的拴在树上，有的绑到岩石上，无处绑的就着壮汉们手拉肩扛。入夜，大雨开始倾盆直下，山洪水突突而来，一浪高过一浪，弟狗周和汉子们在桥的两头死死拽住铁索，直到天亮，雨过天晴，洪水渐渐退去，汉子们身上留下一条一条的血痕，而花桥终于又平稳地经历了一次特大的暴风雨。

　　侗族的花桥又名风雨桥，有翘角的瓦檐可以遮风挡雨，有"美人靠"供行人休息，是村里最重要的集体资产，想来你该是见过的。我们的花桥每遇较大山洪，人们就是以这样的方式来保护它，让它在河面上屹立几百年而不倒。听大人们描述这个场景的时候，我怎么也想象不出人力与洪水抗衡时的那种惊心动魄。据说那次山洪是百年不遇的大水，花桥因为得到提前加固和守护完好无损，而另一路段的石拱桥却被冲垮了一个桥墩和一排护栏。

　　弟狗周护桥有功，而他又在我们村逗留了大半年也没有要离开的意思，大队便给他分了一份田地和山林，他算正式落户我们云岭村了。正式成为我们村村民的弟狗周十分勤劳，他先是上山砍了些木材，跟地方上的木工师傅学做神榜，将他的祖先请到了他的瓦窑洞里。他每天早出晚归，耕田种地，植树造林，喂猪养鸡，几年后，他终于在邻里乡亲的帮助下立起了三间大屋。三间大屋装了一间他便成家了，娶的是杨树生家的女儿。后来，孩子接二连三地出生，生产工具、生活用品也需要一件一件地添加，尽管他和老婆马不停蹄地劳作，但直到房子被大火烧毁之前，也没能将三间大屋装满。

　　"什么时候才又能重新立一幢三间大屋啊！"

　　年过四十的弟狗周每次看到那块焦黑的土地，都忍不住揪着头发叹息。

　　弟狗周决定发起一场砍树运动。弟狗周本来想恨杨老来，可是杨老来死了。杨老来无儿无女，不可能有任何赔偿。他也不可能去埋怨自己的儿子周杨木，那顿揍是打给村里人看的，没有周杨木，也还会有别的杨木。他思来想去，最后将仇恨转嫁给了那些无辜的树。

　　在弟狗周发起砍树运动之前，我敢说我们的村庄是最美丽的村庄。"榆柳荫后檐，桃李罗堂前"，上学后，每每读到这个句子，我就会想起记忆里的村庄。那个时候，几乎家家户户房前屋后都有棵桃树、李树、茶树，或是葡萄架子，最不济的也会栽种些花草。整个村庄除了供人行走的道路和每个小组的晒坝，很难找出一块空闲的地方。就连石头缝里也要撒上些胭脂花、凤仙花、辣子果、臭牡丹之类易成活的花草。因为这些树木花草不仅装点着我们的家园，还为我们提供水果、菜肴和药品。房前屋后、田边地角，那些不起眼的花草树木，都有可能是某味中药，关键的时候能治病救人。说出来也许你不相信，我没学过中医，我家也没出过郎中，可我通晓的中草药就有几十上百种。俗话说，"月亮山区，人人识药，全民皆医"便由此而来。

记得我家屋坎下就有两棵大李树，一棵红心李、一棵黄瓜李，以及四周围成一圈的古茶树。李树树干一人抱不过，树冠像两把大伞遮着一排猪圈。比李树矮的一圈茶树是奶奶的宝贝，新芽炒干泡水喝，老叶炒了煮糊米茶，茶花茶果则可以洗头入药，从根到叶全都是宝。屋前有个院坝，是我家的晒谷坪。院坝边上有棵大橘树，每年产的橘子够我们一家吃上一个冬天。橘树外是一堵矮墙，墙体很宽，嫂嫂和姐姐们挑来泥土填上，栽了许多漂亮的花草。母亲试图在矮墙上搭个葡萄架，但年年插上葡萄秧子，年年都只牵了藤，还吃不上葡萄冬天就死掉了。大概是母亲心不在此，追的肥不够，而我们也不愿意让她的葡萄遮盖了那些花草。

说起这些记忆，扯起来太远了，在如今这个快节奏的时代里，要谢你耐心听我唠叨。

最让我难以忘怀的，是站在后龙山上俯瞰村庄时的情景。后龙山不远，但高，爬上半坡就可以看到村庄的全貌。村庄坐落在一个坡度缓和的小山上，四周的山脉聚拢而来，如同多龙抢宝。村庄的形状远看像一枚五角星，但在蓬勃的树木们的衬托下，更像一朵云。尤其春天，桃花李花开的时候，整个村庄淹没在花海里，那简直就是一团点缀着霞光的蓬松的云。每到春天花开的时节，会有很多人特意爬到后龙山去观光这一情景。而冬天，树叶落光，那些消瘦却遒劲的枝丫与青瓦的屋檐相互映衬，仿佛水墨画一般。一条小河、一条公路形影相随地环绕村庄而过，像两条随风舞动的飘带，又为村庄增添了灵动与诗意。我想，也许这就是我们村庄得名云岭的原因。

每每想起这些景象，我就会对周杨香吹鼻子瞪眼睛，仿佛一切都是她的错。周杨香是弟狗周的二女儿，上学以后，我俩一直在同一个班。弟狗周向村委建议砍掉寨子里所有的树。弟狗周说，如果不是这些树，火就不会蔓延得那么快，为以后安全起见，寨子里的树都必须砍掉，树砍了村庄也不会显得那么拥挤。村支书、我的三伯当时正在为写火灾分析报告而发愁，那些无辜的树一下子就成了替罪羊。

砍树运动是在一个阳光明亮的冬日里进行的。之前村委开过几次动员会，不停用广播进行宣传，但是除了那些被大火烧得黑麻漆的枯树外，没有一户主动去砍自己家的树。三伯本想带头示范，但堂哥一见三伯拿起斧头，就跑去抱着树干不放。其实不单是我们孩子想保护那些树，村子里的寨老们更是反对。他们说，这些树长在我们屋边，就是我们家庭的一分子，就是这个村庄的一分子，它们年年为我们作出贡献，如同我们应该敬重的老人。寨子里的树只有自己不结果了、老死了才会被砍掉，然后栽上新的树。现在却要全部砍掉，而且还不允许再栽种，这不是违背祖先的传统吗？难道以前就没遭遇火灾？哪一次火灾砍过树了？

弟狗周哑口，三伯也哑口。但是，究竟是一棵树重要，还是人民的生命财产安全更重要？以前安全意识不强，现在既然意识到了，岂能依旧固守传统，早就该来一场变革了。劝说不行，村干们便采取了强硬的手段。于是某一天的早晨，人们从温暖的被窝里醒来，走出家门的时候，纷纷看见自家的树被人为地剥掉了一长截整圈的树皮。这些树不砍也活不成了。

村子里集体砍树的那天十分热闹又十分安静。砍树前进行了一场驱灾星的法事。道士先生手执佛尘净水，从村头到寨尾，一户一户，一个巷道一个巷道地将灾星扫出寨去。这期间，屋里不能有人，村庄不能进人，人们都从家里走出来，三五成群，聚在空旷处。人群聚集，难免嘈杂，却因法事的庄严性，人们既不能高声阔语，更不能追逐打闹。法事

山里的太阳

215

结束，接着便是砍树行动。"嘭""嘭""嘭嘭"，斧子碰撞木头的声音在寨子里此起彼伏，几百棵树木纷纷倒下，横尸街头巷尾，仿佛一场声势浩大的献祭。在这场献祭里，人们安静肃穆，连小孩子也不嬉闹，静静地看着喜爱的果树变成一截一截的木桩，在一旁偷偷地抹眼泪。只有寨子边上那些远离房屋的树木幸免于难，如同村庄的守护神。

树木被砍掉后，村庄变得很空旷，不像拔了杂草的菜地，倒像一个满头秀发的仙女突然变成了癞秃子，有种面目全非的感觉，比被烧掉房子的那片空地还让人难以适应。

## 3

当树桩子渐渐变旧，人们也慢慢接受了村庄没有头发的样子，那些被烧掉房子的地方，几年之后，又渐渐被房子填满了。甚至，村庄的版图在迅速扩大，仿佛我们村庄这朵云在逐渐地扩散。只是关于学校和鼓楼是否重建，一度成了一个公共争议的话题。

学校是一日不可缺的，农忙假结束，孩子们便要复学，村上只好将寨子中心的村委会改装成临时的教学楼。原本村里就是一个教学点，只有一到三年级，四年级后就到两公里外的塘坊学校就读。塘坊学校是以前的乡小学，含戴帽初中，后撤乡并镇，塘坊学校就变成了周边几个村庄共有的村小，而我们村里的小学也就变成了只有代课教师负责的教学点。村委会刚好四个房间，二楼两间是一年级和二年级，中间还有一小间做老师的办公室，一楼是个大敞间，是连同周边教学点也汇聚而来的三年级。整个村委会就全部被占用了。那年月，村上的事情也多半是现场处理，开会往往在某个院坝或村干家里，有没有办公楼影响不大。

我一至三年级便是在村委会上的，只是学生不断增多，每个班级人满为患，我们读三年级时已经七十多人，木房不隔音，回声又大，老师扯着嗓子在台上讲课，后面的根本听不清，还时常被外面的声音干扰。这样上了一个多月后，三年级终于搬到塘坊学校去了，一楼成了学前班。几年后，二年级也搬去了塘坊，后来是一年级，最后是学前班，村委会修修补补做了近二十年的临时学校，已老朽得不成样子，最后拆了建成砖房，才又恢复了村委会本来的功用。

在村里读书的两年，我都是背着涛弟去上学的。母亲说我上学了，涛弟就没人管带，让我再等等。波弟比我小不到两岁，在我背着涛弟跟随母亲上坡下地的日子里，他每天追随两个姐姐去学校，识得了不少字，常在我面前炫耀，欺负我蠢笨。我哪里肯再等，继续忍受这样的欺侮。我以不吃不喝不说话进行抗议，非要读书不可。父亲终于点头答应，给了钱让我去报名。拿到报名费，我以最快的速度冲到学校。报名的队伍很长，我激动地等待着，高兴得对谁都呵呵地笑。终于轮到我了。阳老师问我你叫什么名字。阳老师是佩妮的爹，那时他们家还没有搬去邓董，还是我家邻居，我和佩妮又极要好，不是你家进就是我家出的。我对阳老师的问话很奇怪，我说你知道我名字的啊。阳老师就笑，说不是那个名字，读书得另外起名。我说不是妹珍那就是嫦珍，我本来的名字叫嫦珍，但大家都叫我妹珍。更多的人笑起来。有人说，那都是乳名，读书得有书名，连姓氏一起的。我有点被捉弄了的感觉，很不好意思，但那种情绪很快就被兴奋压回去了。我又飞奔回家，父亲早在家门口等着了。我说快给我起名，报名用的名字。父亲说："早就起好了，是你太急，没有带去。"父亲递给我一张字条，我也没问叫什么，接过就跑了，像玩接力赛一样。

上学了，涛弟并没有离开我的背。我背着涛弟坐在课堂上，与我一样的有好几个同学，比如德秀背着德文，美青背着常安，杨香背着杨果。我们的课堂就显得相当热闹，老师在讲台上讲课，课堂下不时间就有婴儿"哇哇"啼哭，将全班同学的目光吸引过去。老师只好让背着婴孩的学生带着啼哭的根源远离教室。我为了尽可能少的被赶出教室，常常变着戏法哄涛弟玩，只要一听到他"哼哼"，就赶紧塞给他一本书，一支笔，或一块橡皮，或提前备下的花花草草之类。涛弟最大的喜好是玩那些有彩色图案的书，那些彩色图案转移了他的注意力，但只一会儿，"哗"的一下，书就被他撕烂了。每学期开学之初，领到新书的时候，我也是非常欢喜地用旧纸壳包上书的封面，决心要好好爱护它们。但往往是开学一周，书的封面没了，半学期后，每一本书都不堪目睹了，到学期结束，我一页书一个作业本都没有，全被涛弟当作玩具撕得没了影儿。父母并不在意我的成绩，涛弟的顽皮却练就了我过目不忘的好记性，每学期都能考班上第一名。

　　涛弟渐渐长大，会跑会跳之后再也不肯跟着我安静地待在教室里了。但两岁多的孩子仍旧需要有人看守，母亲实在没法，只好请房族里拄着拐杖的聋太坐在一旁看着，若涛弟跑离了视线，就赶紧着人来叫我。有时是坐在我家门口，有时是在马路边上，有时是在学校下的坪子上。每一节课间，我都得从教室里跑出来寻找涛弟，看他是否安好。一个飘着鹅毛大雪的早晨，我从家里看了涛弟出来，见德文正光着屁股拿着一条裤子在他家门口对着学校大哭，我看到德秀在教室的窗口上挥手，大喊着要德文进屋去。上课的钟声敲响了，德秀缩回去，任由德文在风雪里哭喊。那一刻，我心里忽然涌起一股柔情，想如果是涛弟，我定会心疼无比。顾不上迟到，我将德文抱回他家，给他穿好衣裤，忽然意识到对弟弟的看管，不只是母亲交予的任务，还有爱。虽然那个时候还不懂得什么是爱，爱这个字眼在我们的生活中也很少被提及，但我却感受到了那样的情感，不单是手足的，而是女人天然的母性的柔情。

　　说起学校，又忍不住跟你叨叨了这些儿时的记忆。有人说，一个人开始爱回忆，说明他正在老去。生完二孩，我就感觉自己在不可逆转地变老，我花了很大心力来与衰老对抗，跑步、减肥、美容、塑身，一心想变回心中的少女模样。那个时候，我非常的自律勤谨，自我感觉十分良好，只是，谁能想到有更可怕的情况等着我。没多久，我在年度体检时被查出了癌症，可怕的肝癌，突然一下子，我从对抗衰老变成了对抗死亡。手术、休养，我度过了一个漫长而又惶恐不安的时期。不过你别担心，我已经走出了生命的至暗时刻，告诉你这个消息，我别无他意，只是想让你清楚，我的这些唠叨，不是因为我正在变老，而是我对这人世间，充满着无限的眷恋。

好了，不说了，还是来说说鼓楼。鼓楼是侗寨的象征，相传侗族人建寨是先有鼓楼后有寨。记忆中我们村庄的鼓楼和我后来在其他侗寨所见到的鼓楼是完全不一样的。那些鼓楼都高高的，七层、九层、十几二十几层不等，有着四面或六面的翘檐，置葫芦宝塔尖顶，雕龙画凤，精致典雅、雄伟美观，是寨佬议事、重大集会和青年男女们"多耶"唱歌的场所，是一个村庄或者族群精魂之所在。

我们云岭被火烧掉的鼓楼是一间年久失修的破败的木房子，甚至连木房子都算不上，仅是几根柱子围着一些栏杆，叠着几层歪歪斜斜的青瓦。唯一相同的，是中间都有用石板砌成的大火塘，四周有宽厚的长条木凳，供烤火议事闲聊。若说那鼓楼还残存着一些威严，区别于普通民房的，是它的柱子虽腐，却颇为硕大；长凳虽坑坑洼洼，却是整块又宽又厚的古木；火塘边的青石板虽被熏得漆黑残缺，边缘却藏着精致的暗纹；青瓦虽破烂，却层层叠叠盖了好几层；虽没有翘檐，但毕竟高出一般的民房。那鼓楼我们平日里也不叫鼓楼，叫作火堂，或者堂卡。听父辈们讲，以前还时常有老人到那里烧火闲聊，但在被烧毁之前，它已经十分破败了，时常有瓦片、檩条掉下来，早成了一处无人敢靠近的废墟。

云岭的鼓楼究竟是从什么时候开始倾颓的，我现在已无从考证，因为现在很多云岭人的记忆里，云岭是没有鼓楼的。也许是"文化大革命"破"四旧"的时候，也许是民国时期推广汉文化的时候，也可能是更早的明清时代推广屯军文化的时候，我相信那定是一个漫长而复杂的过程。就像我们民族语言的消失。当村庄不断有人走出去，又不断有人闯进来，村庄就会不可阻挡地发生改变。我们虽是侗族，到我父母一辈就已经全部说客话（即汉话，我们侗族人管汉族人叫客家）了，而且是纯正的客话口音，不像八柳宰佴的还夹着侗话的腔调，更不像再远一点的地里，很多人根本就不会讲客话，甚至都听不懂。据说是民国时期，政府推广汉话，哪个地方汉话说得好，则表明那个地方先进、文明。为体现先进与文明，我们不再说侗话，不再穿侗衣，不再梳侗家人的头饰，不再过侗族人的节日，我们已完全像汉族人一样生活，并以此为骄傲，且看不起那些说少数民族语言、穿少数民族服装、生活习惯依然不改的民族同胞。在那个原始落后的山区，我们一度为此而感到优越，感到自豪。

意想不到的是，进入二十一世纪后，国家对边远少数民族的民生发展日益重视，提出了"原生态"的发展理念，倡导保护和弘扬生态文明。大量的优惠政策倾斜向了那些未开化或者发展落后的地区。国家免费接通了电网，免费修通了公路，扶持生态产业，开发旅游资源。那些原本越是落后的地区，越成了打造的重点，因为不开化，他们还保持着本民族的特性。而我们的村民祖祖辈辈是侗族，但现在已经集体不会讲侗话，不会唱侗歌，不自己染布制衣，我们的村庄已经失去了侗民族的特性。当别的村庄因发展旅游业纷纷修了柏油路时，通往我们村庄的路依然是二十世纪七十年代修的那条土泥巴路。那条依靠人工一锄一锹最先修建起来的曾经让人骄傲的马路，经车来车往碾压一段时间后，变得坑洼不平、不能通车，也艰于行走，仿佛一种耻辱刺痛着它过往的村庄。

说实话，我特别羡慕那些还能说本民族语言唱本民族歌曲的人。我们这片地域，民族风情还是十分浓厚的，尤其近年，在政府为发展旅游的推动下，你随便走进一个侗寨都能看到花桥、鼓楼，听到侗族大歌，每有节庆活动，人们就会穿上漂亮的民族盛装跳"多耶"。

其实，我所谓的关于学校或鼓楼是否重建的争议，也不过是民间的几句牢骚而已，而那些牢骚本就轻飘得一阵风就不见了踪影。更何况，那年月，人们的精力都集中在如何填饱肚皮上面，本就是废墟的鼓楼重建与否，也就有如风过无痕，不了了之。

大火是从杨老来家起的，杨老来的屋基成了火烟包荒置下来。学校没有重建，鼓楼也没有重建，那一片成了一块宽阔的空地，先是周边的几户人家私自开垦种些蔬菜瓜果，后来村上怕时间久了，归属说不清，就把它硬化成一块晒谷坪，竖了篮球架，除日常的晾晒功能，又成了打篮球、放电影，以及后来办晚会的重要活动场所，也算是继承了鼓楼的部分功能。

4

其实不管村庄怎样变化，在乡村，土地才是核心。这是一个宏大的历史命题，我无意与你探讨，你比我聪慧、博学，也比我更能看透这世间万象。我能分享的，不过是我个人的经历和有限的视角。

分田到户之时，我尚未出生，父亲顶替爷爷成了民办教师，只有母亲与两个姐姐分到了田地。后来我们家发展到七口人，七口人吃三个人的口粮，加上云岭本就人多地少，一个人头能分到的田土不多，不管父母如何将那些高坡田改良追肥，所产的粮食也填不饱一天天增大的胃口。分田到户之后，超生的人家很多，我们这些因超生分不到田土的孩子被人称之为"黑人口"。又因为母亲严重的重男轻女，我时常被波弟欺负，得了吃的总不分我，还老骂我"黑人口"，这样也不能动，那样也不能碰。我说你不也是"黑人口"，他说他才不是，妈妈那一份就是留给他的，家里所有的田土以后都将由他继承。在村里，女子没有继承土地的权力，这让我对未来又莫名地多了些忧虑，整个童年都笼罩在"黑人口"的阴影里。

好在我并非一无是处。母亲说我生于瓜果丰收的七月（农历七月），命格里容易种什么得什么，她每每下地耕种，播撒种子那道程序就让我帮助完成。果然，母亲地里的蔬菜瓜果总是长得特别好，结果特别多。但我们家缺的不是蔬菜瓜果，而是粮食，是大米。蔬菜瓜果收获再多，在僻远的云岭也卖不出去，只能拿来喂猪，但没有米糠，猪也不敢多养。为解决吃饭问题，父亲母亲便带着我们到远远的山上烧坡种小米。火烧过的山主要是为了栽种杉树，杉树生长缓慢，有两三年时间可以在杉树间隙撒上小米种子。母亲就带着我们在这块坡种几年，又到那块坡种上几年。记忆里，那些小米长得十分繁茂，金色的长穗齐齐地低着头。但坡陡，又有杂草，要一穗一穗地采摘是极其费时的，况且路途遥远，肩挑回家十分困难。母亲总是让我们挑长得好的地方摘，摘够了余下的就当杂草刈掉，烧成灰，撒在杉树苗的间

221

隙，第二年再撒上小米种子，小米又能长成一坡的丰收。小米煮的饭第二餐就吃不下了，母亲就将它做成各种零食，饼子、粑粑、金果，煎的、炸的、爆米花式的，玉米味的、蔬菜味的、甜藤甜叶味的，诱惑着邻居们用大米来换。因而，我们家虽有极大的粮食缺口，但因了母亲的勤劳和能干，在我们姊妹长大逐渐离开家乡之前，从没出现过吃了上顿愁下顿、东家筹粮西家借米的窘境。

在我背着涛弟跟随母亲上坡下田时，我就特别想拥有一块属于自己的土地，就像后来渴望拥有一间属于自己独立空间的小屋，再后来渴望有一间属于自己的书房一样。我想，人是奇怪的动物，许多时候明明害怕孤单，可最初的梦想，似乎都是在努力着成为一个独立的人。

我在房前屋后、路边、坡塝寻找着能够开辟的地块，寻到过几处火盆宽的地方，我学着母亲的样子，耕种、施肥，希望获得属于自己的那一分收获。种过白菜，栽过玉米，但不论种什么，不是被牛吃掉就是被鸡刨掉，终无所获。凡是能够利用起来的土地，哪怕是碗口宽的地方都是早就有所归属的。种不成食物，我就见缝插针地栽花种草，家门口的围墙缝里被我种上了钟点花、凤仙花、辣子果、臭牡丹等易成活的植物，每到夏天，也是芬芳满园，惹人驻足。每年，我都会将那些花的种子收集起来，随时带在身上，到坡边寨脚，见到适合播种的地方就撒一些出去，几年后再到那些地方就会收到意想不到的惊喜。只不过，我好栽花种草的这点毛病，往往会成为遭母亲骂的由头。母亲总说，肚子都填不饱，种什么花花草草，难道你将来要活得跟末花一样吗。

末花是弟狗周的老婆。弟狗周在投宿杨树生家时，除了大女儿桃花已嫁人，尚有梨花、鲜花、末花待字闺中，他没有选高大的梨花，也看不上机灵的鲜花，而是对娇小的末花情有独钟。杨树生两口子生到鲜花的时候，想着取名鲜花含尽了所有的花，下一胎该是个伢崽了，又拼着老命生了第四胎，没想到还是讨猪菜的。生活艰难，本来是要溺死再生个伢崽的，可用了好些手段都没死成，只能取名末花养着。加上后来连年饥荒，末花长得又瘦又小，从小就干不了什么体力活，只练就了一双擅刺绣的巧手。末花擅长绣花，她以大自然的花草为参照,无师自通地描摹成各种图案,将山野里的花草绣得活灵活现。大概是她那些精美的绣品捕获了弟狗周有些艺术气息的稚嫩的心,在杨树生想用梨花招他为上门郎的时候,他却已经与末花暗生情愫了。成家后他们夫妻感情倒是好得很,就连讨猪菜、挑水这样的小事都是成双入对,不管生活困难到何种境地,也不见两人有半句争吵,不像大多数农村家庭,都是打打闹闹地往前走。但这并不能让他们在村里赢得尊重,人家打打闹闹,是日子越过越红火,他们夫唱妇随,却尽做出些啼笑皆非的事来。

　　末花的绣技,除了在她出嫁展示嫁妆的时候风光了一把,在后来过日子的细节里,她就显得吃力而窘迫了。

　　在云岭,姑娘们出嫁前都要展示自己的嫁妆。母亲说她们那个年代嫁妆都极其匮乏,能有两只箱子几床被子一套盆桶就算不错了,能撑起门面的往往是姑娘自己织绣的物件,人们来观赏姑娘的嫁妆也主要是观赏姑娘的绣品,什么布鞋鞋垫、枕巾枕套、帐帘门帘等。母亲说她是家中大姐,七岁就跟着大人上坡挖芒根,十二岁就参与抢工分撑养一个家,出嫁时没给自己绣过一件像样的东西。这似乎成了母亲人生中的一个痛点,越年老越常常念叨。她后来进城给我们姊妹带娃,空闲之余倒学起了"十"字绣,一边哼着山歌,一边穿针引线,虽两鬓斑白、体态走样,但安然的神态里却自有一份优雅,仿佛她绣的是那曾被遗忘的美好的青春。几年间,她绣了好些绣品,分给我们姊妹,要我们挂于厅堂,不挂,还跟我们闹脾气。

　　唉,又扯远了,还是来说末花吧。据说末花出嫁时,展示的不只那些常规的物件,她竟凭一己之力展示了云岭"前无古人,后无来者"的刺绣盛况,倒不是她的绣品有多丰富,她的家庭也没有能力为她购置多少刺绣的材料,她展示的盛况完全是她让人惊讶的绣技。观赏的人们看得瞠目结舌,惊叹连连,姑娘们也缠着她问这问那,各自留心自己最欢心的图案,想着日后问她要花样。其实末花的绣品都没有现存的花样,更不见那些在姑娘间传来传去的旧式样品。几百种图案,没有一件是重复的,有的精致小巧,有的宏大壮美,有的一眼看去明明觉得是身边熟悉的事物，却一时叫不出名字；有的看着很陌生，仔细分辨却又能分辨出不同的生活场景来。总之，那些一朵朵一簇簇叫得出名和叫不出名的山野里的花在她的绢帕上活灵活现；那些唱歌、跳舞、斗牛、婚宴、走亲、抬水、耕种等生活场景也变成一幅幅美丽的图画出现在她的帐帘、门帘、枕套、被面、围巾甚至服装上面；也有单独成画的，叫人恨不能装裱起来挂于家中显眼的位置。那些绣品刺绣手法更不用说，什么平绣、线绣、反绣、绞绣、数纱绣、双面绣，竹花、板花、蓬花、对花，能想到的绣法都被她灵活多样地变换着应用，使她的刺绣看上去立体鲜活，仿佛那花儿刚浇过水，那蝴蝶就要飞出来一样。

末花那时的绣品我自然没见过，这些都是听人摆谈的。虽然后来我和周杨香成为同学后也曾进出过她家，不过她母亲的绣品早被那场大火烧得一件不剩了。而后面的日子，他们一家为生活疲于奔命，末花的刺绣手艺也就被掩埋于生活的深处，没了踪迹。

弟狗周本就是白手起家，他和末花又不擅长农事，做什么都比时令要慢上一两个节拍，也不知什么地该种什么作物，鸡、鸭、猪也都养得不成样子。因而，虽然他两口子十分勤紧，家境却不见有多少起色，能够竖起三间大屋全靠了丈老和姨姐们帮忙。竖屋所欠的费用还没还清，竟又遭了火灾，孩子们一天天长大，粮食的欠缺又成了越来越明显的拖累，重新立屋的打算被迫搁浅，只在众亲友的帮助下搭了两间木皮棚子，就去开始他们造田增粮的大计去了。

他们家四个孩子六口人，有四口人的田，分到的多是远坡面积宽产量轻的田，这是有点欺他家势单力薄。但我父亲说，如果我们家能分到那些田就不愁不够饭吃了，产量轻，面积宽，只要舍得下力气，多拣些猪粪牛粪改良改良，还愁产量提不上来？但不太善于农耕的弟狗周却对那些田大失所望，根本不上心。孩子还小的时候勉强够吃，孩子们渐渐长大，他就带着老婆和孩子到村边那些长满芦苇的河湾处去围河造田，试图造出几块新坝子田来一劳永逸地解决缺粮问题。他们家把这项工程当成宏图伟业来实施。先是从头年秋收之后，他们一家连同刚会走路的最小的孩子，不管刮风下雨，整天泡在河沙坝上劳作，沿着河湾堆砌高高的围墙，其他杂事一概不管不问。他们拿出愚公移山的精神，从冬天到春天，错过了犁田，错过了插秧，依旧在河湾里干得起劲，直到末花的爹扛着扁担到河湾里一边撵人一边破口大骂，说是再不上岸耕种，今年就要颗粒无收了，到时你们一家喝西北风去。他两口子才带着一众孩子回家，四处筹集别人栽剩的秧苗，将那些冬眠未醒的田胡乱犁耙一气插上去。

　　第一年没干完，第二年又接着干，到了第三年，伟大的工程眼看着就要产生效益，村里甚至有人开始佩服并羡慕起弟狗周来。哪承想，秧苗还没移栽进去，一场几十年不遇的特大洪水，将他们辛辛苦苦改造的大田一夜之间就倾覆了。人们以为弟狗周会大受挫折而就此放弃，谁知汛期一过，弟狗周便又立刻领着老婆孩子锲而不舍地开始恢复工程。然而，老天爷仿佛跟他们一家较上了劲，要彻底给弟狗周一个狠狠的教训似的，第二年夏，他们造田的工程就快恢复到可以耕种的样子时，又一场洪水将河湾冲刷得彻底变了形，河湾处堆满了大块大块的石头，河流则被阻成了两岔，环绕着石堆流到下游汇合，弟狗周的大田仿佛一个孤立的石头岛屿，完全失去了改造的可能。

　　弟狗周历经数年的轰轰烈烈的造田伟业彻底失败，他们一家依旧挤住在两间窄小的木皮棚子里，而累年欠下的粮食债务也更多了。

5

　　与粮田一道变得紧张起来的，还有宅基地。

　　除了不复建的学校、鼓楼和杨老来变成火烟包不准再建房的屋基那一片唯一变得开阔起来的地带，寨子里其他地方都越来越密集而狭窄了。云岭原有六座门楼，村庄的街巷布局也方方正正的，这大概是屯军文化遗留的痕迹。也或许是出于防御外敌和保持内部稳定的需要。据传，云岭几百年间都保持在二百来户一千多人口的规模，村庄版图也始终囿于六座门楼之内没有扩展。到了二十世纪中后期，先是一条公路穿寨而过，东、西方向的门楼自然阻挡不了时代前进的步伐，率先被拆除了。然后是不断有人将屋基开垦到门楼以外的地方，那些门楼也就自然而然地被捣毁。到二十一世纪初，六座门楼仅剩两座，一座在我家屋坎下通往河边的路口，一座在高岭寨通往南竹山的地方。记忆里，两座门楼也是徒有其形，其实早就荒废，不过是一堆长满青苔的歪歪斜斜的砖头呈拱门形状藏在繁茂的杂草丛里。门楼里供奉着土地公与土地婆，逢年过节会有善男信女到此处烧香奉茶，方给人一种庄严的仪式感，让人想起它原本的功用。

从我家屋下坎的门楼出去至河边，多为悬崖陡壁，有一左一右两条小路分别通往小河的两个河段。右路通往孟缅塘和河沙坝，左路通往洗衣江，也连通着出村的公路。路坎上依坡而建竖着三栋吊脚楼，是欧阳家兄弟分户后搬迁而至。另一座门楼外的南竹山，最先是满山的南竹，后因人口不断增多，就划分给各生产队开垦成菜园子，迫于生存的需要，人们又终于以地换地的方式，将房子布满了整座南竹山，除山顶还有一撮南竹外，那里已俨然成了一个新的寨子。

尽管村庄如此扩张，仍旧有许多家庭忧心着孩子长大了该去哪里寻块地基给孩子成家立业。就拿我家来说吧。据传我家从我爷爷往上五代均为单传，虽然每一代都有几房妻室，但人丁一直单薄。到我太公时，屋基宽，家业大，是地方上有名的乡贤世家。相传我太公饱学诗书，又习得一手漂亮的书法，刻碑雕篆的才能远传几县市，乡人都以能得我太公亲自篆刻碑文为傲。我曾在我家祖坟那见过太公手迹。两座石碑，一座是一九一七年太公为其父雕刻的碑文，一座是一九七七年三伯为太公雕刻的碑文，时间刚好相差一个甲子。而今，祖太公的碑文看上去远比太公的碑文清晰有力。"瑞蔼佳城凝秀色，祥钟吉地啟人文"，遒劲厚实的笔力在薄薄的苔藓的映衬下，仿佛镌入历史的重要篇章。刻此碑时太公二十二岁，尚未有子嗣，他却在碑上刻下孝孙：仁、义、礼、智、信五个名字。奈何太公三房妻室只生了两个女儿和一个儿子，两个女儿远嫁他乡，那个儿子即是我爷爷。爷爷和奶奶生了五男二女，夭折一女。三伯给太公刻碑时二十九岁，孝孙一栏终于有了：

鼎、泰、本、晋、恒五个真实的名字。五子又分别成家，到我们这一辈是十二男六女共十八个子女，之前宽绰的屋基早就拥挤不堪了。

小时候，我们全都挤住在太公留下的两栋百年老屋里，一家能分到两间房。我爷爷热衷办学，曾在尚重、大稼、双江、岩洞等地当过老师和校长，退休回家后又致力于家庭教育。但也因此我们家被打成地主、右派、"四类分子"，历经千般磨难，家中变得一贫如洗，只因人口多，房屋破烂，房屋和地基才没有被侵占去。后来政策解放，我们家得到平反，被允许一个子女去承袭我爷爷的教书工作。父亲五兄弟中，大伯二伯初中毕业，不过已经年长，其余都只勉强读完小学，最有能耐的是三伯，最为年轻的是五叔。那时，母亲刚生了两个女儿尚无儿子，父亲又性格内向懦弱，喜好读书学文，伯叔们便一致举荐我的父亲。父亲去当民办教师，母亲是不乐意的，一方面是报酬少，另一方面是绝大多数农活、家务活都将落在母亲一个人的肩上。果不其然，父亲为转公办，不断去读书进修，转为公办后，又为生养两个弟弟，工资一度被扣，有十几年几乎等于白干，只为坚守岗位，虽然父亲算是半工半农，一有时间就帮着干农活，假期还去给人家拖木头、挑砖、搬水泥等挣些零碎钱，但母亲在家中要拉扯五个孩子，养猪养牛，日子还是格外艰难，每遇农忙抢种抢收，都得依靠伯叔们帮忙。

五兄弟五家厨房"一"字排开，哪家有好吃的都藏不了，哪家揭不开锅也会一目了然。五兄弟虽分了火炉，却仍是一家。长大后读《红楼梦》，我便常常想起我小时候所过的大家庭的生活来。其贫富自不可相提并论，但那种大家庭中特有的烦琐，以及繁文缛节却有着诸多的相同相通之处。我出生没多久，爷爷便去世了，我对爷爷没什么印象，而奶奶却是我童年里一个温暖的存在。那时，母亲连生三女才得一子，对波弟十分偏爱，我和波弟每起争执，母亲总是不分青红皂白先甩我两耳光，还常常罚我不给饭吃。每有委屈，我就跑到僻静的地方悄悄哭泣，甚至换上干净的衣裳想去跳崖让母亲后悔，这个时候奶奶就会将我搂进她怀里，轻言轻语地安慰。奶奶是出身于大家族的闺秀，虽没上过学，但对文化十分尊崇，家中孩子，不论男女，只要谁学习成绩好，她就格外偏爱一些。后来我在学习方面很是努力，奶奶就更加地护卫我，只要见我捧着一本书，就不准母亲派我去干活。

据说奶奶是外地某杨氏大族之女，因听过爷爷讲学，心怀仰慕追随而来，因旧时交通不便，奶奶很少与娘家亲人往来，爷爷又常年在外，奶奶独自生养七个子女（一女几岁时夭折），供他们读书，教他们做人，就是"文化大革命"时期她天天被拉去批斗，也从不低头叫苦。奶奶为人谦卑，对不是同族的邻里乡亲，总是自降一辈地敬称他人，弄得我们家在村里辈分极低，让我们孙辈有种抬不起头的感觉，奶奶却笑说，低有什么不好，越是辈分低，越说明人丁兴旺。奶奶是那种威而不怒，慈祥和善，却从来没有人敢忤逆她的人。她教我们尊重文字，不许我们将写有字的纸片当作手纸或是随意扔掉、烧掉，正因如此，我才能在爷爷的旧书堆里搜到《三国演义》《水浒传》等成套的连环画，以及鲁迅、茅盾、老舍等人的大部头成为我贫瘠的童年的早期读本。奶奶还时时提醒我们注意：吃饭坐桌要长幼有序，饭桌上不能弄出过大的声响，吃完要说大家慢吃，将碗筷拿到灶台去放，晾衣服要把衣服理抻了，长辈的挂前，小孩子的挂后，男人的挂前，女人的挂后等等之类的繁琐礼节。

奶奶爱干净，她的衣服从来都是自己拿到河边去洗，哪怕冬天，她也卷起裤管踩到水里去，将衣服里里外外、口袋边缝在流动的水里漂洗几次才安心。晚年她卧病在床，有次她把换下的衣物让我拿去河边洗，我将衣服放在河里泡了半日，去翻了些螃蟹虾子，才来胡乱地搓一搓、捶一捶，然后提回家。晾干后，奶奶将裤子的内里翻过来，裤缝里还有些腌臜物，很是失望。她没有训斥我，而是强撑起来自己又拿去洗了一遍。没多久，奶奶去世了，那时我读小学三年级，正是我们家缺粮、缺劳力的最困难时期。奶奶没有享过一天福，这件事成了我对奶奶最大的愧疚，但也因此，奶奶的这一讲究以及她时常唠叨的那些烦琐礼节一直深深地印刻在我的记忆里，成为我身体里流淌的血液。

人口越来越多，老屋实在挤不下了，五兄弟在寨内合力置换出了几处宅基地，宅基地是早些年便一点点置换下的，有能力起屋之前先用栅栏围起来当菜园子用。前后用了十多年时间，先是以三伯为主力起了一幢新屋，三伯一家搬出了老屋。接着又用几年时间，以五叔一家为主力竖了一栋新屋，五叔一家也搬出了老屋。然后是大伯家的四个儿子，他们都已长大，陆续成了家，老屋又变得拥挤不堪，大伯一家便又另起了一栋新屋，五哥和七哥搬出去。大伯家的老大老二，是我们这一辈的大哥和三哥，他们是在老屋成的亲，尤其大哥成亲的时候，涛弟都还没出生呢，那时我还与五叔家的大女儿竹妹因为争抢大嫂嫁妆上网着的新毛线而大打出手，哭闹半天，成为家里多年来的笑谈。最后，两栋老屋相互交叉地分属于大哥、三哥、二伯和我们家。二伯家就一个儿子，我们家有波弟、涛弟，能置换的土地都置换完了，他们将来又去哪里起房立屋呢？

　　许多家庭都和我家一样的情况，二百多户的村庄在二三十年时间里增到了四百多户、两千多人，人口足足翻了一倍。这自然得益于国家太平与土地的解放，同时国家的计划生育在这幽僻的深山里又举步维艰，收效甚微。小时候看着村庄迅速扩张，我甚至想，如此繁衍下去，我们的村庄有一天会不会将周边的田地全部侵占，而山林会不会也将被砍伐一空？

　　不知道你有没有砍柴的经历，自古以来，文学作品里倒不乏樵夫与砍柴的踪迹。农耕时代，做饭取暖处处需要柴火，砍柴和伐薪烧炭自是生活中必不可少的大事。在云岭亦是如此。一到寒暑假，我们的主要任务便是砍柴，同学邻里，比赛似的，看一个假期下来，谁家房前屋后堆起来的柴多。早晨，最好是天刚蒙蒙亮，小伙伴们就相互邀约了。去哪个坡头砍柴，是需要在头天就定下的，几乎是由近及远，一个坡头一个坡头地砍过去，或者，干脆到那遥远鲜少无人去的地方，砍了堆柴搬到公路边，再让父母请车去拉。地上的砍光了，就爬到树上去剔枝丫，又大又直的杉树，长出的枝丫也是又大又直的，只要不太剔到树尖，不会影响杉树的生长，杉树又是极好燃烧的木料，因而杉树枝丫是备受青睐的。关键是杉木光溜溜的树干不好爬，我是一步都爬不上去，只能望树兴叹。好在二姐是爬杉树的能手，不管多高多

山里的太阳

229

圆溜的杉树，只要抱得住一大半的树干，她都能呼哧呼哧爬到顶端，将枝丫剔下来，我和大姐就在树下整理成一扛扛的柴，有时也收集杉树球，背回家晒干卖籽，挣些零用。

人口增多，柴火的需求量加大。地上的砍光了，树上的也砍得差不多了，有的人开始挖树根。看着一年比一年光秃的山坡，小小年纪的人儿也不禁忧起心来，想如此下去，长此以往，某一天整个地球会不会都将变成沙漠？

## 6

事实证明，那时候的担忧不过是杞人忧天。乡村世界很快发生了颠覆性的变化，首先是外出打工的浪潮排山倒海般席卷而来。

田土有限，粮食紧缺，也就意味着劳动力过剩。在那些常被喊作"黑人口"受着排挤的日子，我特别向往山外的世界。我常常站在坡头的高处眺望远方，想象山外的世界是什么样子，想着我要能离开这个村庄该多好。记得第一次到镇上赶集，大约是在我上小学一年级的时候。那年初夏，我摘得了许多金银花，晒干后一大袋，一点也不比姐姐们的少。镇上有一家收购中药材的店铺，我想赶集的时候自己拿去卖。母亲说我还小，走不了那么远的路，让姐姐们代劳。往年都是如此，姐姐们卖得了钱，会分几角给我买水果糖。可这一次我不愿意，我迫切地想要去看一看村庄以外的世界，说什么也要自己去卖。母亲说我犟牛一个，姐姐们也赌气地不愿带上我，卖路跑了。延了好几场我都没去成，父亲看我可怜，终于决定去镇上办事的时候带上我。我至今还记得那次的金银花卖了一块六毛五，突然获得这么一大笔钱，我高兴得不得了，决定把一块钱交给母亲，自己留下六毛五。父亲说，你要饿了，可以去吃碗米粉或是买根冰棒。我把父亲的建议当成了一道二选一的题，虽然我很想吃碗米粉填肚子，但对密封在泡沫箱里的冰棒更好奇。我怯怯地对父亲说，我想吃冰棒。父亲于是帮我花掉五分钱买了根冰棒。这事回家后被姐姐们笑了好久，她们说你傻不傻呀，来回走三十里路就去吃了根冰棒？姐姐们不知我的本意，我踏足了村庄以外的世界，知道了如何将金银花卖给药店的老板，见过了许多未见过的事物和风景，还从琳琅满目的乡场穿过，觉得很值，很兴奋，并暗暗生出一个目标，我要走得更远，走到更多更大的地方去。

　　第一次上县城，是我十二岁时，以全镇第一名的成绩考上了县城一中的民族班，不仅免学杂费，还有生活补助，让不想供我到县城上学的母亲也无以反驳。现在回想起来，我对初次到达县城和新学校的感触倒没有太深的印象，所思所想大概都被途中乘坐的班车消磨掉了。去往县城的班车是辆又破又旧的中巴车，从地里出来，经过好几个村寨才到我们村。从望着班车过往的孩子到终于成为车内的一名乘客，我本该是兴奋、欣喜的，奈何一上车，我的胃就翻腾起来，被车内拥挤不堪的各种气味弄得恶心想吐。一路上车窗"哐当哐当"地响，以致我后来耳鸣了三天，休息一个星期，鼻腔里的汽油味也没有散尽，日后再看到那样又脏又破的中巴车，心里就不免升起一丝恐惧。不止如此，还有一个深刻的印象：那天天气很好，可头一天刚下过大雨，路面还很泥泞。班车开到需要上坡的地方就停了下来，车主叫女人、小孩走到山顶上去等着，男人全部下车推车。巨大的中巴车，泥泞不堪的路面，长长的一段斜坡，男人们奋力地推着，仿佛在与命运抗争。这一幕深深刺激了我。我想总有一天，我要凭着自己的努力走出这层层叠叠的大山，一步步踏向山外广阔而繁华的世界，将山巅踏于脚下，将群山甩在身后。

　　我相信有这种想法的肯定不止我一人。尽管自古以来，云岭鲜少有外出者，人们安然于日出而作日落而息的农耕生活，最多与周边村寨有些姻亲上的交集，偶尔有人去到县城或者州府生活，那也是极个别特别努力的人，靠知识或技能改变了命运。对于不能靠知识或技能改变命运的大多数，对于长期在山里讨生活天生自卑懦弱的老实人，谁又敢去奢想外面的花花世界。

　　害怕走出去，但不代表不想着走出去。总有个别敢于"吃螃蟹"的人，或因在家无所事事，或是嫌干农活太辛苦，率先到广东、浙江沿海一带去闯荡。他们碰过壁，上过当，吃过种种苦头，但他们也见识了山外面广阔的天地。摸索一两年，有的就摸索出了挣钱的门道，待他们回到家乡，将衬衫、牛仔、西装等花花绿绿的行头炫耀一番，再来一通隐丑夸好的天花乱坠的牛皮，一些人便按捺不住，对山外的世界充满了向往，更多的人摩拳擦掌，跃跃欲试了。

　　我隔壁邻居黑牯耶就是个敢于"吃螃蟹"的人。我们属同一宗族，他比我高一个辈分，但年龄又比我父亲小很多，我们便依辈分叫他"耶"。黑牯耶上头有三个哥哥，有两个哥哥已另外起屋迁居他处，他与大哥一家住在父亲留下的老房子里。黑牯耶刚念完初中没参加考试就跟着一伙来镇上做工程的外地佬偷跑了，几年音讯杳无。他家人一度以为他是被人贩子拐卖了，四处打听，还报了案。那年月，地方上的警察对外面的世界也毫无办法，只能让案件空悬。村里人便对黑牯耶的遭遇有着诸多猜测。有人说黑牯耶在村里是出了名的"搞王"，就差读书不上劲，鬼主意多得很，人贩子拐走谁也不可能拐得了他。有人说黑牯说不定被哪个大佬看上，正在大城市吃香喝辣，开豪车搂洋妞呢。也有人说大城市哪里那么好混，再豪横的人到了那样的地方没有知识文化也寸步难行，说不定已遭什么意外了。

　　各种猜测，回应的依旧是毫无消息。寻找无门，村庄也就渐渐淡忘了这个人。大约是七八年后，黑牯耶却突然回来了。据说他进村时，穿着皮鞋白衬衫，挺直的身板，沉稳的脸庞，身边还跟着个扎着大波浪卷发马尾的漂亮姑娘。人们谁也没认出他来，以为是到村里来搞调研的领导干部，可又见他拖着两只大皮箱，姑娘肚子微微隆起，怎么看也不像干部，一搭话，才知道是黑牯耶回来了。他走之前，我因为还小，对这个人没什么印象，他回来时，我已在县城读中学。只是在我们读书懒散不肯上劲时，大人们总爱以黑牯耶为例鞭策我们，说他如何聪明头脑灵活，又如何捣蛋功夫没用对地方，最后落得个作客他乡不知是死是活，让我们千万别学他。说得多了，黑牯耶的故事倒深入心中。比如我们屋后那棵几人合抱大的千年银杏几乎无人能爬上去，十来岁的黑牯耶却敢徒手爬到树丫上去讨卜嘎（一种寄生藤果实，可做凉粉）；传说梦缅塘深不见底，有暗道与几公里远的半坡上的水塘相通连，为验证这个传说，年幼的黑牯耶摘了满竹篓的桂花撒进半坡山塘，然后天天到梦缅塘观察，连续在塘边蹲了几天，人们笑他傻犟，劝他放弃，他却依旧坚持，半个多月后，果然看到有陈旧的桂花屑从梦缅塘底冒出来。当然，他干过的坏事更是不胜枚举，他带领小伙伴炸过粪坑，害得正在掏粪的菊花娘满身屎；在山道上挖坑，用树枝架空，然后填土盖草，逼真得不着痕迹，害得无数人掉入他的陷阱……

我寒假回到家，黑牯耶的媳妇小叔妈已经生下了一个女孩儿。小叔妈穿着打扮、说话习惯虽然与我们大不一样，但她为人亲和，糖果总是大方地分给我们吃，嗓音亮，又爱笑，待春节"新人转转饭"吃过，她便完全融入到我们这个大家族里了。而黑牯耶，我以为他应该是那种粗犷敦实又难掩几分狡黠的牛仔哥形象，没想到他西装革履，面部轮廓分明，眉眼俊秀，举手投足沉稳内敛，乍一看到时，我还想，这是哪来的大人物，这么有气度。见了他，我也由此摒弃了一个偏见，认识到了学习有很多种，并非只有在学校读书才能有所成就。

年后小叔妈在家带娃，黑牯耶领着村里一帮青年人又出去了。村头的小卖部安装了村里的第一部电话，到那里接电话接得最勤的便是小叔妈。小叔妈不种田，不养牛也不喂猪，只种些蔬菜瓜果，倒也没遇上什么难事，加上她为人热情健谈，总是珍妹妹竹妹妹柳妹妹的喊我们，很得人喜欢，过着村里女人们艳羡的生活。有小叔妈在，黑牯耶每年都会回来几次。他们后来又生了个儿子，大约是在他们的儿子两岁多的时候，黑牯耶就将他们娘崽全部接走了，逢年过节也没有再回来。听说黑牯耶打了几年工，后面就办起了自己的厂子，在外面买了房安家，大概是不会再回到云岭来了。

云岭规模性外出打工，大约始于二十世纪九十年代初。每年春节后，去往广东、浙江的大巴车初几就在大街上候着了，无家庭牵绊的年轻人率先行动起来。他们进的多是流水线车间，吃住都在厂里，厂里还发工作服，完全不用外出，这对于初到大城市的乡村青年而言没什么好畏惧的。慢慢熟悉厂里的环境后，周末或节假日，还能偶尔约伴到外面的都市去逛逛，或是不同工厂间的老乡们相互走动，对大城市也就渐渐熟悉起来。春节回家，他们不仅带来了存款、礼品，还有那些五花八门的新鲜见闻。村子里种田的人不安心了，一年早出晚归地在田间坡头摸爬滚打、日晒雨淋忙得累死累活，所挣的换算下来，还不及娃崽们一两个月的工资多。

接着出去的人越来越多，几乎是有劳力的都奔向了山外，村里只剩下老弱病残，只有在春节时人们才如潮水般涌回村庄。外出打工成了云岭，甚至是所有边远山村经济的主要来源。当外出打工变成村庄的常态，乡村"日出而作，日落而息"的稳定也就被打破了。没有青壮年的村庄，六畜少了，乡间小路杂草丛生，房前屋后满是青苔，乡间的水井要么枯竭，要么兀自流淌，各种节日习俗也不断简化、演化，甚至消失。没有青壮年的村庄，远坡的田地自然而然被撂荒了，渐渐长了杂草，长了很大的树，最终变成无路可以通达的森林。外出打工的人们挣了钱，有的会回到村里起漂亮的房子，有的直接安家于自己工作的城市，更多的是挣了钱到镇上或县城买房落户。一些小的村庄逐渐变成空壳村，直至消失，而大的村落，当人们回归，里面住着的也不再只是农民，更多的是做着各种营生的商贩，与城镇不过是地域大小的区别。最主要的是村里的教学点没了，乡里的中心校学生也少得可怜。就拿我就读过的塘坊小学来说吧，我大姐那一茬还办有初中，我就读时没有初中部了，一至六年级每个年级有两到三个班，每班四十多人，而现在全校一至四年级总共才三十来人，许多家庭为了孩子读书，还没搬到城里去的，也会去城里租间小房子陪孩子上学。我所在的小县城，过去就三所小学，现在办到十一所小学了，每个班都是六十人以上的大班额，而每年新学期开学季，还是有许多人入学困难，不得不转回乡镇去。乡村兴不兴旺，城市拥挤与否，只需到学校去看看，便可立刻了然。

生产方式决定生活方式，在你看来，中国的乡村将来会发展成什么样子？呵呵，让你为难了，我可能又在杞人忧天，还是回到当下，回到云岭吧，我只说我熟悉的云岭。在云岭村的变化中，最让人意外的是弟狗周家。

弟狗周一家在村人眼里都是怪人，弟狗周和末花不着边际活得狼狈也就算了，生的一窝罗崽也特不着调。除了大姐杨树枝正常些外，另外几个似乎都得了弟狗周和末花的真传。比如老二周杨木，是的，那个帮杨老来买火柴的罪人周杨木，他是个怪才，平日里不怎么爱说话，喜欢拿着根树枝在地上画画，画山画树画墓碑上的花纹画寺庙里的菩萨，也喜欢拿块木头或石头雕雕凿凿，摆弄各种造型。他自吹把我们村的古墓都研究遍了，还独自在起凤山上的破庙里待过几天几夜。周杨木的痴傻常被村人当作笑谈，但每个人说笑的语气里其实又是暗含敬意的，毕竟他十来岁时就能将棺罩画得有模有样，村里人要画个什么东西，你只要说得清楚，他就能画得仔细。其次是周杨香，她小学与我同班，我们关系还算比较好，时常你家进我家出的。她身上也有股痴傻劲，喜欢收集山野里的各种刺和不同形状的树叶，一有时间就裁裁剪剪，以刺扎花。他们常常把狭窄的屋子弄得混乱不堪，而最让我羡慕的是，不管他们怎样捣腾，他们的父母都很少责骂与管束。他们一家，季节变换时，天冷了许久还穿着单衣，天热了许久也仍穿着冬衣，就像播种打谷总要慢人家几拍一样，似乎季节的更替与人们的眼光都跟他们没有太大关系。

　　悄悄告诉你，我小时候也喜欢画画。记得有一回，学校里办比赛，我画了一幅梅花图，描的是我家窗帘上的花样，黑笔勾线，红笔着色，居然得了一等奖。后来到县城上中学，节约钱买了一个画夹，同画社的朋友到学校后山青鱼嘴去写生过几回。坐在郊野的田埂上，一手捧着画夹，一手握笔在纸上窸窸窣窣地描摹，不时凝视远方，仿佛天地间都在自己的视野里，在自己的心坎上，然后以独特的视角构图、着色呈现于画纸上。我始终觉得，那是多么迷人的场景。只可惜学到水彩画后，我买不起颜料和宣纸，又为了一心扑在学习和考试上，就放弃了这个梦想。

　　周杨木也没有进入什么学院或画社好好学画，他甚至高中都没上。弟狗周家穷得叮当响，靠周杨枝辍学去打工，勉强竖起了一座空屋架子，装了一层又欠下许多债务。周杨木不愿意饿着肚子上学，一气之下就只身去了当时刚刚热起来的深圳。谁能想到，十年之后，周杨木竟在深圳创建起了自己的装潢公司，有着村里人想都不敢想的收入，比摸爬滚打多年的黑牯耶混得还好。周杨木不仅自己获得了成功，还带动了他的一家子，或者说，是他们一家子共同促成了周杨木的成功。周杨香高中毕业后就去了深圳投奔她哥哥。周杨果在哥哥的扶持下顺顺利利地读了大学，学的美术设计专业，毕业后也去了深圳发展。

周杨木、周杨香和周杨果后来都在深圳结婚生子，成家立业，弟狗周和末花也早被他们接去了深圳。一家人全都迁居深圳，云岭本就不是周家的根，按理，那栋没有装满的破旧的木楼他们是完全可以置之不理的，或是拆掉将屋基归还给村上，反正他们也不可能再回到云岭居住。然而，也许是为了一雪先前贫穷落魄的耻辱，向村人证明他周家在云岭立起来了，也或许是为着他们心中对故乡的需求，他们不但回来重竖了新屋，还花重金买下周边的屋基，自己设计修建了一栋云岭史无前例的带庭院的别墅。那是云岭的第一幢砖房，许多年里，流光溢彩的砖房与全是黑瓦木屋的村庄格格不入，仿佛鹤立鸡群，孤傲地坐落在后龙山下，周边没有其他建筑，也没有兴旺的人气滋养，显得格外空旷、冷清、萧索，是云岭的一道风景，也像云岭的一道"暗伤"。

## 7

时隔三十年，云岭又遭遇了一次火灾。这场火灾发生于冬季春节临近的时候。大白天，一座空房子门前的电闸无故起火，因村里没什么人，发现时，火势已经大起来了。后经上下几寨的群众和镇里的干部们共同扑救，拆了三栋房屋，加上一些砖房阻断，才在阳光灿灿、天干物燥的晴冬里将损失降到了最低，在房屋密集的下寨烧了村口十来栋房子。

被烧毁和被拆掉房屋的人家已不像三十年前那么无助了，他们有的本就不住在村里，他们在镇上或城里有了另外的住所。那些另外没有房子的，找亲戚借住也都不成问题，村里许多的空房子可以无偿提供做临时住所。而他们或多或少都有些存款,房屋又都进了保险,有一点补助,政府也借助危房改造项目统一拨付了一笔建房补贴款,那些空着的屋基很快就建起了新房子,一律是大栋大栋的砖房,一派新兴气象。路过那地的乡亲总免不了感叹一句:火烧发处,古话果然没错啊!他们似乎忘了,三十年前的火灾,可没有人发出过这样的感叹。

我们家祖辈留下来的那两栋曾经拥挤不堪的老房子,空了许多年了,十八姊妹皆落居他处,无一人留守,只在年节或一些重要日子偶尔相约回去。无人打理的房屋老旧得几乎成了危房,又因多户共有不好处置而一直保持着原样。当时那房子离火源不远,中间隔着一条穿寨的公路、两栋砖房和一栋木房,木房被拉倒拆散,阻断了火源,但火星子还是撒得满楼敞都是,全得附近的亲戚们来帮忙一直往楼板上浇水才没有燃起来。事后,曾有人说,你们那老房子拼力抢救个什么呢,一把火烧了岂不更好。说这个话的人快言快语,话一出口立刻意识到不妥,赶紧闭了嘴再不敢提及。但老房子空了确实是个问题,村里这样的老房子还有很多,它们看上去破败、萧条,与现在的村庄格格不入,在它们的显眼处一律钉着"另有安全住房"的牌子,仿佛它们的存在是一个需要被解释的耻辱。

现在前往云岭的路好了许多,虽然依旧需要在崇山峻岭间绕来绕去,但一段高速、一段柏油、一段水泥路将时间缩短了不少。村里还修建了停车场、"合约食堂"、漂亮的花桥以及文化广场,有4G、5G网络覆盖,回到家乡创业的人渐渐多起来。有搞种殖养殖售卖有机食品的,有种中药材的,也有开民宿做乡村旅游的。就连我曾经的闺中密友周杨香也在政策的号召下回到了云岭。她把她哥哥建的别墅改造成了温馨美观的民宿,开办了一间手工刺绣作坊,一边做培训,一边接单做民族服饰,她获得了好些民族服饰大赛奖,成了县里的非遗传承人,被树为县里回乡创业的典范。后龙山下那片我们曾经办晚会的空地又重新热闹起来了,村里许多妇女在杨香那做工,她们时常在操场坪上跳广场舞,逢节庆或有活动需要时,也摆长桌宴唱侗歌跳"多耶",一些民族习俗似乎在渐渐回归。村里留下的年轻人慢慢多了些,村庄仿佛逢春的老树，又焕发出了一丝活力。

"合约食堂"落成庆典，村里办了一场盛大的宴席，邀请全村所有出嫁的姑娘参加"凤鸟归巢"回娘家活动。时值暑假，已嫁的姑娘们以及离开村庄的游子们，都借此机会从四面八方汇聚而来，活动盛况空前、热闹非凡。清晨，薄雾弥漫，空气清新，青山碧水，出嫁的姑娘们统一穿着印有村庄图案和"凤鸟归巢"字样的服装，抬着牌匾、拉着横幅，挑着花篮、果品，从起凤山下的腾龙花桥，一路敲锣打鼓巡游至村中，村里的媳妇们在村口迎接，热情接过姑娘们肩上的担子，一同前往寨尾的"合约食堂"，然后在食堂前的宽坪子上对歌。

姑娘们唱：

> 同村姑娘似亲人，建了外嫁姑娘群
> 听闻家乡邀聚会，感动热泪湿衣巾
> 想起当年小时候，个个活泼又天真
> 挑水煮饭共水井，上坡砍柴同片岭
> 共同走的石板路，共同玩的桃花坪
> 虽然姊妹未同姓，一起长大感情深
> 大凡小事相帮衬，互相帮助最真诚
> 姑娘本是菜籽命，东南西北到处分
> 有的落在当阳岭，有的栽在背坡阴
> 过得好来娘高兴，过得不好娘担心
> 过好过丑都是命，切莫要与命相争
> 好的继续要勤谨，穷的绝不要灰心
> 幸福不是坐着等，勤快干来好前程
> 今日来喝庆功酒，娘家食堂新落成
> 祝愿个个行好运，人财两发万事兴
> 祝福家乡千般好，幸福日子万年长
> ……

媳妇们唱：

水流有源树有根，凤鸟归巢喜临门
云岭如今大变样，又逢良辰添喜庆
外嫁姑娘都回来，欢天喜地笑开颜
感谢外嫁亲姊妹，共同欢庆好时辰
东南西北都来到，大家欢聚娘家门
敲锣打鼓来祝贺，又送金来又送银
又送果品与祝福，话语绵绵情意深
你们情意娘家领，娘家不忘你深情
娘家接待不周到，万望大家莫多心
我们同喝这杯酒，情意相牵心相连
……

宴席久久未散，歌声久久未停。从云岭嫁出去和嫁到云岭来的女人们推杯换盏，以歌互倾情愫。她们中许多从未见过面，许多少小别离就再未相见，虽然她们各有各的人生，各有各的幸或不幸，这一天却因为云岭，因为一片共同热爱的故土，一份相同的乡愁情怀聚在一起，如同一根枝丫上的花朵，自带着天然的亲切与和谐。

值得一说的是"合约食堂"的兴起。"合约食堂"是当下乡村办酒席的迫切需要，我们村早就盼着建一个大食堂了，也许一个不够，将来还会有第二个第三个，就像乡村不断增加的车辆需要不断增加的停车场一样。没有食堂之前，村里的红白喜事宴席都是摆在晒坝上或主家及邻居家的屋子里。记得小时候，大人忙于农活，都是讨的十二三岁至十五六岁的女孩子去摆桌子，每家都备有一套桌凳和碗筷，主家会在几天前就委托一个姑娘帮忙讨人，要讨能干、勤快、脾性好的。被讨的人是既高兴又忧愁，高兴是因为能力被认可，既能免费吃席，又能与伙伴们相聚做玩。忧愁是怕端着一茶盘的菜走在挨挨挤挤的人群里，万一遇到个冒失鬼撞到打滑摔破碗，损失大还丢脸；或是遇到贪酒的，守桌子守到充瞌睡也不散。随着读初中高中的女孩子越来越多，学习任务加重，由女孩子摆桌子的任务就换成了留守在家的妇女们。而留守在家的妇女也越来越少，办一场宴席讨人帮忙也就越来越难，现在终于有了合约食堂，由人承包，办酒宴就简单多了，也能让留守在村里的人有点收益。据了解，全县三十户以上八百二十九个自然寨均已推行"合约食堂"模式。"合约食堂"的兴起，从相互帮助，到经济承包，这是否意味着乡村的时代变迁，正在褪去它原有的色彩与功能呢？

近些年我越来越喜欢回到云岭去，带着我的孩子们去那里看看稻田，走走山路，带他们去喝我曾经喝过的井水，去河里洗澡、翻鱼，去认识那些在他们眼里无比新奇的旧事物，与他们讲述我的小时候以及村庄的过往……只希望，这也是一种延续与传承吧。我要感谢我的家人我的祖国，让我拥有一个能够到达的诗的远方和仍旧回得去的故乡。

想起最近读的刘年兄的诗《横断山歌》：

他们赞美的大山和大河，是他憎恨的大牢和大锁
——如果有命离开，尿，都不朝这个方向屙。
后来，真的离开了
后来的后来，他嘱咐孩子，坟，一定要朝这个方向埋。

简短两句话，不知你读后什么感觉，世人与故乡的情感向来是复杂的，多半爱恨交织，这让我想起村里那些离开后又回来，或离去后再也没有回来的人们，想起那些缤纷的过往，思绪便纷至沓来。

纵观云岭这几十年的变化，说不清是先有了路，人们生活才逐渐好起来，还是人们富起来后，为满足日益增长的需求，路才慢慢变好了。但我个人觉得有两个比较明显的分界，一是连接了国家电网，二是网络的覆盖。并入国家电网后，乡村有了稳定的电，各种电器慢慢进入乡村，使乡村摆脱柴火的限制，山野又慢慢恢复郁郁葱葱的面貌，

算是获得了生态解放。网络覆盖，手机普及，信息共享，使乡村逐渐与城市接轨，缩短了与城市的差距。当城乡差距缩小，乡村的独特优势也就慢慢突显出来。

这些变化有时代的选择，有政府的干预，亦有时光的自然变迁，但说来道去，实际上还是科技在推动着乡村的发展。而在这漫长的发展变迁的历程里，我能做的，不过是记述一二，以留存些许记忆，慰藉那些渐渐或老去或消逝的灵魂。也慰藉我自己。一场疾病让我看到了生命的边界，也让我对生命有了新的思考，虽然我无力改变什么，我仍旧只能由着我肩上的责任推动着继续前行。就像我的村庄，待我走了，我想，村庄的故事依然会上演，一批又一批，一代又一代。

好了，向你述说这么多，说实话，我却不能确定你是谁。如果你能耐着性子读完这些文字，如果你对这些文字有那么一丁点兴趣，我想，你就是我的朋友。也许我们心意相通，是我渴望诉说也能够述说的对象，也许你就是我爱着的那个人，是我一直寻找一直藏于心底，不愿带到俗世中来的那个人，是另一个我无法抵达的自己。最后，我想告诉你，这篇小说——与其说是小说，不如说是书信，一封我于匆匆时光中写给故乡的书信。只是，我需要请求我的故乡、我的家人以及乡亲们的原谅，我当下急吼吼的内心难以写出更质感的文字，原谅我的浅薄与疏漏。

给这篇文字取名叫《山里的太阳》，是因为若干年前，我在一本文学杂志上看到过一幅油画：一个穿着红嫁衣的少女，挎着一只盖着红帕子的篮子，在雪地上斜倚着身子，像是在休息，也像是在等待，像是在展示她的美，又像是在思索人生。洁白的雪与红色的嫁衣形成鲜明对比，雪衬出少女的美、少女的纯，又泛着冷光，让人联想到一个女人婚后生活的艰辛，有点喜庆，又有些忧郁。我的心一下子就被这幅画给攫住了。偏这幅画的名字，又叫《深山里的太阳》。画和名都太有深意了，我由此想到乡间女人的一生。乡间的女人不是大山的脊梁，她们是山里的太阳。

唯愿，这大山深处，太阳照常落下又升起。

# 后　记

　　这部集子最后一篇《山里的太阳》可看作本书的后记，我许多想在后记里说的话，在这一章里已多有表达。

　　我的QQ签名一直放着这样一句话：把脚步放慢，将时光拉长。我是希望，在被繁杂琐事缠绕牵绊的日常里，提醒自己，要始终保有一份向内的闲散自在，不管外界如何喧嚣，守住内心的宁静，阅读、书写，享受生命的美好与忧伤。不幸的是，一场病痛，让我看到了时间的边界，终究让我着急起来。

　　生活中，我不擅长表达，我对于我的五音不全，是多有遗憾的，我想如若我有一副好嗓音，定要像那夏蝉或者鹃鸟，不停地鸣，尽情地唱，以表达我对生命的礼赞和对这世间的热爱。现实里的自己中规中矩、自卑怯懦，思想里却住着一个胆大、叛逆且向往自由的精灵。无以表达，我只能用文字讲述故事，以故事表述我的认知。将这些篇章结集出版，权且当作一个阶段性的总结，愿来路还能继续。

　　这部集子创作时得到中国作家协会2019年度少数民族文学重点作品扶持项目的支持，那时暂名为《永生的蝴蝶梦》，出版时更名为《月无声》，也有朋友觉得，若以《失语者》为全书之名或许更酷些。然世间有诸多无奈，总难以完美。本书收录的七个中篇小说，虽是独立篇章，却也是一个整体书写，它们分别各有侧重地从"毁灭、重建、逃离、留守、消失、回归"六个层面讲述黔东南山区近四十年来的变化与发展，将村庄里一个个有血有肉的儿女恩怨和村庄记忆，放在当代大潮流背景下进行比照，物事人事在顺应着历史的潮流，而故事中的一个个个体又顽固地坚守着与生俱来的天性。这是我书写的意义，希望读者读完合上书页时，能对着一弯无声的月，守住一方宁静，探问自己的内心，思索书中的人物命运，亦思索自己的人生。

这部书的出版，首先要感谢我的老父亲。母亲脑梗住院，陪护期间，我将打印文稿带到病房校改，父亲看到后拿走了，戴着老花镜帮我校对了一遍，给我提了些修改建议，又问我什么时候出版，他说如果差钱，我支持你。父亲领着微薄的退休工资，手头并不宽裕，他只不过是觉得，让这些文字出版成书，相较于其他生活俗事更重要罢了。在父亲心中，文学是神圣的。父亲虽话语不多，却一直给我至深的影响，感恩我伟大的父亲！

此外，还要特别感谢《民族文学》副主编杨玉梅博士，感谢她于百忙之中，挤出宝贵时间阅读这些冗文，她对我文字的点评，让我的文字增色不少，感谢她的肯定与鼓励！也感谢几位老师的阅读与推荐，感谢我县宣传部门的支持鼓励，感恩每一位给予我帮助和温暖的人，在此一并致谢！愿我的拙作能遇到真正喜欢它的读者，也愿读者多多宽容。